10 18

12, avenue d'Italie – PARIS XIIIᵉ

Sur l'auteur

Margaret Doody, née en 1939 au Canada, a fait ses études à Centreville, au Nouveau-Brunswick. En 1968, elle obtient son doctorat à Oxford avec une thèse sur Samuel Richardson. Elle enseigne ensuite dans différentes universités américaines (Berkeley, Colombia), avant de devenir, en 1992, directrice du Département de littérature comparée à l'université Vanderbilt de Nashville, dans le Tennessee. Auteur de nombreux ouvrages universitaires, elle se fait connaître du grand public en publiant, en 1978, un roman policier, *Aristote détective*, suivi, deux ans plus tard, d'une courte nouvelle reprenant ce personnage, *Aristotle and the Fatal Javelin*. Elle a écrit depuis trois nouvelles enquêtes : *Aristote et l'oracle de Delphes*, *Aristote et les secrets de la vie* et *Poison in Athens* (à paraître en 10/18).

ARISTOTE DÉTECTIVE

PAR

MARGARET DOODY

Traduction de l'anglais
revue et augmentée
par Marie-Louise Navarro

10 18

« Grands Détectives »
dirigé par Jean-Claude Zylberstein

Titre original :
Aristotle Detective

© 1978, Margaret Doody,
The Bodley Head, London
© Éditions 10/18, Département d'Univers Poche, 1996
pour la traduction française
ISBN 2-264-03728-8

CHAPITRE PREMIER

Moi, Stéphanos

« Entends-moi, ô Clio, muse de la poésie épique et de l'histoire, et aide-moi dans la rédaction de ce récit. Les mots que je profère sont des mots de vérité.

« Moi, Stéphanos, fils de Nikiarkhos, citoyen d'Athènes, relate ici les aventures étranges et fâcheuses qui me sont advenues durant la première année de la CXII^e olympiade. On apprendra ainsi comment un homme de ma maison a été calomnié ; comment il a été réhabilité et comment un méchant homme a été traduit devant la justice, grâce aux bienfaits des dieux tout-puissants. De plus, je célébrerai la sagesse de mon maître Aristote, que je proclame, face à tous ses détracteurs, l'un des plus grands hommes et philosophes de ce temps. »

Ce fut en ce mois de Boédromion, juste au déclin de la troisième lune après le solstice d'été, que ce forfait qui devait avoir de si terribles conséquences fut perpétré. La veille déjà, j'avais assez de tracas — bien que l'on ne doive pas prononcer de mots pareils de crainte que les dieux ne les entendent et ne rient. Mais il en était bien ainsi, et j'étais fort absorbé par mes propres affaires. Mon père Nikiarkhos était mort au printemps et, à vingt-deux ans, je devenais chef de famille, laquelle comprenait ma mère, un très jeune frère, des serviteurs et des esclaves. Ma mère n'avait pas de frère, et celui de mon père était mort, de sorte que j'étais seul responsable de toute la maison.

Le cœur encore brisé par la mort d'un père bien-aimé, je devais subir les discours du régisseur à propos des moutons, du beurre et des olives. Au lieu d'étudier au Lycée et de converser avec des philosophes, je devais me pencher sur les comptes, au milieu du bavardage des femmes dans la cour. Ma famille semblait subvenir aux besoins de toutes sortes de parasites : de faibles vieilles femmes drapées dans leurs châles, parlant toujours de brouet pendant que leurs esclaves vigoureux se gavaient de gâteaux et d'olives. Ma mère est une femme au cœur tendre et sensible, toujours prête à offrir son hospitalité. Se laisser ainsi gruger par ceux qui ne donnent jamais rien en échange est une attitude qui ne doit pas être encouragée, comme le découvrit Télémaque à Ithaque. Cependant, je ne souhaitais nullement me montrer dur envers les parents qui ont véritablement besoin de mon aide, et j'étais tout disposé à recevoir la veuve de mon oncle, ma pauvre tante Eudoxia.

On évoquait toujours la « pauvre Eudoxia », non en raison de l'état de sa fortune, mais parce qu'elle était toujours souffrante et se plaignait continuellement de ses grands malheurs. Bien qu'elle fût de santé précaire — elle ne gémissait pas ni ne grognait comme le font les autres femmes à propos de leurs ennuis intestinaux —, elle se refusait à vivre avec nous et préférait retourner le soir dans sa petite maison, dans les faubourgs d'Athènes. Je m'étais même demandé si elle ne redoutait pas que je m'approprie son bien. Crainte injustifiée, car les lois divines et humaines interdisent une telle félonie, et je savais tout comme elle que cette maison appartenait à son fils unique, Philémon.

Cela m'amène à ce que ma mère appelait « le grand tourment de cette pauvre Eudoxia ». Ma mère mentionnait rarement le nom de mon cousin, nourrissant le sentiment qu'il avait jeté le déshonneur sur la famille. Je ne partageais pas ce point de vue. Dans ma jeunesse, j'avais bien connu Philémon, et le considérais comme un frère. Mon affection pour lui n'avait pas été altérée, même après ses ennuis avec la justice. À l'âge de dix-neuf ans, il avait été entraîné dans une bagarre dans une taverne (ce n'était pas la première fois ; Philémon avait toujours préféré la force physique aux joutes intellectuelles). Au cours de cette rixe, Philémon avait porté un coup fatal à l'un de ses adversaires. Aussitôt, sans même prendre congé de nous, mon cousin avait sauté dans le premier bateau partant du Pirée, pour disparaître dans le vaste monde. L'affaire fut portée devant la cour. Les juges se montrèrent cléments : Philémon fut condamné à l'exil, sous peine d'une mort certaine s'il reparaissait à Athènes, mais son héritage ne fut pas confisqué. Nous pouvions espérer qu'une amnistie lui permettrait de rentrer chez lui, et de recouvrer sa citoyenneté. Nous ignorions où il se trouvait. Des rumeurs confuses prétendaient qu'après avoir erré quelque temps dans les îles du Sud, il était devenu soldat. Ce n'était pas invraisemblable, car à cette époque Alexandre de Macédoine recrutait des troupes et poursuivait sa route en Asie Mineure. Il y aurait là de grandes batailles qui séduiraient Philémon. C'était un Achille et non un Hector ; il aimait se battre pour le plaisir de la chose. J'espérais seulement qu'il ne serait pas tué. Je pensais beaucoup à lui au cours de l'été, après la mort de mon père, l'imaginant occupé à courir le monde, alors que j'étais cloué à la maison, tel un bâton dans la boue. J'aurais aimé discuter avec lui. Il était impossible d'exprimer un tel souhait devant les femmes, sans quoi tante Eudoxia se serait mise à sangloter en criant : « Mon pauvre enfant, je ne te reverrai jamais ! Hi, hi, hi ! » Alors, ma mère aurait pleuré avec elle, rejointe bientôt par les lamentations des esclaves.

Ce n'était pas là mes seuls soucis. Mon père avait toujours eu l'argent facile, et nous possédions moins de fortune que je ne le supposais. Il avait été convenu que j'épouserais Kharmia, fille de Kallimakhos, noble et respectable citoyen, mais depuis la disparition de mon père cet homme honorable était un peu revenu sur sa parole. Il voulait que ma famille offre de beaux cadeaux en dot, et, vers le milieu de l'été, je compris que je devrais tirer quelque argent de la vente d'une petite vigne. Elle était de peu d'importance et n'amputerait pas les biens de la famille. Je ne pensais pas que nous puissions nous permettre une plus grande coupe dans la propriété. Au début de Boédromiom, je croyais avoir conclu la vente, quand l'acheteur se récusa soudain, à mon grand dépit.

Malgré toutes les femmes qui m'entouraient, je désirais vivement me marier. Ma mère ne savait pas tenir convenablement une maison. Elle se laissait aussi trop entraîner à faire la conversation ou à pleurer. Mon frère n'était qu'un enfant et ne pouvait m'apporter aucun soutien. Enfin, je m'étais habitué à considérer la fille de Kallimakhos comme ma future épouse. J'avais appris, et pas seulement de son père — le vendeur qui ne sait pas vanter sa marchandise est un niais —, qu'elle était raisonnable et travailleuse. Puis, grâce aux bavardages habituels des femmes, je savais aussi qu'elle était agréable à regarder et susceptible de me donner des enfants. Non qu'il faille être trop pointilleux en ces matières, mais personne n'aime épouser un laideron et puisse Aphrodite nous préserver d'une femme stérile ! Marié et père de famille, un homme est établi et devient une citadelle. Mon souhait de mariage n'était pas uniquement dû à un désir qui peut facilement se satisfaire d'une nuit passée en compagnie d'une de ces femmes accommodantes, dans les petites venelles de la ville.

En relisant ce que je viens d'écrire, je m'avise que je me suis écarté de mon sujet, ce qui n'est pas la marque d'un bon rhétoricien : « Ne t'égare pas sur les taches que porte la robe de la vache, viens-en à la vache », disait le juge au paysan. Il se peut qu'inconsciemment j'aie voulu retarder le moment qui arrive, et je dois retrouver mes premières impressions de ce spectacle à la fois vile, effrayant et impie. Du moins vous pourrez juger pourquoi, la veille de ce mémorable troisième jour de la deuxième semaine de ce mois, je ne pouvais dormir. Étendu sur ma couche, je me demandais quand, comment et si je pourrais me marier, et je me tracassais au sujet de cette misérable petite vigne. Finalement, je me levai, et, sans me soucier de réveiller un

11

esclave, j'allumai une lampe. J'essayai de lire, mais j'avais la tête et le cœur trop préoccupés, aussi décidai-je d'aller faire une petite promenade. Le jour n'allait pas tarder à poindre, et bientôt la ville commencerait à s'agiter.

CHAPITRE DEUX

Meurtre à Athènes

Je marchais dans les rues silencieuses, laissant le rythme de mes pas bercer mes pensées. Un vent d'été fraîchissait l'air peu avant l'aube, et je me félicitais de porter un himation en laine sur mes bras nus et mon chiton trop léger. Les oiseaux entonnaient leurs premiers chants, et je crus reconnaître le cri des mouettes. Je songeai alors à Philémon, cherchant refuge à bord d'un bateau, et, comme je passais devant un petit autel consacré à Poséidon, je murmurai une prière pour mon cousin et promis un sacrifice. Il n'existait aucun moyen de savoir où il se trouvait, sur les mers peut-être. Bien souvent j'avais offert mes prières à Zeus, protecteur de tous les étrangers et les errants.

Une brise plus vive se leva. La rosée exhalait des jardins, dont le parfum n'était plus celui de l'été et pas encore celui de l'automne. Puis l'est s'éclaircit et la forme de la colline du Lycabette se dessina. Une fine ligne safran s'étendait lentement dans le ciel, annonçant l'aube. Dans la rue, devant moi, je voyais l'autel des Eupatrides, dans ce quartier où tant de nobles et riches citoyens possédaient leurs demeures. Les murs de ces grandes propriétés perdaient leur couleur triste pour devenir gris pâle. Je pensais encore au lever du soleil, cherchant à me remémorer les vers d'Homère les plus appropriés, quand je tressaillis au son des cris perçants qui provenaient d'une maison un peu plus loin devant moi.

Avant que j'aie pu approcher, les cris avaient augmenté en volume et en intensité. Deux hommes sortirent de la maison d'en face et se hâtèrent vers la source de ce tapage.

La porte de la cour était grande ouverte quand j'y arrivai, et les deux hommes se pressaient en direction de la maison. Un esclave se tenait là, sautant d'un pied sur l'autre et hurlant : « Le maître est mort ! Le maître a été tué ! », ses lamentations tordaient son visage en un grand oméga. Je passai devant lui sans qu'il songeât même à me demander mon nom, il poursuivait, de façon imbécile, ce qu'il considérait comme son devoir le plus impérieux et continuait à gémir. Je suivis les deux autres hommes, un robuste citoyen et son esclave, tandis que d'autres entraient derrière moi. Une curiosité irraisonnée me commandait d'avancer. Rapportant les propos de Socrate, Platon raconte l'histoire d'un homme qui, ayant connaissance du lieu où se trouvaient les corps de nombreux hommes exécutés par décapitation puis empilés derrière un mur, s'efforça de passer près du mur sans jeter un coup d'œil à la scène. Il ne put toutefois pas résister à cette tentation. Il regarda et s'écria avec dégoût : « Là ! Réjouis-toi à ce délicieux spectacle ! » Il existe certainement un plaisir morbide, non seulement pour les yeux, mais pour la partie la plus basse de l'esprit, à contempler des scènes aussi terribles. Ce devait être mon cas, bien que, contrairement à l'histoire de Socrate, je n'eusse pas la moindre idée du spectacle qui m'attendait en ces lieux.

Je ne l'appris que trop tôt. Je suivis les autres à l'intérieur de la maison et franchis deux portes. En pénétrant dans cette grande pièce peu éclairée, ma première impression fut qu'il se trouvait là cinq personnes, en dehors de moi-même : trois citoyens d'Athènes et deux esclaves. En réalité, il y avait six personnes : cinq vivantes et une morte. Gisant sur le sol, le maître de maison n'était guère en état de recevoir. Le respectable citoyen Boutadès, du clan des Étéoboutades, ancien chorège[1], triérarque[2] et riche patricien, était couché sur le dos, les genoux légèrement fléchis, et vêtu d'un chiton de lin, autrefois blanc, qui était maintenant maculé de sang comme par l'effet d'une atroce teinture. Son regard fixait le plafond ; il avait une flèche plantée dans la gorge.

Je ne sais combien de temps je contemplai ce spectacle, tel un homme en transe. Je me sentais défaillir, et cependant j'étais incapable de bouger. J'aurais pu rester longtemps figé ainsi, mais ceux qui entraient me poussèrent contre le mur. Je reculai jusqu'à la fenêtre, et pris conscience de la présence d'une table derrière moi et de l'amphore posée dessus que je pris soin instinctivement de ne pas heurter. Les nouveaux venus s'agglutinaient contre le mur. La place était limitée, car tout le monde s'écartait du centre de la pièce.

---

1. *Chorège* : citoyen chargé d'organiser à ses propres frais un chœur de danse pour une représentation théâtrale.
2. *Triérarque* : citoyen tenu et chargé d'équiper un navire (une trière).

Dès l'instant où j'avais découvert Boutadès, j'eus l'impression d'être entouré d'un épais silence, mais il ne devait pas en avoir été ainsi, car, à mesure que je reprenais mes esprits, j'entendis des lamentations s'élever du gynécée. Les cris de l'esclave dans la cour n'avaient pas cessé non plus. En même temps, je me rendis compte que l'une des personnes présentes, un homme brun de haute stature, debout près du corps, parlait sur un ton passionné :

— Qui a commis cet horrible forfait ? Qui a tué le frère de mon père ? Que la vengeance des dieux retombe sur le meurtrier de mon oncle !

Bien sûr ! C'était Polygnotos, le neveu de Boutadès. Comment ne l'avais-je pas reconnu tout de suite ? Mon aîné de quatre années, il était déjà devenu une personnalité à Athènes. Dans sa prime jeunesse, il passait pour un bel athlète et un étudiant brillant. Il possédait maintenant une fortune personnelle, ayant hérité des biens de son père. Le bruit courait qu'il espérait accéder à une haute charge publique. Il s'était récemment distingué en offrant d'être chorège, pour la prochaine célébration des fêtes en l'honneur de Dionysos. Le responsable de ces représentations peut connaître la renommée si le spectacle est un succès, et il voulait ainsi montrer qu'il était non seulement riche en drachmes, mais aussi en talents. Jeune garçon, j'avais admiré Polygnotos pour sa force dans les jeux et son éloquence dans les débats. J'aurais dû le reconnaître aussitôt, mais dans cette pièce, déjà sombre, Perséphone avait assombri ma vision, pendant un moment. De plus, Polygnotos, à l'allure négligée dans un chiton enfilé à la hâte (au point qu'une épaule était dégrafée, comme un vêtement d'esclave), ne ressemblait pas au bel homme bronzé et sûr de lui que je connaissais.

— Ô Zeus ! criait-il d'une voix suffoquée, comme si les mots s'étouffaient dans sa gorge. Regarde cette offense et porte la vengeance sur ceux qui m'ont fait injure, à moi, à ma maison, à ma tribu ! Que l'assassin de mon oncle Boutadès soit maudit !

— Sais-tu qui a commis ce crime ? demanda Eutikleidès, le citoyen corpulent habitant la maison voisine.

Je me souvins qu'il était un parent éloigné de Boutadès. Les joues flasques d'Eutikleidès paraissaient moites dans la lumière pâle, mais sa voix était ferme.

— Comment le saurais-je ? s'exclama Polygnotos. Maudit soit le traître qui a frappé dans l'obscurité !

— Calme-toi, Polygnotos, dit le vieux Télémon. Nous veillerons à ce que tu sois vengé.

Télémon se tenait aux côtés de Polygnotos. Il comptait parmi les premiers arrivés, ce qui lui convenait tant il était friand de nouvelles. On l'appelait toujours le « vieux Télémon », bien qu'il fût à peu près du même âge que Boutadès, mais il avait les cheveux rares et un air sénile. Comme il boitait, les enfants le surnommaient aussi le « vieux cloche-pied ». Polygnotos ne prêtait aucune attention à ses paroles mais continuait à proférer des imprécations et des menaces, en s'arrachant les cheveux.

— Allons, Polygnotos, garde ton calme, dit Eutikleidès. Ce n'est pas le moment de te conduire comme une femme. Le temps des larmes viendra plus tard. Dis-nous plutôt ce qui s'est passé ou du moins ce que tu sais, afin que nous puissions porter l'affaire devant le Basileus[1] et prévenir l'archonte.

— Je sais tout, dit aussitôt Télémon. J'étais là le premier ; juste après que ce pauvre Boutadès eut poussé son dernier soupir. J'ai tout appris de Polygnotos et j'ai vu...

— Nous préférons entendre l'histoire de la bouche de Polygnotos lui-même, coupa Eutikleidès. Mon garçon, ajouta-t-il à l'adresse d'un esclave, va à la cuisine faire préparer du pain et du vin... pour ton maître. Il va quitter bientôt cette scène d'horreur et aura besoin d'un peu de réconfort.

Je pensai Eutikleidès sur le point de commander du pain et du vin pour nous, ce qui aurait paru naturel dans des circonstances normales, le fruit d'une pensée amicale pour un homme accablé comme Polygnotos, toutefois un regard vers le sol changea ses intentions : boire ou manger en présence de la victime d'un tel crime aurait été une profanation.

Eutikleidès posa la main sur l'épaule de Polygnotos pour le réconforter. Ses paroles à propos de pain et de vin avaient tout à coup fait entrer la réalité quotidienne dans cette pièce où régnait la mort, mais Polygnotos se détourna comme un cheval effrayé devant un nouveau maître. Ainsi repoussé, Eutikleidès laissa retomber son bras. L'esclave sortit de la pièce, laissant ainsi pénétrer un flot de lumière et les cris de douleur des femmes. Puis la porte se referma, nous laissant dans un silence relatif.

— Mes amis, dit Polygnotos sur un ton plus calme, vous apprendrez ce qui s'est passé, autant

1. *Basileus* : roi.

que mon esprit confus et mes lèvres tremblantes me permettront de vous le relater. Je vais vous dire le peu que je sais. Tôt ce matin, j'ai été réveillé par un bruit. Je n'en fus pas perturbé car, hélas, mon oncle travaillait souvent dans cette pièce, tard le soir ou tôt le matin. Je me levais pour enfiler mon chiton, quand je perçus un bruit plus fort que le premier, suivi d'un grand fracas. J'ai couru dans la galerie en achevant de m'habiller. Je suis entré ici, et, dans une demi-obscurité, à la lueur de la lampe qui brûlait sur la table, j'ai vu ce que vous voyez maintenant. Boutadès était étendu là exactement où il se trouve.

« Aussi angoissé que je fusse, je pris aussitôt conscience de ce qui était advenu. Mon pauvre oncle travaillait à sa table, face à la fenêtre. Dans la pénombre, quelqu'un s'était glissé jusqu'à celle-ci et avait tiré sur lui. Mon oncle avait dû être alerté avant le coup fatal — peut-être aura-t-il entendu un bruit venant de l'extérieur ou aperçu un visage. De toute évidence, il s'était levé. Je suppose que le bruit qui m'a réveillé était une exclamation, suivie d'un grincement de tabouret. L'assassin a dû agir vite, le frappant de sa flèche. J'ai alors entendu le bruit que fit mon oncle dans sa chute.

Nous examinâmes encore Boutadès, étendu entre la table et la fenêtre. Le corps, la table et la fenêtre se situaient dans une même ligne droite et la table n'avait offert aucun obstacle aux intentions du meurtrier, tandis que sa victime était assise là. Le tabouret repoussé n'était pas renversé. Sur la table, la lampe lançait la lumière tremblotante de ses dernières gouttes d'huile. L'attirail des styles et des tablettes n'était pas en désordre.

— Qu'as-tu fait, alors ? demanda Eutikleidès.

— D'abord, naturellement, je me suis approché de mon oncle pour voir s'il était encore en vie, mais son esprit s'était probablement envolé avant que j'entre dans la pièce.

— Quel malheur ! S'il avait pu seulement donner le nom de son meurtrier... dit l'un des citoyens derrière moi.

— Il n'aurait guère pu parler après avoir été frappé de la sorte, interrompit sèchement Eutikleidès. Et ensuite, Polygnotos ?

— Tandis que je regardais le corps de mon cher oncle, pouvant à peine en croire mes yeux, il me sembla voir une ombre bouger dehors. Je me précipitai et aperçus une forme sombre qui courait en direction du verger. Je poussai des cris pour alerter la maison. C'est à ce moment-là que Télémon entra avec le portier sinopéen. Je leur criai que mon oncle avait été assassiné et que le meurtrier était dehors, et nous avons tous couru vers le verger. Juste comme nous arrivions à la barrière, nous avons vu l'assassin sauter par-dessus le mur. J'ai envoyé l'esclave à sa poursuite, tandis que Télémon et moi revenions près de mon oncle. Une grande effervescence régnait dans la maison. Je fis sortir les femmes et restai pour pleurer, maudire l'assassin en me demandant ce que je devais faire. C'est alors que tu es entré avec les autres, Eutikleidès.

— Tout s'est bien passé ainsi, confirma Télémon, demeuré silencieux pendant un temps considérable, mais qui entendait bien se rattraper maintenant. Je venais rendre visite à Boutadès, et l'esclave m'avait ouvert puis escorté dans la cour. En arrivant à la maison, j'ai entendu les cris de

Polygnotos. Debout près de la fenêtre, il criait :
« Arrêtez-le, arrêtez-le ! Au meurtre ! Boutadès a été
tué ! » J'ai couru près de Polygnotos — en prenant
bien soin d'éviter Boutadès —, et j'ai vu une ombre
qui fuyait parmi les arbres.

— Tu aurais mieux fait de courir au verger, au
lieu de perdre du temps à regarder par la fenêtre, dit
Eutikleidès.

— C'est ce que j'ai fait, protesta Télémon. Je
suis sorti avec Polygnotos et l'esclave. En vérité,
j'ai été le premier dehors, mais Polygnotos m'a rattrapé à la barrière. Il court plus vite que je ne peux
le faire maintenant à cause de ma claudication, vous
comprenez. Polygnotos est jeune et vigoureux, bien
que dans ma jeunesse...

— Oui, bien sûr, coupa Eutikleidès.

Aucun homme plus jeune n'aurait osé interrompre Télémon qui, après tout, était un citoyen
bien né, mais Eutikleidès était son contemporain.
Sans nul doute les autres pensaient tout comme moi
que ce vieux bavard aurait dû être écarté. Ses efforts
puérils de courir le premier en direction du verger
avaient dû gêner Polygnotos. Et qu'aurait-il pu faire
si le meurtrier, fort et désespéré, s'était retourné
contre lui ? Pourtant, de tous ceux qui étaient présents, Télémon semblait le moins affecté par l'horreur de la situation et se conduisait comme à son
habitude.

— Mais, ajouta Télémon, sans que l'on eût
besoin de le presser davantage, j'ai vu le bandit sauter par-dessus le mur, comme un chat ou un chien le
fait parfois, et ensuite je l'ai entendu courir.

— À quoi ressemblait-il ? demandai-je.

— Il était difficile de bien distinguer dans cette

aube indécise, et mes yeux ne sont plus ce qu'ils étaient. J'ai vu une forme sombre. L'homme n'était pas très grand, et cependant pas petit non plus. Certainement pas gros, mais pas maigre. Il était bien bâti, agile, probablement brun.

— Que portait-il ?

— Un long manteau, me semble-t-il.

— Ce n'est guère pratique pour escalader un mur, remarquai-je.

— Bon, ça pouvait être un manteau court, rectifia Télémon. Peut-être sa tête était-elle emmitouflée dans une couverture de laine. Il n'était pas nu, ajouta-t-il, avant de s'interrompre brusquement.

— Fort bien, dit Eutikleidès, nous savons l'essentiel. Revenons au présent.

Nous nous écartâmes tous en évitant de nous regarder. Assez bizarrement, en écoutant Polygnotos et Télémon nous avions tous été, sinon divertis, du moins quelque peu soulagés. Nous revenions maintenant à ce corps étendu là, sans vie.

Le jour s'était levé, et l'on percevait distinctement tous les détails. Sur le sol, le sang séchait. La flèche était plantée toute droite dans la gorge de Boutadès et projetait son ombre sur la porte, semblable à une plume. L'ombre de ce corps amorphe, avec cette unique plume, faisait ressembler Boutadès à quelque monstrueux oiseau.

Cette flèche rendait le spectacle plus horrible encore. Si Boutadès avait été tué avec un poignard, il y aurait eu autant de sang, mais la scène aurait semblée plus normale et compréhensible. N'importe quel citoyen d'Athènes pouvait se procurer un poignard ou une dague, mais pas un arc !

L'arc n'est pas une arme commune à Athènes.

Entre les mains d'Artémis et d'Apollon, comme tout ce qui a trait à eux, l'arc revêt un caractère divin, incontournable, voire même symbolique ; entre les mains des Barbares, l'objet est rude, grotesque, sale et dégoûtant. Les gens d'armes scythes portent un arc — tels des esclaves de l'État chargés d'une vilaine besogne —, mais sinon l'arc n'appartient pas à la vie courante. On pourrait davantage s'attendre à croiser le Minotaure à Athènes que de découvrir un homme tué par une flèche. Si tous les meurtres commis dans l'enceinte d'Athènes, au cours des cent dernières années, étaient recensés, on ne trouverait mention d'aucun crime perpétré au moyen d'un arc et d'une flèche.

Il n'était donc pas étonnant que Polygnotos fût d'une pâleur de cendre, et que je sentisse la sueur couler le long de mon dos. L'homme le plus brave peut s'émouvoir devant une mort violente, et bien plus encore devant une mort aussi étrange que celle-ci. Tandis que je regardais, l'étrangeté de l'acte en lui-même devenait plus impressionnante que l'horreur de cette mort sanglante. Je remarquai, pour la première fois, que le mur en face de moi, derrière une petite table décorative, était orné d'une fresque fraîchement peinte. La scène était ingénument sensuelle : un Apollon langoureux pourchassait Daphné derrière un bocage, mais elle m'incita à imaginer qu'Apollon lui-même, aux premiers rayons de l'aurore, avait peut-être tiré sur Boutadès avec son arc divin une flèche bien terrestre, pour mystifier les hommes et jeter l'infamie sur la ville. Je ne pus alors réprimer un frisson : si cette maison était sous la malédiction d'un dieu puissant, il serait folie d'exprimer trop de sympathie. Je m'efforçai intérieurement de m'en tenir au récit de Polygnotos et de Télémon : un tueur humain fuyant dans le verger. Un dieu n'aurait aucun besoin d'escalader un mur, comme un voleur.

Eutikleidès avait plus de maîtrise que moi, et ne perdait pas son temps en songes vains.

— Viens, Polygnotos, dit-il, nous devons nous occuper de notre parent avant que son corps soit lavé et préparé. La vengeance viendra plus tard, et l'esprit outragé de Boutadès retrouvera la paix. Laisse-moi d'abord accomplir ce qui doit être fait.

Il s'agenouilla près du corps et, d'un geste vif et courageux, retira la flèche du cou de Boutadès. La tête remua dans une sorte de parodie de vie.' Eutikleidès lui-même réprima un sursaut en infligeant cette nouvelle indignité au cadavre. Regardant son ami, qui tenait entre ses mains l'arme du crime, Polygnotos se mit à trembler.

— Hélas ! cria-t-il. Cette maison est maudite !

— Calme-toi, Polygnotos, dit Eutikleidès. Fermons-lui les yeux.

Polygnotos se laissa tomber lourdement à genoux près du corps et ferma l'œil droit de Boutadès, tandis qu'Eutikleidès fermait le gauche. J'entendis la respiration précipitée des deux hommes. La main et le bras de Polygnotos étaient aussi raides qu'un morceau de bois. Puis des esclaves furent appelés pour enlever le corps. J'avais déjà croisé l'un d'eux dans la cour ; il était fort calme et silencieux maintenant, comme un homme arrivé au dernier stade de l'ivresse. Leurs pieds nus dessinaient d'étranges arabesques dans le sang répandu sur le sol. Les esclaves soulevèrent le mort et mon regard se porta sur ses pieds, qui se trouvaient maintenant presque au niveau de mes yeux. Comme les hommes âgés ont coutume de le faire pour se protéger des sols froids, il portait des sandales confectionnées en cuir souple couleur sable, mais maintenant ses pieds étaient couverts de sang, et le cuir était taché comme par de la rouille brillante qui aurait imbibé les épaisses semelles. Distraitement, je me dis : « Quel dommage que de si bonnes sandales soient perdues ! » — comme si Boutadès eût dû porter des choses moins coûteuses pour mourir !

Les esclaves marchèrent lentement vers la porte, et dépassèrent une grande amphore à vin, près de la porte. L'une des plus énormes que j'aie jamais vues, avec un long col et un gros ventre décoré d'une extravagante scène de bacchanale, et je songeai alors : « Pauvre Boutadès, plus de vin pour toi ! » Il semblait pathétique de mourir en abandonnant de telles richesses.

Si Polygnotos paraissait très ému, Eutikleidès ne perdait rien de sa dignité.

— Seigneurs, dit-il, vous avez tous vu et entendu ce qui s'est passé. Si besoin était, vous pourriez servir de témoins. Je veillerai à ce que l'archonte soit informé. Toutefois, j'attendrai d'abord le retour de l'esclave, envoyé à la poursuite du meurtrier. Je sais que je peux faire appel à votre assistance. Je vous demande maintenant de bien vouloir quitter cette maison en deuil.

Nous regardâmes une dernière fois la pièce encore maculée du sang de Boutadès. Le soleil soulignait les couleurs brillantes des fresques, derrière la petite table sculptée, le bureau avec ses styles et ses tablettes, la table et le vase derrière moi, la jarre pompeuse près de la porte. La pièce baignée de lumière semblait dire : « Réjouissez-vous des délices de la journée », alors que la tache sombre sur le sol clamait : « La vie se retire vite. »

Nous sortîmes en silence. Une fois dehors nous devînmes plus bavards. Nous ressentions aussi le besoin de procéder au rituel des eaux purificatrices, comme il convient après un contact direct avec la mort. La plupart d'entre nous étions encore à jeun, cependant, nous semblions peu pressés de nous séparer.

— Je vais vous montrer l'endroit exact où le tueur a sauté sur le mur, dit Télémon.

Il y eut un murmure d'intérêt et nous le suivîmes. Le verger était, en fait, un petit jardin intérieur tel que l'on peut en trouver dans une ville, planté de quelques arbres et quelques herbes potagères. Une partie avait été murée pour aménager, à l'attention des femmes et des esclaves, un coin pour faire la lessive.

— C'est là, dit Télémon. Je me tenais ici aux côtés de Polygnotos, lorsque nous l'avons vu sauter le mur. Cela n'a duré que l'espace d'un instant.

Il se retourna en direction de la maison :

— Et voilà l'endroit où le meurtrier a dû se poster pour tirer, juste un peu en arrière de la fenêtre.

Nous nous approchâmes pour examiner le sol près de la fenêtre. Je songeai qu'aucun de nous n'avait idée de la distance où le tueur devait se tenir pour que son tir fût efficace. J'inspectai la poussière en quête d'éventuelles traces de pas ; mais le sol où poussaient de rares touffes d'herbe était déjà brouillé par nos propres pas.

Toutefois j'aperçus un petit objet brillant, et me baissai pour le ramasser. C'était un morceau de corne, avec un bout de bois brisé fixé à sa partie la plus large.

— Une corne de mouton, dit Télémon, sans manifester plus d'intérêt. Comment un mouton est-il venu se casser une corne ici ?

— Ne le touchez pas, conseilla un des citoyens avec anxiété, c'est peut-être un de ces porte-malheur appartenant à l'un des esclaves étrangers.

Des pas précipités retentirent dans la cour, puis un jeune esclave roux, âgé d'environ quatorze ans, arriva hors d'haleine et chercha du regard son nouveau maître.

— J'ai couru aussi vite que j'ai pu, dit-il à Télémon, mais je n'ai pas réussi à le rattraper.

Sa voix tremblait, la sueur avait trempé ses cheveux et perlait sur son visage.

— Voilà donc un de nos espoirs déçu ! s'écria Télémon.

— Quel bon à rien ! murmura l'un des citoyens.

— J'ai fait de mon mieux, protesta l'esclave, je vous en prie, intercédez pour moi auprès du nouveau maître !

— Va le trouver toi-même, espèce de paresseux, lança un autre citoyen. Ton maître n'est pas là. Rentre dans la maison et rends-toi utile.

— Tiens, dis-je en m'avançant, remets ceci à ton maître, et indique-lui que nous l'avons trouvé près de la fenêtre.

Il s'empara de l'objet sans le regarder, puis s'éloigna lentement, les épaules courbées.

— On dirait que cet esclave a peur, remarquai-je, en m'adressant à l'homme qui avait examiné la corne.

— Ce n'est pas étonnant, dit-il, ce chien aura de

la chance s'il s'en tire avec une bonne bastonnade. Laisser échapper le meurtrier du maître, quelle ingratitude !

— Ils sont tous pareils, reprit un autre, ce sont des paresseux. Je doute qu'il ait continué à courir dès qu'il a été hors de vue.

— Tu dis vrai : si on les perd de vue... Comme on dit : Donnez-leur des miettes et ils prennent le fromage !

Tous entérinèrent cette remarque si fréquente.

— Pire que ça. Il faisait peut-être partie du complot, et la poursuite était pipée.

Ils approuvèrent avec force.

— Il a même pu tirer lui-même sur son maître. C'est un sale Sinopéen. Écoutez son accent, un vrai Barbare !

Je crus bon d'objecter :

— Il ne peut être le meurtrier. Il gardait la porte principale quand Télémon est arrivé, juste au moment du meurtre.

— C'est toi qui le dis, répondit l'homme qui avait fait la première suggestion, en me jetant un regard offensé. Mais s'il court aussi vite...

— Bien sûr, ajouta un autre. Je vais m'assurer que la phratrie est informée. J'espère que l'esclave sera entendu à la première audience.

Ce noble citoyen quitta le verger. Tous semblaient satisfaits à l'idée de la culpabilité de l'esclave. Je laissai les autres s'éloigner, sentant confusément que je m'étais rendu impopulaire. Je repris peu à peu tout mon bon sens. Regardant à nouveau le sol à l'endroit où j'avais trouvé le morceau de corne, je me demandai s'il n'y en avait pas d'autres. Je n'en vis pas. En revanche, j'aperçus un minuscule fragment de poterie, qui provenait apparemment d'un pot cassé et n'offrait pas grand intérêt. Il n'y avait aucun dessin dessus, cependant, un signe irrégulier, pareil à une petite croix, était gravé sur l'un des côtés. Ce pouvait être la marque du potier. Je quittai à mon tour le verger, en jouant distraitement avec le morceau de poterie comme on le fait parfois avec des perles ou des cailloux. C'était une belle et claire matinée, mais je me sentais aussi las qu'après une dure journée de labeur.

CHAPITRE TROIS

Chants funèbres et accusations

De retour chez moi, je me purifiai avec de l'eau. Je ne racontai rien à ma famille de ce que j'avais vu, puis sortis comme d'habitude. C'était l'heure où la foule se pressait sur l'agora. Après cette funeste matinée, il était réconfortant de voir acheteurs et marchands discuter sous les portiques. Les denrées courantes étaient présentées en abondance : cuir, poissons, figues. On entendait tourner la roue du potier et résonner le marteau du forgeron. Ces bruits familiers étaient plaisants à mes oreilles. Des cris divers — « Pots, pots en terre, très bon marché ! », « Du miel, du bon miel de l'Hymette ! » — se mêlaient au brouhaha des conversations et aux discussions animées. « Deux oboles pour une paire de malheureuses sandales ? Me prends-tu pour un imbécile, fils de porc ? » criait un esclave de la campagne, alors qu'un riche citoyen objectait de son côté : « Cinq cents drachmes pour une cabane et ce lopin d'ivraie ! Sois raisonnable ! » Sur l'agora, les affaires et le plaisir semblaient d'une importance permanente. Il ne faut pas rechercher la sagesse sur une place de marché néanmoins, si la sagesse est absente, l'activité règne, ainsi que la variété et l'absence de souci.

Cependant, même dans cet endroit plein de vie, Boutadès pesait de sa lourde présence. Je quittai les portiques, afin de me mêler aux citoyens qui, vêtus de leurs chitons d'une blancheur impeccable, flânaient tout en devisant. Je pris soudain conscience que tous avaient abandonné les sujets courants, pour parler de Boutadès. Bien que j'eusse vu le cadavre, je répugnais à aborder le sujet. Télémon se montrait plus loquace, répétant perpétuellement son histoire, au point d'en avoir la gorge sèche. Il allait se rafraîchir alors de quelques rasades de vin sous les portiques.

Une certaine tension envahissait l'air, semblable à une corde de lyre trop tirée, et plus d'un jetait un regard en direction de l'Acropole, où Athéna veille sur la cité. On apercevait la fumée des sacrifices, mais cela n'apaisait pas les craintes de nos cœurs. Nous éprouvions tous une certaine frayeur à l'idée qu'un tueur inconnu puisse se promener dans nos rues et frapper à nouveau. Un homicide pollue tout, tant qu'il n'est pas vengé : le tueur d'abord, puis sa famille, sa tribu, sa phratrie et, finalement, la ville entière. Même si nous accomplissions les sacrifices, les prières et les libations d'usage, nous pouvions demeurer impurs, et nos prières rester vaines. Athéna, pure déesse de la sagesse et de l'artisanat, pouvait abandonner la ville tant que l'offense ne serait pas lavée.

Non, les conversations n'étaient pas aussi gaies que de coutume. Je m'approchai d'un groupe qui discutait d'une pièce de théâtre, mais la conversation dériva bientôt vers l'inévitable sujet.

31

— Je me demande, dit l'un, si Polygnotos sera chorège, maintenant, avec son pauvre oncle à peine porté en terre.

— Il reste encore sept mois avant les dionysies, répondit un autre, assez de temps pour que le coupable soit pris et exécuté.

Si le meurtre restait impuni, il serait à l'évidence impossible pour Polygnotos de monter un spectacle.

— Pourtant personne ne briguera cet honneur, surtout quand on en connaît le coût. On assisterait, alors, à un spectacle de longs visages et de bourses courtes, n'est-ce pas?

— De plus, dit un jeune garçon blond, visiblement amateur de théâtre, Polygnotos a déjà désigné un poète : Kéramias. La pièce est presque achevée et il envisage de faire bientôt appel à un chœur. Les fabricants de masques et les costumiers espèrent du travail. Tout le monde attend de Polygnotos qu'il produise un grand spectacle, avec chants, danses et toute une machinerie compliquée.

— Quel est le sujet de la pièce? demanda l'un des citoyens âgés.

— J'ai entendu dire, ou, plus exactement, Polygnotos a confié à un ami qui l'a répété à un autre, qui me l'a dit enfin : elle traitera de l'éducation.

— Hum! Un conte moral, répondit un autre. J'espère qu'il sera drôle. J'aime les comédies anciennes, avec de bonnes grosses plaisanteries. Quoi qu'il en soit, je ne demandais pas quel en était le thème, je voulais en connaître les personnages.

— Je le sais, dit le jeune blond. Kéramias a confié à un de mes amis qu'il s'agirait de Chiron et Héraclès.

— Un sujet de mauvais augure! Rappelez-vous la mort de Chiron.

La conversation se refroidit puis le groupe se dispersa. Je quittai l'agora et retournai, sous les portiques, près du marchand de vin. Là aussi, je découvris que la muse de la poésie s'intéressait à Boutadès. En marchant lentement, à l'ombre de la foule, je passai devant un chanteur des rues qui, pour quelques pièces de monnaie, psalmodiait les dernières nouvelles de la journée, sur d'assez méchants vers :

Écoute, ô peuple d'Athènes, viens autour de moi.
J'ai une affreuse nouvelle pour toi,
Ne doute pas de ma parole :
Le noble Boutadès a été trouvé sur le sol,
Tué par la flèche d'un lâche inconnu
Qui, sautant un mur, a été vu.
Que les dieux l'accablent de mal,
Qu'il franchisse le fleuve infernal !

Boutadès a connu une terrible fin,
Surpris à sa table au petit matin.
Homme de bien, il n'avait pas d'ennemi,
On lui a pourtant pris sa vie.
Agé de cinquante années,
Il était de tous respecté.
Boutadès, le bon triérarque,
Était dans la ville un homme de marque.
Son esprit réclame vengeance
De cette abominable engeance,
Que son tueur soit torturé
Et trouve un trépas abhorré.

C'étaient, je l'ai dit, d'assez pauvres vers. Bien que ces ballades m'eussent souvent diverti, je ne trouvai aucun amusement dans tout cela et quittai l'agora avant midi.

Au jour fixé pour l'exposition du corps, je me rendis comme tout le monde chez Boutadès. La cour, que j'avais traversée le matin du meurtre, était maintenant le lieu de la cérémonie. Une foule d'hommes très dignes y était rassemblée pour rendre hommage au défunt. On entendait les pleurs et les lamentations des femmes à l'intérieur de la maison, accompagnés par l'accent plaintif des flûtes. Il y avait aussi un orchestre de musiciens, bien vêtus. Dans son costume de deuil, Polygnotos, le regard vague, semblait mélancolique, bien qu'en réalité le masque de dignité qu'il arborait fût plutôt celui de l'ennui. Il était entouré par les hommes de sa famille et les membres de sa phratrie. Eutikleidès figurait parmi eux. Polygnotos ne me prêta aucune attention bien que j'eusse été l'un des premiers sur la scène du meurtre et l'aie vu fermer les yeux de son oncle.

Boutadès, étendu sur une belle couche sculptée, les pieds tournés vers la grille, n'accordait aucune attention à l'assemblée. Il avait bien meilleure figure que la dernière fois. Les femmes avaient mené à bien leur tâche ingrate de préparation du corps. Bien que fort pâle, il paraissait maintenant aussi paisible que s'il était mort dans son lit. Son linceul était d'un blanc immaculé, et les femmes avaient pris soin de coudre le tissu de laine autour de sa gorge, de telle sorte que la blessure n'était pas visible. Cet arrangement inhabituel avait eu pour résultat de lui relever le menton et lui donnait l'air arrogant. Couché là une obole dans la bouche, il semblait presque béat. La couronne de vigne rituelle dont les femmes avaient orné sa tête ajoutait une touche insolite de bacchanale, qui s'accordait peu aux circonstances tragiques de sa mort. Pauvre Boutadès ! Je songeai alors à la grande amphore dans laquelle il ne puiserait plus jamais de vin.

En me penchant sur lui pour lui adresser un dernier adieu, je sentis l'arôme de l'origan et du miel émanant du gâteau qu'il tenait à la main et qui fondait au soleil. Il y avait aussi une légère mais manifeste odeur de mort. Quelques mouches voletaient au-dessus de ses doigts désormais impuissants à les chasser.

Les vocératrices psalmodiaient en chœur, encouragées par les généreux rafraîchissements qui les attendaient à la cuisine, ainsi que le confortable traitement de leur service. Personne ne pouvait prétendre que Polygnotos n'avait pas honoré la mémoire de son oncle selon les règles : tout était parfait. Devant la porte, l'esclave qui faisait office de portier, apparemment à nouveau maître de ses esprits, offrait de l'eau pour la purification.

Le rituel s'était déroulé de façon si naturelle que, après m'être retiré, je me sentais un peu réconforté, comme si la vie reprenait ses droits. Cette impression ne devait pas durer longtemps.

Je ne sais pas ce qui fut le pire, le jour du meurtre ou celui des funérailles. Bien que je n'aie pu m'en rendre compte sur le moment, le jour de l'exposition du corps de Boutadès sur son lit d'apparat n'offrit qu'un bref répit entre deux coups du sort.

En ce qui me concerne, je me souviendrai de cet enterrement jusqu'au dernier jour de ma vie. Comme tous les autres citoyens, je me levai tôt pour y assister. Les étoiles brillaient encore dans le ciel, mais l'air était chargé d'humidité et les nuages se rassemblaient au-dessus de la mer.

Le cercueil de Boutadès fut emporté sur un char. Ses amis n'avaient probablement pas trouvé la force de porter sur leurs épaules un corps mutilé, dont l'esprit tourmenté planerait au-dessus de leurs têtes. Tous les membres de la famille et de la phratrie étaient présents, entourant Polygnotos qui brandissait une lance. Nous savions tous qu'il en porterait une, toutefois une trémulation, proche de l'allégresse, secoua la foule, lorsqu'elle l'aperçut. Polygnotos était aussi sombre que s'il partait en guerre.

La procession traversa les rues d'Athènes. La lumière des torches, tenues par les esclaves, éclairait le corps de Boutadès dans son cercueil, puis venait le groupe sombre des femmes de la famille, voilées de noir, afin de rattraper l'âme du défunt si elle s'évadait de son corps. Les flambeaux et les plaintes déchiraient le silence de la nuit. Nous suivîmes le cortège funèbre jusqu'au Céramique[1]. La procession s'arrêta dans la section du cimetière réservée aux nobles et riches citoyens. La lumière léchait les hauts monuments de pierre et les stèles, tandis que le corps de Boutadès était déposé dans la tombe fraîchement creusée, au milieu des gémissements. Parents et amis jetèrent alors des objets rituels dans la tombe : figurines en terre cuite, vases, poteries et même une bague en or qui brilla un bref

---

1. Quartier d'Athènes divisé par le tracé des remparts en un Céramique intérieur, quartier des potiers (d'où le nom), et un Céramique extérieur, occupé par le cimetière de l'aristocratie athénienne.

instant. Avec diligence, le fossoyeur se hâta de lancer des pelletées de terre que l'on entendait tomber. C'était une nuit sans lune et les étoiles pâlissaient dans le ciel. Le jour avait peine à se lever. La tombe venait juste d'être recouverte, lorsqu'une pluie fine se mit à tomber.

Polygnotos s'avança alors au bord de la sépulture. Les esclaves levèrent leurs torches, de sorte que lui seul était éclairé. Muni de sa lance, il paraissait plus grand et fort que nature, semblable à un dieu ou un héros de légende. Un frisson d'anticipation secoua la foule, s'ajoutant à celui provoqué par la pluie froide. C'était là le moment qui rendrait ces funérailles différentes des autres. Polygnotos allait maintenant lancer une proclamation contre « les commanditaires ou les meurtriers » inconnus, défiant et menaçant l'assassin anonyme, lui ordonnant de se tenir à l'écart de toutes les cérémonies légales ou sacrées. Cette déclaration prononcée en public, à l'ombre de la victime, revêtait un caractère sacré. C'était un début de vengeance devant les dieux et les hommes. Où qu'il fût, le meurtrier serait maintenant désigné par un doigt vengeur. Nous nous attendions tous à ce que Polygnotos lançât son défi « au tueur inconnu », mais il surprit bientôt tout le monde.

Levant sa lance très haut, il réclama le silence et se mit à parler. Sa voix claire, profonde et parfaitement modulée portait loin.

— Devant la tombe de mon oncle Boutadès, fils de Boutadès, du clan des Étéoboutades, et en présence de son ombre, je proclame, moi Polygnotos, que Boutadès a été traîtreusement assassiné, et te désigne toi, Philémon, fils de Lykias d'Athènes, comme le meurtrier reconnu, et te défie de t'approcher de l'eau bénite, du vin et des libations, de l'agora, des temples et autres lieux saints.

Je chancelai alors, et dus m'appuyer sur l'esclave qui tenait ma torche. Tout d'abord, je ne pus en croire mes oreilles. Mon cousin Philémon ! C'était impossible, murmurai-je. Quand la vie et la pensée revinrent en moi, je sentis la colère monter et m'écriai : « Tu mens ! » tout en m'élançant vers Polygnotos. Je voulais lui arracher cette lance et le sommer de rétracter ses propos mensongers, mais j'eus le bon sens de mesurer la vanité d'une telle attitude. Elle aurait été jugée inconvenante et impie. La foule commençait à se disperser, et, tandis que les autres tentaient de se protéger de la pluie insistante en se couvrant de leur himation, je restai là immobile. J'entendais des exclamations autour de moi. Personne ne vint me témoigner la moindre commisération ou, ce qui aurait été mieux encore, de la sympathie. Ceux qui, à mes côtés, me savaient être le plus proche parent de l'homme incriminé se hâtèrent de s'éloigner.

Même à ce moment, je ne pus m'empêcher de penser que ce ne pouvait être qu'une erreur, une confusion tragique. Mais ce sentiment fut considérablement ébranlé par un incident de mauvais augure. Accompagné d'Eutikleidès et des autres parents, Polygnotos passa non loin de moi, et j'entendis Eutikleidès déclarer avec un regard significatif en ma direction :

— Nous allons déposer une plainte officielle devant le Basileus. Vous pourrez entendre la proclamation contre Philémon, sur l'agora, avant la fin de ce jour.

CHAPITRE QUATRE

Visite à Aristote

Je retournai à la maison dans un état second, mais je ne dis rien aux femmes de ce qui s'était passé. Durant le reste de la matinée, j'avais eu le temps de réfléchir et j'essayai de me réconforter, voulant croire que le Basileus rejetterait une accusation aussi absurde. Cet espoir ne dura guère. Le Basileus se présenta sur l'agora avec Polygnotos et ses parents, et la proclamation fut lancée contre Philémon avant même que midi ait sonné.

Tout le monde était maintenant au courant et l'accusation signifiait que Philémon serait inévitablement jugé. Il était vain d'essayer de cacher plus longtemps la vérité aux femmes ; les nouvelles se répandent vite par les portes de service. Je devais affronter ma tante Eudoxia.

Elle vint me trouver toute tremblante et en larmes, et se jeta à mes pieds, suppliante :

— Oh ! Stéphanos, tu dois le sauver ! Tu es le chef de la famille maintenant, et il faut trouver un moyen de tout arranger.

Je la relevai et la fis asseoir, en essayant de ne pas la toucher à l'endroit où la maladie la faisait souffrir. Elle ne l'aura sûrement pas remarqué, tant tout son corps et son esprit étaient douloureux.

— Bien sûr, dis-je en lui tapotant les mains, c'est une erreur tragique qui sera bientôt réparée. Tout cela est si absurde : Philémon est en exil, au loin depuis deux ans. Il n'est pas raisonnable de soupçonner un homme absent. Tout le monde en conviendra. De toute façon, Philémon serait incapable d'un tel acte, et nous savons qu'il ne l'a pas commis. Nous le prouverons. Même si nous devons attendre la première audience, le Basileus devra ainsi rejeter la demande, qui ne viendra même pas en jugement.

Je parlais autant pour ma tante que pour moi-même, et mes paroles nous rassurèrent tous les deux. Eudoxia s'essuya les yeux, et reprit mes propres mots avec empressement :

— Il n'est pas raisonnable de soupçonner un homme qui n'est pas là. Tu le leur diras, Stéphanos. Démontre au Basileus la folie de s'en prendre à un pauvre exilé. Oh ! Mon pauvre enfant ! Quand te reverrai-je ? Pourquoi ton doux nom est-il sali d'un crime aussi odieux ?

Elle pleura de nouveau, puis se pencha vers moi, ajoutant à voix basse :

— Stéphanos, je suis au courant de ce meurtre et ta mère également, bien que tu aies cherché à nous épargner. Les esclaves nous avaient tout raconté dès le matin même. Nous ne t'en avons pas parlé auparavant, mesurant combien tu étais bouleversé. Nous avons appris que tu te trouvais chez Boutadès, ce jour-là, et voulions te questionner, mais nous savions que tu ne te résoudrais jamais à évoquer ce sujet, près du saint autel de Zeus. Toutefois, je me

40

dois de te le demander, maintenant : tu étais bien là-bas, n'est-ce pas ?

— Oui, répondis-je, en admirant le talent insoupçonné des femmes pour m'interroger.

— A-t-on parlé de Philémon, alors ? Est-ce pour cela que tu étais aussi abattu ? A-t-on insinué que Philémon pouvait être mêlé à cette affaire ?

— Non, tante Eudoxia, je t'assure devant les dieux qu'il n'en est rien. Je ne me suis pas senti davantage concerné que quiconque, hormis le fait que j'avais vu le cadavre de Boutadès. Ce n'était vraiment pas un spectacle réjouissant.

J'hésitai, et elle me pressa de continuer, alors je lui racontai tout ce qui avait été dit à ce moment-là. Elle m'écouta avec attention. En vérité, sa réaction me surprit car elle gloussa comme une oie, et s'exclama :

— Est-ce là tout ? Dans ce cas, ils n'ont rien de tangible. Ils ont juste prononcé un nom au hasard. Je suis sûre que les parents de Boutadès ont eu honte qu'une telle action ait été perpétrée dans la famille. Ils ont voulu rejeter ce forfait sur quelqu'un, afin d'en tirer vengeance. Ils ont choisi le nom de mon pauvre Philémon, parce qu'il a été accusé d'avoir tué un homme, mais c'était au cours d'une bagarre, et ce n'était pas un meurtre.

Les larmes se mirent à couler à nouveau de ses yeux. Elle dut s'interrompre avant de reprendre :

— Nous dépendons tous de toi, Stéphanos. Tu es bien jeune ! Fais-leur entendre raison. Justice nous sera rendue, même si nous nous heurtons à une noble famille. Ils pensent pouvoir agir à leur guise contre la nôtre parce qu'elle compte si peu d'hommes et que mon pauvre Philémon est au loin.

Mais tu es là, Stéphanos, et tu es un brave garçon. Les dieux t'entendront et puniront les Étéoboutades de leurs accusations mensongères.

Elle se leva et se dirigea vers la porte. Avant de sortir, elle se retourna pour lancer une dernière fois d'un ton triomphant :

— Qu'ils sont stupides, Stéphanos ! Comment un homme qui n'était pas là aurait-il pu commettre un meurtre ?

Je l'avais réconfortée. Quant à moi, j'avais beau me répéter cette petite phrase, je ne me sentais pas à l'aise. Eudoxia avait raison, il y avait vraiment peu d'hommes dans la famille. Mon père et mon oncle étaient morts, je n'avais pas de frère adulte et aucun cousin à l'exception de Philémon. Naturellement, il y avait ma phratrie, mais aucun des hommes importants qui la composaient n'était un proche parent. Tout reposait sur moi seul. Et je ne savais que faire.

Après une nuit sans sommeil, je me levai et m'efforçai de me plier au rituel quotidien. J'allai aux bains ; des amis me saluèrent distraitement. Je me rendis au gymnasium ; tout le monde était trop occupé pour se joindre à moi dans quelque sport. À l'agora, les citoyens se trouvaient soudain engagés dans une conversation dès que je m'approchais. J'entendis des exclamations de la foule vulgaire sur le marché et je surpris même un ou deux gestes de paysans ou d'esclaves, destinés à écarter le mauvais œil à mon passage.

Je rentrai chez moi et essayai de lire, mais rien ne parvint à retenir mon attention. Mon esprit était aussi irrité qu'une blessure à vif.

Dans la soirée, je ne pus en supporter davantage. Je décidai d'aller voir l'homme que j'admirais le plus à Athènes, celui qui, assez bizarrement, en dépit de sa célébrité, serait le dernier à m'écarter avec une froide politesse. J'avais besoin de m'éclaircir les idées, j'avais besoin d'une conversation intelligente et de conseils : j'allai voir Aristote.

À cette époque, Aristote vivait dans une petite maison près du Lycée. Cette demeure ne lui appartenait pas. Aristote était un étranger à Athènes, bien que trois ans plus tôt un décret public lui eût conféré la citoyenneté d'honneur. Certains l'admettaient mal en raison de ses liens avec la Macédoine.

Avant la mort de Platon, Aristote avait dû quitter Athènes à la hâte, et le conflit avec la Macédoine accentuait l'hostilité témoignée à l'homme de Stagire, dont la famille était protégée par Philippe. Aristote était resté absent pendant treize années ; il ne pouvait plus être question que Platon lui laissât l'Académie.

Je note ces faits dans l'intention de récuser les rumeurs qui circulent aujourd'hui, et qui prétendent qu'il existait une inimitié entre Platon et Aristote : vile calomnie sur le nom de deux grands hommes.

Je me souviens à peine de Platon. Alors que j'étais tout enfant, on me désigna un jour cet homme aux cheveux blancs. J'ai fréquenté l'Académie aux derniers jours du règne sombre de Speusippe. Lorsque Aristote revint à Athènes et ouvrit son école, je m'y inscrivis, et je connus, pendant quelque temps, le plus grand plaisir intellectuel qui se puisse concevoir. Fréquenter le Lycée après l'Académie était comme de passer d'un temps couvert à une belle journée ensoleillée. Je conservai mes notes de conférences, et même après mon abandon forcé, à la mort de mon père, j'y retournai à l'occasion afin de conserver un esprit ouvert.

Oui, j'admirais sans conteste Aristote, mais s'intéresserait-il à mes problèmes ? Je ne m'étais pas montré un étudiant très brillant ; se souviendrait-il seulement de moi ? En m'approchant de sa maison, je commençai à mesurer ma propre témérité.

L'esclave me reçut avec courtoisie et alla aussitôt annoncer ma présence. Il revint me dire que le maître dînait, mais qu'il me recevrait dès qu'il aurait terminé. Il m'invita à entrer pour attendre.

Des voix venant de la pièce voisine, audibles dans cette petite maison, m'apprirent qu'Aristote dînait en compagnie de sa femme. Certains trouvaient étrange qu'Aristote, si longtemps le « reclus de l'Académie » et ne s'intéressant apparemment qu'au monde des livres et aux discussions philosophiques, se fût marié pendant son exil, et encore plus qu'il ait épousé une femme correspondant si peu à ce que l'on estimait convenir à un philosophe. Alors qu'il était à l'étranger, il avait épousé la jeune Pythias, fille d'Hermias d'Atarnée. De mauvaises langues prétendaient que Pythias était en vérité la concubine, et non la fille d'Hermias. Cependant, les bavardages des femmes laissaient entendre qu'elle était jolie, de peau assez foncée et qu'elle ne s'occupait pas d'autrui. Elle n'avait donné qu'une fille à son mari.

Tandis que j'attendais dans cette petite pièce coquette, garnie d'une extraordinaire quantité de livres (des livres qui lui appartenaient, pas deux ou trois mais un grand nombre, qu'il conservait chez lui), je sentis le découragement m'envahir.

L'esclave s'était montré déférent. Sans nul doute, il m'avait pris pour un des jeunes nobles du Lycée qui venait reprendre une discussion après une journée studieuse, l'un des élèves les plus prometteurs que le maître recevait chez lui. Je me souvins qu'Aristote lui-même avait été reconnu très tôt comme l'un des meilleurs élèves de Platon. On disait que Platon appelait Aristote l'« Esprit » et qu'il refusait de commencer un cours tant que ce dernier n'était pas présent. « L'Esprit n'est pas encore parmi nous », disait-il. Nous autres étudiants en plaisantions et surnommions parfois Aristote « l'Esprit », derrière son dos. Ce n'était pas là une épithète que l'on aurait l'idée de m'attribuer, sinon par dérision. À défaut d'être un étudiant prometteur, je n'étais qu'un importun venu exposer mon sordide problème personnel aux pieds de celui qui n'était plus mon maître.

La porte s'ouvrit, et Aristote entra. Son sourire de bienvenue apaisa toutes les craintes que j'avais pu concevoir. À son invitation, je m'assis, tandis qu'il s'installait lui-même, après avoir glissé un coussin derrière son dos.

— J'espère, maître, que, grâce aux dieux, je te trouve en bonne santé.

— Je vais bien, dit-il vivement, à l'exception de cette sciatique, une maladie qui vient d'Attique. Quant à toi, Stéphanos, nota-t-il en posant sur moi ses yeux d'un bleu pénétrant, tu as la mine de quelqu'un qui n'a pas bien dormi et je crois deviner ce qui t'amène.

— Ah ! répondis-je tristement, je le sais à peine moi-même ! J'ai besoin de m'entretenir avec un esprit clair pour mettre de l'ordre dans mes pensées.

Il ne s'agit pas d'une discussion philosophique, et peut-être vas-tu refuser de t'entretenir avec moi.

— Je ne vis pas continuement en reclus dans la solitude de ma bibliothèque, répondit calmement Aristote, j'entends aussi ce qui se passe à Athènes. Je sais que Boutadès a été assassiné, et que ton cousin est accusé de ce crime. De toute évidence, tu vas devenir son défenseur, aussi quoi de plus naturel que de venir consulter ton vieux professeur de rhétorique ? C'est parfaitement raisonnable. Quant à moi, ajouta-t-il en riant, je ne présente pas un tel sommet de respectabilité à Athènes pour m'effaroucher d'être vu en ta compagnie.

Il secoua la tête. Sa tonsure brillait à la lueur de la lampe qui mettait en valeur la frange rousse de ses rares cheveux. Il avait certes l'air d'un bel esprit, mais vraisemblablement pas celui de la respectabilité. En le regardant, je ne pus me défendre de penser : « Il est probablement le meilleur ami que j'aie à Athènes. »

— Je comprends ta détresse, reprit-il avec plus de gravité, mais tu as tort de penser que ton problème ne relève pas d'un philosophe. La peur, la douleur et la colère sont naturelles chez les animaux, les hommes et même, nous dit-on, chez les dieux. L'animal humain s'exerce à travers le travail de son cerveau. C'est le meilleur remède, et le plus efficace, contre les maux infligés aux mortels. Laisse maintenant ton esprit entrer dans le jeu. Mais prenons d'abord un peu de vin pour apaiser ton cœur. Nous deviserons tout en buvant.

Le vin fut apporté et nous procédâmes à quelques libations.

— Et maintenant, reprit Aristote, conte-moi les

faits, dans l'ordre où tu les connais. Expose-moi l'affaire comme s'il s'agissait d'un problème de géométrie.

Je lui narrai les événements, comme peu avant à tante Eudoxia, mais de façon plus complète et précise. J'allai jusqu'à évoquer le morceau de corne que j'avais découvert dans le verger de Boutadès.

— Ah! dit-il, je sais ce que c'est: l'extrémité d'un arc crétois. Ils sont assez rudimentaires, mais efficaces à ce qu'il semble. Philémon est-il allé en Crète?

— Hélas! Lorsqu'il a quitté Athènes, il a embarqué à bord d'un bateau qui battait pavillon vers la Crète. Tout le monde le sait.

— Vraiment? Alors c'est un point que l'accusation ne manquera pas d'utiliser. Ne sois pas si abattu, Stéphanos, nous devons examiner chaque fait en détail, et ce serait être piètre rhétoricien que de vouloir défendre une cause sans avoir anticipé tous les arguments de l'adversaire. C'est une bien mauvaise tactique que de se laisser surprendre. Inutile de nier l'évidence! Sois tranquille, je ne te trahirai pas et ne discuterai avec personne de ce que tu me diras, mais je dois te poser la question. Si tu ne peux pas me répondre, réponds-toi à toi-même: Philémon est-il revenu à Athènes? Pardonne-moi, mais seule la vérité peut nous être utile.

— Non! dis-je avec indignation. Je suis sûr qu'il n'est jamais revenu au cours de ces deux dernières années. S'il s'était trouvé à Athènes, il me l'aurait fait savoir ou, sinon à moi, du moins certainement à ma tante Eudoxia: sa mère est âgée et malade. Je sais qu'il ne l'a pas fait.

Je lui rapportai ma conversation avec ma tante Eudoxia, concluant:

— Elle pense que la famille de Boutadès cherche à se venger, et qu'elle a porté son choix sur Philémon parce qu'il est pauvre et exilé.

— C'est une femme avisée. J'ai le plus grand respect pour ta tante Eudoxia.

— Enfin et surtout, ma tante et moi connaissons bien Philémon. Nous *savons* qu'il ne commettrait jamais un aussi abominable forfait, pas plus pour régner sur Athènes que pour défendre sa vie.

Aristote hocha la tête.

— Cet argument aura peu de poids devant une cour de justice, sauf peut-être devant celle d'Hadès, mais là, on peut présumer que la vérité n'aura pas besoin d'être démontrée et la rhétorique sera inutile. Je ne t'ai pas posé cette question pour te décourager ; nous devons penser à la manière des rhétoriciens et des hommes de loi. Tu as cette seule consolation, en ce qui concerne ton cousin : Philémon est en exil, loin d'Athènes, aussi quelle que soit l'issue du procès, on ne pourra pas appliquer la peine de mort. Sa vie sera sauve, aussi longtemps qu'il restera absent. Comment vas-tu le prévenir ?

— Je ne puis le faire ; j'ignore où il se trouve. Peut-être apprendra-t-il cette calomnie ? Les mauvaises nouvelles vont vite.

Aristote but un peu de vin et dit avec entrain :

— Eh bien, nous allons adopter cette hypothèse : Philémon n'est pas coupable. Ce sera la base de notre défense. L'argument découle des paroles de ta bonne tante : il n'était pas là, donc il n'a pu commettre ce crime.

« Cependant il existe un corollaire à cette hypothèse qui conduit à un argument intéressant. La déclaration d'Eudoxia n'est que le point d'appui de ton hypothèse et en aucun cas une démonstration. Elle est absolue en elle-même, et si cette déclaration était récusée, ton hypothèse pourrait demeurer vraie. Si nous la tenons pour vraie, le corollaire doit être démontré. Autrement dit : si Philémon n'est pas coupable, quelqu'un d'autre doit l'être. Examine objectivement ce point intéressant. Trouve l'assassin de Boutadès, prouve sa culpabilité et ton théorème sera démontré. Il te revient de le démasquer, avant le procès, et de rassembler des témoins qui prouveront l'innocence de Philémon.

— À moi, balbutiai-je, mais c'est là une tâche digne d'Héraclès ! Trouver un criminel qui s'évanouit dans le vent de la nuit ! Le coupable peut être n'importe où ; son crime n'est sans doute connu que de lui seul et des dieux. Quelle chance ai-je de le retrouver en quelques semaines ?

— Je n'ai pas dit que ce serait facile, mais qu'il fallait essayer. Tu disposes de quelque temps, Stéphanos. Regarde, dit-il en levant quatre doigts : d'abord il y aura la première prodikasia[1], où l'accusation portera les faits devant le Basileus. Certes, le temps est court jusqu'à la fin du mois, dit-il en touchant son index. Il se passera un mois entre la première et la deuxième prodikasia, ajouta-t-il en touchant son majeur, un autre mois entre la deuxième prodikasia et la troisième, dit-il en indiquant son annulaire, et enfin un autre mois avant le procès lui-même.

Il secoua son auriculaire sous mon nez :

— Cela fait quatre mois, Stéphanos. Le soleil est encore chaud, et l'hiver battra son plein quand le

1. *Prodikasia* : audience.

procès arrivera. On peut apprendre et accomplir beaucoup en quatre mois, et même en trois.

— Que devrais-je apprendre ? Et par où commencer ?

Je me sentais stupide, à l'égal de ces étudiants qui, sans cesse, interrogent : « Que devrais-je lire ? Et qu'en penser ? Comment commencer ? Comment continuer ? »

Aristote m'encouragea d'un sourire, et me versa un peu plus de vin.

— En premier lieu, nous devons reconsidérer le point essentiel : le meurtre lui-même. Ton récit des faits est fort instructif, Stéphanos ; et bien exposé. C'est un avantage pour la défense : nous ne savons pas ce qui s'est réellement passé, mais nous en savons plus que si tu n'avais pas été présent sur les lieux. Cependant, cela offre aussi un désavantage, ainsi que je vais te le démontrer. Si Polygnotos et ses amis le souhaitent, ils peuvent prétendre que tu étais de connivence avec Philémon et te récuser pour sa défense. Je ne pense pas néanmoins qu'ils le feront. Quelqu'un doit conduire la défense et il sera porté à leur crédit d'accepter un parent de l'accusé comme défenseur naturel. En tout cas, le débat portera probablement peu sur les événements de cette matinée postérieurs à ton arrivée. Tu sais que le nom de Philémon n'a pas été mentionné ce jour-là, et tu pourrais faire appel à des témoins sur ce point précis.

Aristote réfléchit un moment et secoua la tête. Ses cheveux roux, sa barbe striée de gris brillaient dans la lumière.

— Ah ! Comme j'aurais aimé être moi-même dans cette pièce !

— Doutes-tu de moi ? demandai-je, blessé.

— Non, mais les gens ne voient pas tous la même chose, et beaucoup de bavardage trouble le regard. Souviens-toi toujours que tu n'étais pas présent lors des événements qui t'ont été relatés. Certains de ceux qui sont entrés avec toi tiennent maintenant des propos extravagants, allant jusqu'à prétendre qu'ils ont assisté au meurtre de Boutadès. Or, nul n'était présent, à l'exception du meurtrier. Polygnotos se trouvait seul lorsqu'il a découvert le corps. Même les plus sincères de ceux qui affirmeront « J'étais là » ne savent, en réalité, que ce qu'on leur a raconté. Toi-même, Stéphanos, qu'as-tu vraiment vu ? Décris-moi la pièce et les objets qui s'y trouvaient.

Je m'exécutai.

— Comment Boutadès était-il étendu quand tu l'as vu ? Où était plantée la flèche ?

Je précisai encore ces points, désignant l'endroit sur ma propre gorge — non sans un léger frisson.

— Ah ! sur la veine jugulaire ! s'exclama Aristote. Un bon tir, en vérité. Il y avait beaucoup de sang, dis-tu. Pauvre Boutadès ! Ses comptes inachevés sur la table étaient couverts de sang...

— Non, protestai-je, il n'y avait pas de sang sur la table, j'en suis sûr. Il y en avait par contre beaucoup sur le sol. Les sandales de Boutadès en étaient maculées, et ses cheveux aussi.

— Quelle bonne mémoire ! Tu es observateur. Je présume qu'il y avait du sang sous la table. Je vais prendre tout cela en note.

Sans plus attendre, muni de son style, il jeta quelques notes sur une tablette en cire. Il remarqua mon regard étonné.

— Je n'inscris rien qui pourrait servir à informer

un tiers, dit-il sur un ton rassurant. Je prends toujours des notes sur tout. C'est une manie bien meilleure, je pense, que de se ronger les ongles. De plus, elle a l'avantage de vous faire passer pour avisé, ce qui vous donne un pouvoir indéniable sur les autres. Mais poursuivons ton intéressant récit. À quel endroit les sandales de Boutadès étaient-elles le plus tachées?

— Partout, spécialement aux talons.

— « Il n'aura pas abordé les rives du Styx avec les pieds secs », remarqua Aristote, citant une élégie. Dis-moi, son corps saignait-il encore quand tu l'as vu, ou bien le sang avait-il cessé de couler et avait-il commencé à coaguler?

— Il saignait encore quand je suis entré. J'ai vu des gouttes suinter lentement de la blessure. Juste avant que nous ne sortions, le sang avait cessé de couler et commençait même à sécher.

Cette conversation me retournait le cœur, toutefois Aristote semblait y attacher le plus grand intérêt, comme si nous discutions des proportions d'un triangle, et non de la mort d'un homme. Je me souvins que le père d'Aristote était physicien et que le philosophe lui-même avait étudié la médecine. Je suppose que les médecins adoptent toujours cette froideur en face d'un cadavre; une attitude que la plupart d'entre nous ne partagent pas.

— J'aurais aimé examiner ce corps, remarqua pensivement Aristote. Oui, la mort de Boutadès est intéressante. Pourquoi est-il mort? Les hommes tuent pour quatre raisons principales : le hasard, l'impulsion, l'habitude et le désir. Le hasard est à écarter, à moins que Boutadès n'ait été tué par erreur à la place d'un autre. Possible, mais peu probable. Habitude ? Certainement pas. L'habitude de tuer des citoyens au moyen d'une flèche constitue une excentricité trop remarquable. L'impulsion ? Dans ce cas, le tueur avait-il un mobile ? Ce qui nous amène à la quatrième raison, car, quelle que soit l'identité du meurtrier — qu'il fût seulement la main qui frappe ou bien le véritable instigateur du crime —, quelqu'un voulait la mort de Boutadès.

— Il pourrait aussi s'agir d'un fou, objectai-je.

— Oui, un crime irrationnel demeure une possibilité. De tels crimes sont difficiles à démêler, bien que, si l'on s'applique à les examiner sous un angle différent, ils puissent devenir à leur tour rationnels. Un fou, agissant selon sa propre logique, perçoit dans sa victime un ennemi de l'État, l'assassin de son père ou une personne complotant contre lui. Mais un fou se démasque par ses discours extravagants. Pour autant que nous le sachions, l'accusation pourra prétendre que Philémon a tué Boutadès dans un moment de folie.

— Il ne nous restera plus alors qu'à démontrer qu'il est sain de corps et d'esprit. Mais nous n'aurons pas à le faire, puisque nous tenterons seulement de démontrer que Philémon n'était pas là.

— L'argument de tante Eudoxia ! dit Aristote, en fronçant les sourcils. Une preuve négative. Rien que des preuves négatives : Philémon n'était pas là ; Philémon n'était pas fou ; Philémon n'avait aucun mobile rationnel... Il est toujours difficile de prouver des négations. Revenons à Boutadès et à la raison de sa mort. Il est vraisemblable que le désir de le voir mort était raisonné. Brièvement, il existe trois types de désirs rationnels, dans ce genre d'affaires : désir de vengeance, légitime défense, et appât du gain. Autrement dit : colère, peur, cupidité. Trois passions violentes. Oui, Boutadès est intéressant en tant que cadavre. Était-il aussi intéressant dans la vie ? Sans doute, puisque quelqu'un l'a suffisamment haï pour le tuer. Nous pouvons affirmer sans risque que convoiter les biens d'une personne peut conduire à la haine. Or, Boutadès s'était distingué sur ce plan. Nous avons débuté notre conversation en posant Philémon pour héros de l'affaire, mais si tu as raison, Boutadès en est le véritable personnage central. En tant que tel, il mérite notre attention. Te rappelles-tu des exercices de rhétorique où on te demandait de faire une dissertation sur les qualités, les actes et le caractère d'une figure littéraire ? Tu faisais alors un portrait pertinent sur le sage Ulysse, ou le lascif et brutal Égisthe. Boutadès est aujourd'hui plus important pour toi que ces personnages légendaires. Que peux-tu me dire de son caractère, de ses actes, de ses qualités ?

Je me surpris à murmurer :

— « Boutadès, le bon triérarque,

Était dans la ville un homme de marque. »

— Qu'est-ce que cela ?

Assez stupidement, je repris toute la ballade. Elle s'était gravée dans mon esprit sans que je m'en fusse rendu compte. Aristote s'en amusa.

— Parfait, succinct, précis, comme le sont généralement la poésie et l'histoire. Un tueur a-t-il été réellement vu alors qu'il sautait le mur ? Boutadès était un « homme de marque », mais était-il respecté de tous ? Nous devons partir de la présomption qu'un élément de sa vie a commandé sa mort.

— Je ne sais comment je pourrais découvrir pareille chose sur lui, dis-je. Il me sera certainement impossible d'interroger les gens de sa maison.

Crète
table
sandales ensanglantées
colère — peur — cupidité

— Ce n'est pas grand-chose, dis-je avec désappointement.

— J'ai donné des conférences avec moins de notes que cela. Un fil d'Ariane. Le rhétoricien est après tout le digne descendant du père des Athéniens : il avance dans un labyrinthe, conduit par un fil qui le mène à la vérité.

Nous nous levâmes et jetâmes le reste du vin dans le feu. Les quelques secondes de prières furent apaisantes. Aristote mit un terme à mon recueillement :

— J'aurais vivement souhaité faire comme toi cette promenade, ce fameux jour. J'aurais aimé voir cette pièce de mes yeux. Mais peut-être est-ce aussi bien ainsi. On aurait, à mon tour, pu m'accuser de complicité de meurtre ! Quelle aubaine pour mes ennemis de se débarrasser de l'ami de la Macédoine !

Je réfutais immédiatement cette idée, qui me semblait absurde :

— Non, dis-je, la famille de Boutadès s'est toujours prononcée en faveur de la Macédoine ; ils évoquent toujours Alexandre en termes chaleureux.

— Bien dit, Stéphanos, tu connais la vie publique mieux que je ne le supposais. Tu en sais d'ailleurs peut-être plus que tu ne le crois. Tu m'as fait excellente impression ce soir : tu es loyal et tu possèdes un esprit clair. Ne laisse jamais une de ces qualités prendre le pas sur l'autre. Et maintenant, adieu, va prendre un peu de repos.

Ses compliments et son intérêt me réconfortèrent.

Cette nuit-là, je trouvais le sommeil, et me réveillai le lendemain bien mieux disposé que les jours précédents, même si j'avais conscience malgré tout que rien de concret n'avait encore été accompli. Aristote ne m'apporterait pas un soutien direct : il ne m'avait pas offert de m'aider dans mon enquête. Du moins avais-je les idées plus claires et une plus juste notion de ce que je devais entreprendre dans l'immédiat. Aristote m'avait donné l'impression assurante que mon jugement n'était pas méprisable. Cependant, son insistance à toujours revenir sur les lieux du crime me troublait. Qu'aurais-je dû voir que je n'avais pas vu ?

CHAPITRE CINQ

Bavardages et commérages

Les jours suivants, je m'efforçai de m'habituer à la froideur des regards et aux rebuffades, et je me promenai dans les rues d'Athènes, l'air serein et indifférent. Mon apparente sérénité fut récompensée : l'hostilité des gens se radoucit, les affronts se firent moins évidents. Je demeurai fort inquiet, en réalité, n'ayant encore pris aucune mesure en faveur de la cause de Philémon. Je fortifiais néanmoins ma position de défenseur en maintenant une image publique acceptable.

Une semaine après ma visite à Aristote, un événement se produisit, infime en soi, mais significatif. Je récoltai ma toute première information.

Je me promenai sur la place du marché et m'arrêtai devant l'officine d'un cordonnier, songeant vaguement à m'acheter une paire de sandales. Alors que je respirais l'odeur tonifiante du cuir, je surpris les bribes d'une conversation à l'intérieur. Un rideau divisait en deux la boutique, derrière lequel des femmes devisaient, probablement des esclaves ou des paysannes. Elles attendaient, sans doute, que le cordonnier vînt leur couper des sandales. Elles s'exprimaient avec l'accent de la ville et non de la campagne; il m'apparut soudain que ces esclaves devaient appartenir à de bonnes familles, si elles s'achetaient des sandales pour elles-mêmes. C'est là le genre de déduction logique que l'on peut faire chaque jour sans tomber dans les syllogismes. De toute façon, cette conclusion n'avait pas le moindre intérêt.

J'allais passer mon chemin, lorsque l'une d'elles prononça, bien qu'à voix basse, un nom qui me cloua sur place :

— Comment vous débrouillez-vous chez Boutadès, maintenant ?

— Ô Zeus ! répondit l'autre avec vigueur. Nous vivons entre la porcherie et le salon ! Le jeune maître tient tout en ordre et il n'est pas regardant. Mais qui aime vivre dans une maison éclaboussée de sang ? Puisse Athéna m'épargner de n'avoir jamais plus à nettoyer cette pièce ! Nous avons aussi tous peur, en songeant au procès. Certains prétendent que tous les esclaves seront appelés à témoigner ; d'autres assurent que seul ce pauvre garçon sera cité. Et pour un esclave, cela signifie la torture, c'est la loi. Qu'Athéna soit remerciée, car j'étais à la campagne à l'époque et n'aurais aucune raison d'être soumise à la question. Mais ce pauvre garçon se ronge les sangs, il devient chaque jour plus maigre.

— La loi est injuste, protesta son amie avec sympathie.

Une courte pause suivit, puis une troisième voix féminine, plus grave et plus âgée, demanda :

— Et la femme de Boutadès, porte-t-elle bien son chagrin ?

— On ne saurait mieux dire ! s'exclama l'esclave

de Boutadès, vraisemblablement ravie d'aborder ce sujet. Oh! elle montre un grand courage dans son affliction. Eh quoi! Trois jours après les funérailles, elle m'a ordonné de lui faire rôtir un cochon de lait — ce que le maître interdisait. Elle s'est gorgée de ce porcelet rôti au miel en se pourléchant les babines. Un joli spectacle pour une dame en deuil! Mais je ne lui jette pas la pierre. Le maître nous obligeait à faire assez maigre chère. Pourquoi se lamenterait-elle? La façon dont il la traitait mettait sa patience à rude épreuve; il l'appelait « chienne stérile » et la battait. Sa condition était pire que celle des esclaves : jamais une paire de sandales neuves, et aucune robe depuis des lunes! Dans les derniers temps, son avarice dépassait les bornes. Elle ne lui avait pas donné d'héritier, et il ne le lui pardonnait pas.

— Ah! répondit la deuxième femme, beaucoup d'hommes réagissent ainsi, surtout lorsqu'ils sont riches comme Boutadès et n'ont même pas une fille à qui léguer leurs biens. Cependant, ton vieux maître et sa femme n'étaient pas des perdreaux de l'année; ils auraient dû s'habituer à cette situation, depuis le temps!

— Tu ne parlerais pas de la sorte si tu les avais entendus comme moi. Ils n'étaient plus jeunes, c'est vrai, lui avec son gros ventre et ses mauvais intestins, et elle avec ses coliques (elle a payé cher son repas de cochon de lait), mais ils se querellaient comme de jeunes époux. Ces derniers mois ont été les pires. Elle avait assez d'esprit pour lui répondre, je le lui accorde. Il y a eu une scène épouvantable entre eux, l'été dernier. Je l'ai entendue crier au maître dans le plus pur style : « N'as-tu pas honte de te ridiculiser à ton âge ? Veux-tu donc apporter le déshonneur sur toi et toute ta famille ? Un joli moment pour penser à un enfant ! Et qui n'est même pas le tien. Au lieu de gaspiller tes biens, tu ferais mieux de dépenser quelques pièces pour aller voir une bonne prostituée qui serait heureuse de prendre ton argent, pour ce que tu ne peux plus faire ! »

« Je ne pus m'empêcher de rire, en entendant le maître traité de la sorte. Mais il cria à son tour : "Je ferai ce qu'il me plaira !" et proféra de vilains mots que je ne peux répéter. Puis il lui administra quelques coups qui firent crier la pauvre femme. Les femmes payent toujours cher leurs incartades de langage. Il était toujours hargneux dans sa maison, et comme dit le proverbe des esclaves : "Les manières du maître ne sont pas une leçon."

— La pauvre, elle sera plus tranquille maintenant. Le veuvage a ses avantages.

— Je trouve que c'est honteux, jugea la troisième esclave, une veuve doit se conduire avec plus de décence. Elle semble avoir été une mauvaise épouse à t'entendre.

— Non, répondit judicieusement l'esclave de Boutadès, je ne dirai pas cela. Elle est plutôt facile à vivre et peut se montrer généreuse, mais pour le moment, on dirait une femme égarée dans la tempête, changeant d'humeur aussi vite que le vent, pleurant et riant tour à tour, un moment sombre et l'instant d'après étincelante comme l'étain. Elle est en fait étonnamment joyeuse sous une apparente froideur, comme si elle était faite d'une autre étoffe. Savez-vous qu'elle a éclaté de rire en apprenant la mort de Boutadès ? Les esclaves ont couvert ses rires de leurs gémissements. Je me demande si elle a tout son bon sens. Elle s'est même querellée avec Polygnotos, et pourtant il a un caractère égal. Bien que très affligé par la mort de son oncle, il s'adresse toujours à elle avec respect, et il a organisé de si belles funérailles, étant donné les circonstances, ce qui aurait réconforté toute femme.

— Pour quelle raison s'est-elle disputée avec lui ?

— Je n'ai pas tout compris. Je crois qu'elle l'accusait de vouloir disposer d'un meuble ou d'une poterie. Des bêtises, naturellement ! Et cela, le lendemain des funérailles, alors qu'il lui avait offert des vêtements neufs. Elle criait. Je l'ai entendue dire : « Pourquoi ne donnes-tu pas quelque chose à l'enfant, si tu tiens tant à te conformer aux dernières volontés de ton oncle ? Zeus est le père des orphelins. Personne, dans cette maison, ne peut aller à l'encontre des souhaits des dieux, n'est-ce pas ? Et je suis au courant au sujet de ce garçon, ne l'oublie pas ! » Elle continua ensuite à parler de Zeus et de ce mystérieux garçon.

L'une des esclaves remarqua d'un air entendu :

— Il s'agit peut-être d'un enfant illégitime.

— C'est possible, mais je crois qu'il s'agissait plutôt d'un bâtard de Polygnotos. Si Boutadès avait eu un enfant, il l'aurait adopté aussitôt, vous pouvez en être sûres, mais il avait depuis longtemps perdu le pouvoir d'en faire porter à aucune femme. En tout cas, Polygnotos était très mécontent et l'a priée de se taire. Voyez combien sa conduite est extravagante : se quereller avec le neveu qui lui fournit le pain qu'elle mange !

— Jolies mœurs, en vérité, dit la plus âgée. La vie à Athènes n'est plus ce qu'elle était, même au sein des vieilles familles. Je suis heureuse de vivre la plupart du temps à la campagne. La vie y est moins chère aussi. Avez-vous remarqué le prix des choux ce matin au marché ?

La conversation dériva sur la vie courante et le prix des légumes. Seuls cinq sujets intéressent les femmes : la nourriture, les vêtements, le sexe, les enfants et les scandales. Néanmoins, je leur étais reconnaissant de ces commérages, et m'éloignai pour ne pas attirer l'attention, tout en réfléchissant à ce que je venais d'entendre. Aristote avait raison, la maison d'un homme est un véritable tamis.

J'avais là matière à réflexion : Boutadès, ce noble citoyen, se laissait aller à de sordides querelles et à un comportement brutal, son impuissance était notoire et une honte familiale. Que penser des paroles de sa femme : « Veux-tu donc apporter le déshonneur sur toi ? Un joli moment pour penser à un enfant ! » Avait-il essayé d'avoir un enfant d'une autre ? Cela pouvait constituer un mobile de meurtre. La conduite de la femme de Boutadès semblait non seulement répréhensible, mais bien étrange. N'étant pas marié, mes connaissances de la vie conjugale restaient limitées. Mais cette épouse qui riait en apprenant la mort de son mari et faisait ripailles se comportait anormalement... Une femme pouvait-elle tirer à l'arc ? Soudain l'image de la femme voilée de noir que j'avais vue aux funérailles se dessina dans mon esprit : je la vis bandant son arc, plaçant la flèche, pour la ficher dans la gorge de Boutadès. La vengeance pouvait se montrer douce, et certaines femmes se rendaient capables d'horribles forfaits. Médée offre un exemple mémorable...

Cette conversation surprise m'encouragea aussi à me conduire avec prudence dans ma propre maison, devant nos esclaves. Personne ne pourrait jamais dire de moi : « Les manières du maître ne sont pas une leçon. »

Cela mis à part, les propos que j'avais entendus ne pouvaient m'être d'aucune utilité immédiate. Boutadès n'était plus désormais l'homme irréprochable et puissant qu'il avait paru être, ce qui étrangement m'aida à considérer son meurtre avec plus de sérénité. Je me fis surtout plus attentif aux conversations des rues.

Deux jours plus tard, alors que je me promenais sur l'agora, j'entendis crier :

— Des nouvelles ! Des nouvelles !

Sans plus même redouter les regards désagréables, je me joignis au groupe qui entourait le messager. En fait, personne ne me prêta beaucoup d'attention ; tout le monde était trop préoccupé par les nouvelles de la guerre.

Kléophoros, un gaillard aux yeux bleus, doté d'une forte bedaine et d'un double menton, haranguait les citoyens. Homme riche et hospitalier, il s'était établi une solide réputation en affaires. Sa mine réjouie trahissait le plaisir qu'il prenait à colporter les nouvelles d'importance.

— Qu'en pensez-vous ?

Kléophoros est le genre d'homme qui dit : « Devinez quel est le menu » avant de faire servir, et : « Qu'en pensez-vous ? » avant de vous informer !

— Des nouvelles de Tyr ! Mon bateau vient d'arriver de Rhodes et le capitaine ramène un homme qui a pris part à la bataille de Tyr. Le siège est levé depuis un mois. Alexandre est encore victorieux !

— Ah! vraiment, dit d'un ton sec le grave Théosophoros. Alexandre semble destiné à toujours gagner. Le destin de ce grand commandant n'a rien de bien nouveau. Qui est entré dans les annales pendant que le soleil brillait l'été dernier?

D'autres auditeurs semblaient plus désireux d'avoir des informations.

— Que s'est-il passé? Comment s'est déroulée la bataille?

— Quel maître que ce jeune Macédonien! déclara Kléophoros, emporté par son sujet et visiblement soucieux de rendre justice à ce héros à sa manière. Il commande sur terre et sur mer avec un égal bonheur. Il avait amarré ses bateaux aux murs de la cité. Les Tyréens envoyèrent des plongeurs pour couper les cordages. Il en plaça d'autres qui furent aussi sectionnés. Alors, que fit Alexandre? Eh bien, citoyens, il utilisa des chaînes en guise de *câbles*. Impossible à briser! Les navires restèrent amarrés aux murs de la cité, que les hommes démolirent, à grands coups de marteau. Bing! Boum! fit Kléophoros, joignant le geste à la parole, en mimant l'action des béliers et des catapultes. Par centaines les hommes envahirent la ville. Admétos, à leur tête, criait vaillamment : « Suivez-moi! » Puis Admétos fut touché par une lance. (Ici Kléophoros frappa sa propre poitrine.) Une seconde vague d'assaillants fut conduite par Alexandre en personne. Les Tyréens abandonnèrent les murs pour se réfugier dans des lieux saints, mais ils tombèrent sous la poussée des combattants comme l'herbe sous la faux.

Kléophoros oscillait sous les coups des lances et des épées imaginaires, imitant tour à tour les cris des assaillants et les gémissements des mourants. Il était une guerre à lui tout seul.

— Nul ne sait combien d'hommes périrent ainsi. On parle de cinq mille ou peut-être de dix mille tués. Alexandre n'a perdu que quatre cents hommes dans toute l'action et il a offert un sacrifice à Héraclès sur l'autel de Tyr.

— Ainsi le voilà roi de Tyr maintenant, dit Théosophoros. S'ils lui avaient laissé offrir ce sacrifice dès le début, ils se seraient épargné sept mois de siège, et beaucoup d'hommes auraient augmenté leur chance de mourir dans leur lit.

— Vaut-il mieux se soumettre ou mourir en homme libre ? demanda Mikon, un de mes ex-condisciples au Lycée.

— Leurs dieux étaient contre eux, dit Arkhiménos, un noble citoyen, partisan bien connu des Macédoniens.

L'air distingué avec ses cheveux gris, son large front et son nez droit, Arkhiménos faisait toujours grande impression sur les ambassadeurs en visite. Son front était peu ridé, seules deux verticales au-dessus de son nez dénonçaient l'expression renfrognée qu'il adoptait toujours avant de prendre la parole. Il ajouta :

— Il ne faut pas oublier qu'Alexandre a établi une vraie démocratie dans les grandes villes d'Éolie et d'Ionie, et qu'il a restauré leurs propres lois. Ne vaut-il pas mieux combattre la tyrannie de la Perse sans quoi elle nous réduirait, comme jadis, à la ruine ? Athènes a offert une couronne en or à Alexandre, en reconnaissance, non seulement de ses victoires, mais de ses vertus.

— Les dieux nous préservent de croire aux couronnes d'or des Athéniens, rétorqua Théosophoros. Je n'ai pas la mémoire courte et je me souviens que cet honneur fut réservé à Démosthène par un peuple reconnaissant. On nous apprend aujourd'hui qu'il va être jugé en retour. Une couronne d'or est une faible protection, un homme avisé réclamerait plutôt un chapeau pour se protéger de la pluie.

— Quoi qu'il en soit, reprit Kléophoros, estimant qu'il avait été écarté de la conversation assez longtemps, Tyr est réduite et des milliers d'hommes sont en marche sur l'Égypte. Gardez l'œil sur Alexandre; il campera bientôt à l'ombre des pyramides. Des villes sur la côte ont commencé à se rendre. La rumeur court que Gaza veut résister et se prépare à combattre. Alexandre aura besoin d'autres bateaux bientôt; notre flotte devra peut-être s'engager.

— C'est ce que pense mon père, renchérit le jeune Mikon. Il dit qu'Alexandre ne peut se permettre de garder perpétuellement au port la flotte qu'il a renvoyée l'année dernière. Athènes a maintenant prouvé sa loyauté, il n'y a plus aucune raison de laisser les bateaux au mouillage. Mon père prétend qu'il sera fait appel à la flotte athénienne au printemps.

— C'est aussi mon avis, assura Kléophoros. Les marins des bateaux de guerre pensent du reste qu'ils entreront en action l'année prochaine. Mais il y a ici quelqu'un qui en sait davantage sur ce sujet. Qu'en penses-tu, Arkhiménos?

— Il est impossible de forger des certitudes, répondit fermement celui-ci. Alexandre est peu enclin à la confidence, naturellement beaucoup de spéculations ont cours. Je peux vous confier que certaines possibilités ont été discutées. Il a été sug-

géré que nous serions appelés à construire un nouveau type de bateau, muni de bancs de cinq
hommes, comme ils en ont déjà à Syracuse.
Alexandre laisse sans doute souffler ses bateaux
parce qu'il projette de renouveler sa flotte.

Kléophoros approuva :

— Le Pirée serait tout indiqué pour la construction d'une nouvelle flotte. J'aimerais voir un de ces
bateaux. Quelle époque merveilleuse nous vivons !
Une ère nouvelle s'ouvre à nous !

— Nous ne devons pas tirer des conclusions
hâtives, dit Arkhiménos, ce qui est bon pour l'un ne
l'est pas forcément pour l'autre.

— Mais si cela s'avérait, quelle aubaine ! Ce sera
une si belle occasion pour les triérarques de montrer
leur savoir-faire, s'écria Théosophoros. De nouveaux bois seront fournis par nos associations
patriotiques. Cela apportera beaucoup au renom des
Athéniens : c'est un privilège pour l'homme riche et
noble de se lancer dans la construction de bateaux
de guerre. Le triérarque est au bateau ce que la
nourrice est au bébé, dit le dicton. Je suis de l'avis
de Kléophoros, nous vivons une époque exaltante,
cependant il s'écoulera peut-être du temps avant
qu'Alexandre fasse appel à nous. Il prendra peut-
être quelques précautions à notre égard.

— Pourquoi cela ? demanda Mikon.

— Tu es jeune. Il y a quelques années, nous
étions loin d'être tous d'accord au sujet
d'Alexandre. Plus récemment, le roi Agis de Sparte
essayait encore d'obtenir de nous des bateaux et de
l'argent pour combattre le Macédonien. En homme
sensé, Alexandre peut craindre qu'une flotte athénienne ne présente un danger.

— Sparte ! Notre vieille ennemie ! s'exclama le jeune homme. Elle est du côté des Perses, aussi avons-nous toutes raisons d'aider le Macédonien. Nos anciens ennemis s'allient contre nous. Quel plus grand signe nous faut-il ? Agis n'est pas notre ami. Il est entré en Crète aux côtés d'Agésilas, où il a contraint des villes entières à jurer allégeance aux Perses. Nous ne sommes pas des bandits crétois, et nous ne nous battrons pas à bord de bateaux crétois.

— As-tu vu certains de ces bateaux ? demandai-je à Arkhiménos, plus pour prendre part au débat que par réel intérêt.

La référence à la Crète m'avait embarrassé, et j'essayais de détourner la conversation. Certains me regardèrent comme s'ils s'avisaient seulement de ma présence qui leur était importune. Toutefois Arkhiménos me répondit poliment qu'il tenait la description de la quinquérème d'un tiers. Lui-même ne paraissait pas apprécier le tour politique pris par la discussion. Le groupe commença à se disperser, et je restai avec Arkhiménos. Les remarques de Kléophoros m'avaient rappelé qu'il était triérarque. C'était là une occasion pour commencer mon enquête sur les relations de Boutadès avec la triérarchie. Arkhiménos répondit avec civilité à mes questions sur l'importance de Tyr et les conséquences de la guerre sur le commerce. Feignant un enthousiasme juvénile, je déclarai que j'aurais aimé participer à la bataille. Ce mensonge noua ma gorge un peu plus, car je ne cessais de penser à Philémon. Il avait pu combattre à ce siège, y être blessé. Ajoutant un mensonge à un autre, je dis que je songeais à me porter volontaire si notre flotte était appelée. Visiblement, cette ardeur ne lui déplaisait pas. J'admirais la triérarchie, insistai-je un peu lourdement, et de poursuivre sur la noblesse d'une profession qui avait fait la grandeur d'Athènes. Je sautais d'une futilité à l'autre pour me rapprocher de mon sujet, un peu à la manière du chien qui patauge pour rapporter son bâton. Ayant ainsi amadoué mon interlocuteur — ou du moins le pensais-je — je terminai en disant que je supposais qu'il regrettait la perte de Boutadès en tant que triérarque.

— Oui, en effet, Boutadès était un homme fort estimable.

De mon point de vue, ce n'était pas très encourageant. J'insistai :

— J'ai entendu dire qu'il y a eu des ennuis parmi les triérarques, il y a quelques années, auxquels Boutadès aurait été mêlé. Il n'aurait pas fourni son plein contingent ou quelque chose de ce genre.

Arkhiménos m'adressa un regard sévère :

— Il ne faut pas écouter les rumeurs malveillantes. Le regretté Boutadès — paix à son ombre — était un homme respecté. Aucun triérarque n'a été plus consciencieux. Il payait toujours ce qu'il devait et se dévouait au bien de la cité.

Ce discours fort précis contredisait les bavardages des esclaves, comme si elles avaient parlé d'un autre homme. Quant à lui, Arkhiménos prononçait là un véritable éloge funèbre. Tandis qu'il parlait, je remarquai que les rides de son front se creusaient ; mon impertinence semblait lui avoir déplu. Je m'avisai qu'il pouvait être dangereux d'évoquer avec désinvolture la victime supposée de mon cousin Philémon. Je m'empressai d'ajouter que la générosité de Boutadès pour la cité était bien connue et conclus par une allusion à la propre générosité de mon interlocuteur. Cependant, lorsque je le quittai, il ne paraissait pas complètement rasséréné.

J'étais découragé d'avoir si mal conduit cette conversation, en laissant transparaître mon hostilité à l'égard de Boutadès. En échange, j'avais appris sans surprise que Boutadès avait la réputation d'un homme intègre, véritable pilier de la triérarchie. Aristote se trompait sûrement : il n'y avait rien à découvrir sur la vie et le travail de Boutadès. Cela ne me mènerait à rien de me bercer d'illusions.

J'avais aussi quelque raison de me sentir le cœur lourd. La première prodikasia approchait à grands pas, et je n'avais rien d'autre à offrir que la défense de tante Eudoxia.

CHAPITRE SIX

Du Prytanée au Pirée

Le jour de la première prodikasia arriva. Vêtu de mon meilleur chiton, je me dirigeai vers le Prytanée à travers les rues étroites, au nord de l'Acropole, me mêlant à la foule des citoyens les plus pauvres et des esclaves qui vaquaient à leurs affaires. Les regards semblaient transpercer mes épaules. La solitude me pesait lorsque j'entrai dans le bâtiment officiel si austère. D'habitude, les hommes de la famille viennent en force apporter leur soutien aux principaux orateurs. Mon jeune frère ne pouvait m'assister ; un enfant de sept ans n'avait pas sa place dans ces lieux. Polygnotos était là, entouré d'une foule de parents et d'amis, revêtus de leurs plus beaux atours. J'étais seul.

Le Basileus se montra poli avec tout le monde. Après les libations préliminaires, il plaça le parti de l'accusation à sa droite et moi-même à sa gauche. Il exposa ensuite les grandes lignes de l'affaire, établissant les faits sur lesquels les deux parties tombaient d'accord. Polygnotos et ses parents firent leur déposition, à laquelle je donnai mon assentiment, gardant l'esprit en éveil, au cas où il serait fait mention d'un élément nouveau. Cet examen des faits agit sur moi comme une médecine, mon cœur battait moins vite et la moiteur de mes mains s'estompa. Ce fut heureux car les choses commencèrent à se gâter bien vite. Après nous être accordé sur le jour et la manière dont Boutadès avait été tué par un assassin qui s'était enfui en sautant par-dessus le mur du jardin, le Basileus demanda :

— Qui accusez-vous de ce crime et pour quelle raison ?

Polygnotos répondit :

— J'accuse Philémon, fils de Lykias d'Athènes, un hors-la-loi déjà condamné pour homicide par imprudence.

— Et toi, représentant de Philémon, admets-tu cette théorie ?

— Non, je la récuse.

— Pourquoi accusez-vous Philémon et de quelle manière ce crime est-il connu de vous ?

Eutikleidès prit à son tour la parole :

— Philémon a déjà tué un homme. On sait qu'il a embarqué sur un bateau en partance pour la Crète, il y a deux ans. Ce meurtre révoltant a été perpétré, à l'évidence, au moyen d'un arc crétois. Philémon n'avait rien à perdre, il était peu soucieux de verser le sang et il avait besoin d'argent. Boutadès possédait dans sa maison beaucoup d'argent et des bijoux. Il est possible que Philémon ait eu l'intention de cambrioler la maison, et qu'il aura été dérangé. Ou bien, peut-être a-t-il agi ainsi parce qu'il détestait cet homme noble. De toute façon, il a été reconnu pendant qu'il s'enfuyait, conclut Eutikleidès d'un ton triomphant.

— Qui l'a vu ?

— Télémon, citoyen d'Athènes.

74

Apprêté pour l'occasion et satisfait de sa personne, Télémon s'avança :

— Moi, Télémon, j'ai entendu les cris de Polygnotos, alors que j'entrais dans sa maison. Je me suis tourné vers la fenêtre et j'ai aperçu une forme sombre parmi les arbres. Nous nous sommes précipités dehors et j'ai vu ce traître sauter le mur. Un capuchon lui couvrait la tête et le visage, mais, au moment où il sautait, le capuchon s'est déplacé et j'ai reconnu Philémon.

— J'en doute pourtant, dis-je. Ne faisait-il pas sombre, en particulier de ce côté du jardin exposé au nord ? Comment Télémon a-t-il pu le distinguer aussi nettement ?

— Il faisait déjà jour, pas comme en plein midi, je l'admets, mais assez clair, messieurs, pour distinguer un vilain visage dans une mare, selon le dicton.

— Je conteste ce point, dis-je. Télémon n'est plus jeune et sa vue n'est pas des meilleures.

Cela me donna soudain une idée :

— Ne pourrais-tu, ô Basileus, faire appel à un citoyen bien connu de notre classe pour examiner la vue de Télémon ? Il ne fait pas très clair à l'intérieur du Prytanée, fermons les fenêtres, faisons avancer ce citoyen dans un coin près de la porte, et jugeons si Télémon peut le reconnaître à cette distance.

— Non, dit le Basileus, ce genre de démonstration relève du procès, mais voilà maintenant la famille de Boutadès prévenue du système de défense.

— Cela importe peu, dit Eutikleidès, nous avons d'autres preuves pour démontrer qu'il s'agissait bien de Philémon.

Je me tournai directement vers Polygnotos :

— Toi qui courais avec Télémon, l'as-tu vu également ?

Il soupira et se tourna vers moi avec bienveillance :

— Hélas, que puis-je répondre ? Je suis bien décidé à ne pas jurer de cela. Tandis que nous courions, j'avais le cœur lourd et la tête confuse. J'ai vu une ombre sauter le mur. Je dois avoir vu ce que Télémon a vu, mais, sur le moment, je n'ai pas reconnu le visage. Cependant, quand Télémon m'a déclaré qu'il s'agissait de Philémon, je me suis souvenu et j'ai compris qu'il avait raison. Mais je ne peux jurer l'avoir moi-même identifié.

— Voilà une attitude vraiment magnanime, nota le Basileus.

Je ne pus que m'incliner devant Polygnotos et me tourner à nouveau vers Télémon. Je me sentais vraiment intrigué, maintenant.

— Je me trouvais moi-même présent quand le crime a été découvert. Je suis arrivé en même temps qu'Eutikleidès ; j'ai entendu Télémon et Polygnotos décrire ce qu'ils avaient vu. Il n'a été fait aucune mention du nom de l'assassin, pas même de la possibilité qu'il puisse être identifié. En vérité, je me souviens que Télémon a clairement déclaré qu'il n'avait pas vu le tueur. Je me rappelle ce qu'il a dit : une forme sombre ; l'homme n'était ni grand ni petit, ni gros ni maigre, et il n'était pas nu. J'étais là et je l'ai entendu. N'est-ce pas la vérité, Eutikleidès ?

Celui-ci acquiesça :

— C'est vrai.

— Pourquoi Télémon a-t-il caché ce qu'il savait à ce moment-là ?

— Eh bien, dit Télémon en me jetant un regard venimeux, précisément parce que tu étais là.

Il y eut un court silence.

— N'est-ce pas bizarre, reprit Eutikleidès, qu'un parent de l'assassin se soit trouvé sur les lieux du crime, presque immédiatement ?

Aristote m'avait mis en garde contre ce danger éventuel ; c'était une vision de cauchemar. La gorge sèche, les genoux tremblants, je m'adressai au Basileus.

— Devant les dieux tout-puissants, et en présence de cette honorable assemblée, je proteste. J'ignore tout de ce crime, et je n'ai d'autre intérêt dans cette affaire que de défendre mon cousin ! Je suis jeune, ignorant de la loi et peu doué pour l'éloquence. Je m'en remets à ta sagesse et à ton autorité, car je ne comprends pas ce qui a été dit. Quelqu'un m'accuserait-t-il ?

— Ô Stéphanos, dit le Basileus, nul ne conteste tes droits d'Athénien, et il y a, comme tu le soulignes, des têtes plus sages pour te guider sur les sentiers de la loi.

Il se tourna vers l'accusation :

— Il est tout à fait irrégulier d'accuser le défenseur de complicité après l'exposition des faits, à moins que des preuves irréfutables soient apportées. Quelqu'un accuse-t-il le défenseur ?

— Non, répondit Polygnotos dignement. À la vérité, en ce matin fatal, la moitié d'Athènes a défilé dans notre maison. La présence de Stéphanos ne nous a pas paru étrange. Nous avons simplement noté la présence d'un parent du meurtrier, nous n'avons jamais prétendu qu'il fût coupable. Télémon a pensé qu'il valait mieux ne pas dévoiler devant lui ce qu'il avait vu.

Il me regarda :

— Ne comprends-tu, Stéphanos, que cela aurait été déplaisant pour toi ?

Puis il s'adressa de nouveau au Basileus :

— Nous avons peut-être eu tort de ne pas formuler aussitôt notre accusation, mais il faut garder à l'esprit que nous étions tous bouleversés, aussi avons-nous choisi d'attendre avant de proférer une aussi sérieuse accusation.

— Nous comprenons, dit le Basileus. As-tu entendu, Stéphanos ?

— Oui, et je reconnais que les paroles d'un honnête homme doivent être acceptées. Cependant Télémon a pu se tromper : un mauvais éclairage conduit parfois à d'étranges erreurs. En tout état de cause, ce ne pouvait être Philémon, puisqu'il n'était pas à Athènes. Vous savez tous qu'il a été banni de la ville et qu'il ne peut y revenir sous peine de mort. Aucun de nous ne l'a revu, pas même sa vieille mère, depuis deux ans. Il n'avait aucune raison de tuer Boutadès, ni de le voler. De toute façon, il ne semble pas s'agir d'un vol : rien n'a été dérobé. Philémon n'a donc pu commettre un tel forfait : il n'était pas là. C'est bien la première fois que nous avons à nous réjouir de son exil.

— Entends-tu démontrer que Philémon était absent et qu'il ne peut en conséquence être le coupable ?

— J'en apporterai la preuve.

— L'accusation a-t-elle entendu les paroles de la défense ?

— Nous avons entendu, et nous apporterons la preuve de la présence de Philémon à Athènes au moment du crime. Nous le ferons au moment du procès, si ce n'est avant.

78

— L'une ou l'autre partie a-t-elle quelque chose à ajouter? Non? Je vous invite à revenir devant moi dans un mois pour la deuxième prodikasia, quand les déclarations seront reçues et les preuves produites. L'audience est terminée.

Jamais un écolier ne fut plus heureux que moi d'entendre tinter le signal de partir. Très abattu, je redescendis la colline. Chaque pas me rapprochait du moment où je devrais rendre compte des débats à ma tante Eudoxia.

Trois jours plus tard, une nouvelle dramatique animait les conversations : la veuve de Boutadès s'était suicidée. Son esclave favorite l'avait trouvée morte dans son lit, tout habillée, avec près d'elle une tasse contenant le reste d'un poison (de la ciguë, prétendait-on). Ce triste événement montrait que le chagrin hantait encore les murs de la maison des Étéoboutades. Ce nouveau deuil honorait Boutadès : sa veuve n'avait pu lui survivre. Beaucoup de gens approuvaient ce geste : il prouvait que les meilleures familles abritaient encore des sentiments profonds. Polygnotos admit que sa tante avait été très affligée par la mort de son mari et lui offrit des funérailles fort décentes. Le choix de mourir au moyen du poison plutôt que par le poignard était très féminin : il est dans la nature des femmes d'aimer le plaisir et d'éviter la douleur.

La rumeur se nourrit de cet événement. Il était assez choquant pour soulever l'intérêt, sans revêtir pourtant la saveur hideuse du décès de son mari. Je réfléchis aux conclusions que j'en pouvais tirer. Il semblait qu'un autre lien, susceptible de me conduire au véritable Boutadès, était rompu par la disparition d'une femme que je ne connaissais pas.

— Cette nouvelle m'a étonné, compte tenu de ce que j'avais appris peu avant des esclaves, expliquai-je à Aristote.

J'étais venu le voir pour lui rapporter les résultats de la terrible audience devant le Basileus, et je me surpris à lui faire part de mes pensées les plus décousues.

— La grande femme en noir qui a jeté une bague en or dans la tombe de son mari, oui, celle-ci incarnait l'image du chagrin et a pu se suicider. Mais que penser de l'épouse querelleuse qui traitait son mari d'impuissant ? De l'épouse qui riait à l'annonce de sa mort et qui se régalait de cochon de lait ? Est-ce la même femme qui a choisi de boire un dernier verre à la mémoire de Boutadès, avant d'aller le rejoindre au royaume des morts ?

— Oui, en effet, dit Aristote, la nature humaine est complexe. Il est délicat de porter un jugement extérieur sur la santé d'un mariage. Cette femme aura pu se sentir accablée par la monotonie d'une vie sans son compagnon de querelles. Nos habitudes sont plus fortes que nous ne le supposons. Peut-être aussi aimait-elle son mari ? Quelques chamailleries domestiques ne signifient rien, au contraire. Tu es jeune pour juger les hommes et les femmes, Stéphanos, alors que je suis un vieil homme marié rempli de vues sages sur le sujet.

Il se mit à rire car, bien qu'il fût assez âgé, il était marié depuis peu.

— Mais le cochon de lait, protestai-je, pourquoi faire ripailles ?

— Ce n'est pas nécessairement un acte de réjouissance. Ce peut être au contraire une réaction hystérique : la transgression puérile d'un interdit.

80

Elle se serait souvent promis : « Je mangerais un cochon de lait si mon mari ne me l'interdisait pas », aussi, quand son mari disparut, s'est-elle laissée aller à ce plaisir. Mais tu as évidemment d'autres vues sur la question.

Je regardai la porte close, et baissai tout de même la voix, bien que la femme d'Aristote et les serviteurs fussent dans une autre partie de la maison.

— Oui, j'ai ébauché une terrible hypothèse, avant même les derniers événements qui viennent renforcer ma théorie. Pour quelles raisons les gens se suicident-ils ? Guidés par de coupables remords ou par la seule peur de la mort. J'ai alors pensé que l'épouse de Boutadès pouvait être la meurtrière, maintenant je le crois plus encore possible. Elle s'est d'abord réjouie, puis, accablée par le poids de son crime, se sera donné la mort, sans confession. Elle a peut-être craint de se trahir si elle vivait plus longtemps.

— C'est possible, reconnut Aristote, moins troublé que je ne m'y étais attendu. Toute action humaine reste possible, mais vraiment, Stéphanos, une épouse a tant d'occasions de tuer son mari : un plat de champignons, de l'aconit dans la soupe, un drap serré autour d'une gorge... Pourquoi se livrerait-elle à une telle effusion de sang ? La plupart des femmes détestent les armes et la vue du sang.

— Pas Clytemnestre.

— Non, mais Clytemnestre avait Égisthe pour faire la basse besogne. Je ne pense pas qu'un Égisthe figure dans cette histoire. De plus, quelle femme serait un aussi bon tireur ? On pourrait inviter toutes les femmes d'Athènes à tirer une flèche sur leurs époux sans qu'il y ait grand dommage.

— Elle aurait pu le faire, insistai-je. Il n'était pas nécessaire de tirer de loin. Peut-être désirait-elle un crime de sang, ou avait-elle fait vœu de se venger.

— *Un crime de sang*, répéta Aristote, c'est une jolie formule. Mais nous ne souhaitons pas que la femme de Boutadès soit coupable, n'est-ce pas ? Nos chances d'innocenter Philémon seraient anéanties. Il y a beaucoup trop de « peut-être » dans ce que tu avances. Ce crime me paraît définitivement être le fait d'un homme. La prodikasia aura au moins servi à une bonne chose : ta complicité a été évoquée et écartée.

— Mais tout le reste est pire qu'avant ! objectai-je. Eutikleidès semble hostile à mon égard. Pourquoi prétendent-ils avoir vu Philémon ? C'est monstrueux ! Je sais que Télémon n'a pu distinguer son visage à cette heure et à cette distance.

— Cela, je le crois volontiers, et on pourra semer le doute sur ce témoignage au procès. Ta proposition de faire examiner la vue de Télémon était judicieuse, mais prématurée. Notre objectif se résume maintenant à deux points : a) Prouver l'absence de Philémon au moment du meurtre ; b) Obtenir des renseignements sur Boutadès. C'est en nous tournant vers la victime que nous découvrirons la raison de sa mort.

— Je ne sais pas où chercher ces renseignements.

Aristote me versa une coupe de vin.

— L'endroit le plus approprié est Le Pirée. On y rencontre des marins au long cours ; l'un d'eux a pu connaître Philémon ou entendre parler de lui. Les bateaux et les hommes qui travaillent au port peuvent cacher des renseignements sur Boutadès et la triérarchie. J'ai idée que ces hommes de mer peuvent offrir une aide, au moins en fournissant un alibi à Philémon.

— Oui, dis-je avec quelques doutes, je peux toujours m'y rendre y poser quelques questions.

— Si tu t'y prends ainsi, Stéphanos, tu n'obtiendras rien. Un homme de ta naissance et de ton éducation se distingue aisément. Non ! On prendra ton argent poliment, mais tu n'apprendras rien de cette façon. On se contentera de te répéter la thèse officielle. Certains te reconnaîtront et se garderont de se mêler à une affaire de meurtre, de crainte d'avoir à témoigner sous la torture. Pour aborder ces gens, il faut te mettre à leur niveau, devenir quelqu'un d'autre. Déguise-toi comme Ulysse avec le porcher.

— Me déguiser ? Comme un acteur ? Aristote, de telles choses ne se pratiquent que dans des histoires, pas dans la vie réelle...

— Comment crois-tu qu'Alexandre implante ses espions en territoire ennemi ? (Ce qui me rappelle qu'il faudra que je te parle de mes voyages en Asie.) Je ne te demande pas de te métamorphoser. Promène-toi seulement au Pirée, vêtu comme un paysan, avec un peu de terre sous les ongles. Imagine que tu es un homme de la campagne venu voir un parent. Entre dans une taverne, bois tranquillement comme un pauvre diable qui prend du bon temps. Il ne faudra pas renouveler cette expérience plus de deux ou trois fois, inutile de te faire remarquer ! Naturellement, si tu souhaites récidiver, ajouta Aristote, séduit par son idée, tu pourrais toujours aller vendre des légumes...

— Aristote, je n'irai pas vendre des légumes au Pirée !

— À ta guise. Tu ne le ferais sans doute pas très bien, de toute façon. L'ennui avec toi, Stéphanos, est que tu es tellement respectable. Regarde-moi, dit-il, en regardant avec complaisance la pièce autour de lui. Je suis cultivé, de bonne naissance, riche même d'une certaine façon, mais je ne suis pas athénien et donc pas tout à fait respectable. Je pourrais aisément passer pour un marchand de poissons, le cas échéant. Souviens-toi qu'il y va de ton honneur d'Athénien, d'homme et de parent, dans cette affaire. Rien qui ne soit mal en soi ne peut vraiment te porter préjudice. Ulysse était-il un homme déshonoré ? Crois-moi, va au Pirée. N'en parle à personne ; il est préférable que l'accusation n'en sache rien. Aussi pas un mot, même à ta propre famille. Fais au moins une ou deux tentatives.

Nous nous levâmes et je me préparai à partir.

— Classe ce que tu vois et entends dans différents casiers de ton esprit, comme un médecin ramasse des simples ; ne les mélange pas trop tôt, et souris de temps à autre. C'est une sorte de jeu. J'attends avec impatience ton prochain rapport.

Je murmurai quelques mots pour m'excuser de lui faire perdre son temps. Ce n'était pas pure politesse, mais j'étais vexé d'être venu consulter le maître, pour m'entendre recommander de me transformer en marchand de légumes.

— Oh ! j'ai toujours le temps d'écouter, dit Aristote avec un bon sourire.

Aux aurores, un garçon de la campagne vêtu d'une robe grossière et de souliers éculés se dirigeait vers Le Pirée. C'était moi. Il m'avait fallu plus d'une semaine pour me décider à suivre le conseil d'Aristote. Ensuite, je consacrais plusieurs jours à me procurer un déguisement dans le plus grand secret. Maintenant, je me sentais ridicule, pareil à un rustre participant aux Lénéennes[1]. Les chaussures n'étaient pas à ma pointure et me blessaient les pieds, tout en ralentissant mon pas. J'avais quitté la maison très tôt, afin de ne pas être vu, mais je ne souhaitais pas atteindre Le Pirée avant qu'il n'y eût du monde dans les rues. À la sortie d'Athènes, je quittai la route à la hauteur d'un terrain vague. Là, je creusai la terre, arrachai de l'herbe, écrasant les racines entre mes mains pour les maculer (me cassant un ou deux ongles dans l'opération), puis je me frottai le visage. Il avait plu et la terre était humide, ce qui procurait une impression fort désagréable sous les ongles. Le jour commençait à se lever, je contemplai alors mon reflet dans le miroir sale d'une petite mare. Je me barbouillai un peu plus le visage pour paraître plus vrai que nature. Je poursuivis ensuite mon chemin, songeant que rien ne me ferait plus plaisir qu'un bon bain.

Une violente odeur de poisson envahissait les quais du Pirée. C'était le début de l'hivernage, époque où les bateaux regagnent le port pour y être réparés et mis en cale, avant de reprendre la mer au printemps. Il y avait des bateaux de toutes parts : barques de pêche et navires marchands. Renversés sur le côté, beaucoup ressemblaient à de monstrueux coquillages. La rade protégeant les bateaux plus importants se trouvait à l'extrémité. On rencontrait de nombreux marins et l'endroit était très

---

1. *Lénéennes* : fête agraire célébrée en janvier, à l'origine de la fête orgiastique des Ménades (nommées Lénai en Ionie).

bruyant, rythmé par le fracas des marteaux et les crissements des scies.

Je m'appliquais à jouer mon rôle, traînant les pieds, ouvrant une large bouche, comme un rustre l'aurait fait. Je n'avais pas cependant à forcer beaucoup mon étonnement, car je n'étais encore jamais venu dans ce grand port. Finalement, je trouvai une place près d'un mur, au soleil. Le soleil n'était pas trop ardent et une légère brume se levait de la mer ; j'aperçus deux bateaux de pêche près du rivage ; sur ma gauche se dressait la falaise de Sounion, dominée par le grand temple. De cet endroit, je pouvais surveiller un bateau marchand en réparation, et écouter les hommes qui y travaillaient. À l'odeur de la mer se mêlaient celles de bois et de goudron en ébullition.

Deux ouvriers et un jeune homme m'avaient salué à mon arrivée, mais ils ne me prêtaient plus guère d'attention. Au début, leur conversation fut de peu d'intérêt : instructions de l'aîné, jurons, plaisanteries, récits relatifs à d'autres marins et d'autres bateaux. Puis le jeune demanda :

— Penses-tu que ce joli navire prendra la mer avec Alex, au printemps ?

— Pourquoi pas ? répondit l'autre. C'est un bateau rapide, et Sa Majesté du Nord en aura besoin pour sa guerre. Ouais, ajouta-t-il en frappant le flanc du navire, tu entendras le son de la bataille bientôt, ma belle. Apporte-moi du goudron, jeune fainéant, et fais attention ou bien je te fais bouillir dans le pot comme une saucisse !

Le second homme reprit :

— Il y a si longtemps que je n'ai pas vu de bataille que j'ai presque oublié. Cette année, j'ai navigué sur des bateaux marchands d'ici en Crète pour aller chercher du grain. Il fallait remplir les greniers vides d'Athènes. Les affaires ont été bonnes pour les marchands et sans risque que de maudits étrangers leur fendent le crâne.

— Peuh! fit l'autre en crachant par terre, travail domestique! Personnellement, je ne détesterais pas m'expliquer avec les Perses. Beaucoup de vaillants Athéniens rejoignent les troupes d'Alex, n'est-ce pas, bouseux? ajouta-t-il, en s'adressant à moi. N'aimerais-tu pas quitter tes sillons bourbeux, l'ami, et sauter dans un bateau pour aller voir le vaste monde?

Je le regardai, les yeux écarquillés et la bouche ouverte, comme celui qui considère une nouvelle idée.

— Un garçon vif comme toi, avec de bons bras musclés pour ramer, et des jambes fortes pour courir à la bataille — ou pour la fuir —, devrait prendre du service et partir voir le monde, peut-être du côté de Troie où Alex court comme Achille.

— As-tu jamais entendu parler de Troie, l'ami? reprit l'autre. Il y a eu de grandes batailles là-bas, jadis, à propos d'une putain et d'un cheval.

— Ensuite, poursuivit le premier, tu pourrais continuer sur la côte, en direction de l'Égypte, armé comme les tortues d'un bouclier, et aller jusqu'en Perse mettre à sac la Cité d'Or!

Son compagnon se mit à chanter:

Darius va pleurer
En s'arrachant les cheveux
Quand les Grecs puiseront dans l'or perse
Et s'empareront des Persanes!

— Est-ce vraiment ainsi ? demandai-je, ébahi. Quelle vie pour un homme ! Mais Athènes est assez bien pour moi.

Après une pause j'ajoutai :

— Il n'y a pas tellement d'Athéniens qui suivent Alexandre. Ce n'est pas vraiment notre guerre. C'est celle des Macédoniens.

— C'est ce que tu crois, dit le plus âgé, mais il y a beaucoup d'hommes qui se battent contre les Perses, certains pour la gloire, d'autres pour les prises de guerre. De plus, quand un garçon a des ennuis à la maison, parce qu'il s'est battu, a volé un mouton ou violé une fille, il part pour l'étranger et finit par s'engager.

— Pas beaucoup d'Athéniens, dis-je avec obstination, je n'en connais aucun.

— Tes voisins n'ont peut-être pas l'esprit aventureux, l'ami, mais il y en a d'autres. L'été dernier, l'Asie Mineure en était remplie. Quand nous avons touché Éphèse, j'en ai rencontré cinq ou six. Je me souviens d'un borgne appelé Démoclès. Il venait d'une ferme, près d'Athènes, où il avait laissé une femme et quatre enfants. Il y avait aussi un maigrichon, qui travaillait dans une tannerie, et s'était engagé après avoir dérobé la jarre de son maître. Et puis, il y avait aussi un grand gaillard, appelé Philémon. Il parlait bien et venait de la ville. Il m'a offert un verre et m'a raconté qu'il avait pris part à une grande bataille. Il songeait à s'engager de nouveau et voulait des nouvelles d'Athènes.

Cela me semblait trop beau pour être vrai. Le cœur battant, je parvins à garder un visage impassible pour demander :

— Dans quelle sorte d'ennuis celui-là s'était-il mis ?

— Une bagarre dans une taverne. Il avait envoyé un homme chez Hadès, par accident. Une histoire qui peut arriver à n'importe qui, mais il a été obligé de se sauver. C'était le type à faire un bon soldat : grand et bien bâti. Pas du tout la constitution d'un marin, mais il avait payé son passage en Crète en tirant les avirons.

— Je préfère une vie tranquille, rétorquai-je. De plus, je ne suis ni voleur ni buveur. Beaux spécimens à rencontrer sur une route sombre, en vérité ! Ce maigrichon qui vole son maître ou ce grand coquin de Philémon qui estourbit son homme !

— Oh ! fit le second homme d'un ton moqueur, si tu préfères t'asseoir sous un arbre en attendant que les olives te tombent dans la bouche, le service ne te convient pas.

— Ce Philémon était un bon gars, reprit l'autre. Entre nous, ce doit être lui dont il est question en ville, mais ça m'étonne qu'il soit de retour, car je l'ai rencontré il y a moins de deux mois et il avait l'intention de partir vers l'est. Et puis, pourquoi aurait-il tué ce vieil homme alors qu'il pouvait se battre à la guerre avec plus de profit ? De toute façon, ces histoires ne nous regardent pas.

— Tu as raison, dit son compagnon, tiens-toi à l'écart de la justice et des gens riches. Ce n'est pas nos affaires.

Je n'ajoutai rien de plus au sujet de Philémon, je me sentais cloué au sol, comme pris dans la glu. Je continuai à écouter le bavardage des hommes et admirer leur bateau. Me faisant plus loquace, j'expliquai que j'étais venu voir un ami qui ne se trouvait pas chez lui et que je travaillais dans la petite ferme de mon père, au nord d'Athènes. Finalement, je les persuadai de venir prendre un verre dans la plus proche taverne du Pirée. Le misérable vin aigre, combiné à l'odeur de sueur, de goudron et de poisson séché, me donna la nausée. Mais je découvris sans avoir à le demander les noms des deux hommes, sur quels bateaux ils avaient navigué et le nom de leurs capitaines. Je pourrais les identifier facilement. Le plus âgé, Pélius le marin, m'intéressait naturellement davantage ; il avait rencontré Philémon et avait servi sur un bateau, assurant le transport d'armes et d'approvisionnement pour les cités récemment conquises au cours de l'été.

Après les avoir quittés, je ne savais comment passer le reste de la journée. Je ne désirais pas regagner Athènes avant la tombée de la nuit. J'errai donc dans Le Pirée en m'efforçant de rester discret. Je songeai bien à visiter une de ces petites maisons d'Aphrodite, dont Le Pirée est bien pourvu, mais j'imaginais qu'il était impossible de trouver une fille qui ne sentît pas le poisson frit. Je finis par rentrer chez moi dans le crépuscule précoce de l'automne, rapportant deux poissons au bout d'un bâton, comme un paysan revenant du marché.

Je n'éprouvai, le lendemain, aucune exaltation à me remémorer l'expédition, même si je tenais désormais une sorte de témoin, cloué au port tout l'hiver. Mais s'il ne se montrait pas récalcitrant, le marin pouvait au mieux établir que Philémon se trouvait sur la côte asiatique, peu avant le meurtre. L'accusation pourrait toujours prétendre que cela lui avait laissé largement le temps de revenir à Athènes. Quant à moi, je demeurais persuadé que Philémon s'était engagé, comme il en avait manifesté l'intention. Et de cela mon témoin ne pourrait établir la preuve. Recueillir de nouvelles informations sur les faits et gestes de Philémon semblait une chimère. Je conservais cependant quelque espoir car, pour la première fois, les dieux semblaient être de mon côté.

CHAPITRE SEPT

Tavernes et vaisselle brisée

À mesure que les jours passaient, mes illusions fondaient comme neige au soleil. Aussi, en dépit de mon manque d'enthousiasme à suivre le conseil d'Aristote, décidai-je de renouveler mon expédition. J'avais besoin d'en apprendre davantage et Le Pirée m'attirait. Une semaine plus tard, je repris le chemin des Longs Murs, prenant garde d'éviter les endroits que fréquentait mon marin. Il semblait inopportun de le rencontrer trop tôt. Je me promenai dans les rues sales, à proximité du port, et entrai dans une taverne. Je n'y appris rien en dehors de quelques obscénités assez fleuries, qui m'étaient encore inconnues.

Je récidivai l'expérience quelques jours après, pareil à l'homme qui, se plaignant du goût du vin nouveau, ne peut s'empêcher de le boire. Cette fois, je me rendis près du Kantharos[1] et observai les grands navires de la flotte athénienne, dont certains étaient dans un état pitoyable. Une grande trirème de guerre reposait sur le flanc, telle une vache blessée. Sa carcasse commençait à pourrir et la proue avait

---

1. *Kantharos* : le plus grand des trois bassins du Pirée.

été arrachée ; du bon bois de charpente et quelques outils lui rendraient sans doute bientôt sa dignité.

À midi, je pénétrai dans une taverne sombre, où je bus du vin aigre en essayant d'avaler des sardines frites dans de l'huile rance. Je ne me sentais pas à ma place dans cette taverne de marins, et je dus redoubler d'efforts pour conserver mon naturel. J'essayais donc de vider mon esprit, le regard distraitement rivé sur la paille, les détritus et les crachats qui jonchaient le sol, et dans lesquels se dessinait une mosaïque étrange. Dans une sorte de rêve, je remarquai près de moi un groupe de marins qui fêtaient un événement. Je les entendis, non parce qu'ils parlaient fort — ces derniers entretenaient au contraire une conversation sérieuse à voix basse —, mais parce que l'un d'eux prononça un nom qui me fit aussitôt dresser l'oreille.

— ... Boutadès. Que son âme soit damnée ! Les planches étaient en sapin bon marché, mal séché ; elles se sont effritées après seulement deux traversées. Le goudron qui aurait dû en assurer l'étanchéité n'a jamais été passé. Le capitaine sait ce que je veux dire. On aurait aussi bien pu essayer de coller une mâchoire de chien avec du sirop.

— Qu'avez-vous fait, alors ?

— Nous l'avons rafistolé tant bien que mal, avec une vieille voile enduite de résine, et nous avons achevé la traversée de justesse. Que Neptune en soit loué ! Je suis allé jusqu'à Sounion pour lui faire une offrande. Si le bateau avait coulé avec l'équipage, on aurait prétexté une mauvaise mer, j'en suis sûr... Je n'ai jamais vu un bateau prendre autant l'eau.

— C'est une vilaine affaire, ajouta avec autorité un homme âgé qui me parut être le capitaine du bateau. Tenez votre langue, les gars, il peut être dangereux de parler des notables de la sorte. Gardez-vous bien de lancer des noms ! En plus, le nom des morts est sacré, nous le savons tous. Il est tout aussi grave, j'en conviens, de larguer un bateau en sachant qu'il ne tiendra pas la mer. Puisque nous sommes entre amis, je peux bien vous confier que je suis allé voir ce vieux sacripant.

Les autres le regardèrent avec admiration.

— Je parie qu'il t'a invité à dîner !

— Lui as-tu offert une promenade en mer à bord de son vieux rafiot : le *Pot de Chambre qui fuit* ?

— Oh ! il s'est montré poli — gras comme un phoque et déplumé : « Tu te trompes, mon ami, m'a-t-il dit d'une voix onctueuse, comme tous ces riches qui astiquent leurs gencives avec du beurre. C'est le citoyen Arkhiménos qu'il faut voir pour ces petits problèmes. L'*Aphrodite* est sous sa responsabilité pour le moment, et je suis sûr qu'il va réparer les dégâts. »

— Alors, es-tu allé voir Arkhiménos ?

— J'ai longtemps hésité. Quand je me suis décidé, il m'a fait attendre pendant plus d'une demi-journée ; ses esclaves ont cherché tous les prétextes pour m'écarter, essayant de m'amadouer avec de la nourriture, puis des boissons pour m'enivrer. Ils me servaient aussi des excuses : « Le triérarque vient de sortir », ou encore : « Le maître est occupé. » Je n'en démordais pas, répondant que je n'étais pas pressé. Il a finalement consenti à me recevoir. Il avait un sérieux avantage sur moi, assis dans sa belle maison, moins somptueuse que celle de Boutadès tout de même, alors que j'étais tout crotté.

— Que s'est-il passé ensuite ?

— J'ai fini par lui exposer toutes mes doléances, en commençant par les choses les plus infimes pour finir par les plus importantes : il manquait vingt aunes de cordes, les avirons étaient fendus. D'abord il a cherché à plaisanter, assurant qu'un bon capitaine devait surmonter ces vétilles. Mais, quand j'ai ajouté que les voiles étaient vieilles, alors que nous étions supposés être équipés de neuves, et que la coque était aussi fragile que celle d'un œuf, il est devenu tout pâle, puis il s'est levé en tremblant. « Les dieux me préservent de la folie, s'est-il écrié, car je crois qu'ils veulent me ruiner ! Je suis la dupe de cet homme. Athéna me vienne en aide, car je n'ai aucun recours contre lui. » Il s'arracha le peu de cheveux qui lui restent ; il avait le visage tout plissé d'un enfant puni. On aurait dit que nous jouions une comédie. Puis il s'avisa de ma présence et hurla : « Hors d'ici, manant, sors de ma vue ! »

— Et qu'as-tu fait ?

— « Dois-je comprendre que je suis relevé de mes fonctions sur l'*Aphrodite* ? ai-je demandé. Dois-je chercher du travail ailleurs ? — Oui, va-t'en, et que je ne te revoie plus », cria-t-il. Nous en sommes restés là et je n'ai plus revu la pauvre *Aphrodite*.

— Je croyais que c'était Boutadès qui avait la charge de l'*Aphrodite*, en tant que triérarque, dit l'un des marins.

— Eh bien, nous ne saurons jamais exactement ce qui s'est passé, dit l'autre, mais il semblerait qu'Arkhiménos a repris à son compte la fabrication (ou une partie) de l'*Aphrodite* au triérarque Boutadès, en échange d'une dette. Une affaire privée entre amis. Arkhiménos ignorait sûrement que le

95

bateau était en aussi mauvais état. Il est fort possible que pour tirer un profit maximum de ce troc, très coûteux, le bateau ait été sciemment saboté.

— Le profit pouvait, en effet, être considérable en employant de mauvais matériaux. Les constructeurs de bateaux le pratiquent quand nous ne les tenons pas à l'œil, dit l'un des hommes en riant, mais c'est une bonne plaisanterie de voir ces triérarques se voler entre eux !

— Je ne vois pas les choses ainsi, dit un jeune homme avec colère. Des vies ont été perdues de cette façon : c'est un crime.

— Les triérarques s'en tirent toujours. As-tu jamais vu un triérarque vendre de la corde pour se pendre ?

— Ils vous répondront que ce sont les esclaves qui les ont volés.

— Mais ne peut-on faire quelque chose ? Déposer une plainte à Antip...

— Ne sois pas stupide ! Et ne répète pas ce que j'ai raconté. Souviens-toi qu'il vaut mieux ne pas citer de noms. Parle du citoyen n° 1 et du citoyen n° 2, si tu y es obligé, mais il vaut mieux que tout cela reste entre nous. Il est dangereux de plaisanter à propos d'un homme frappé par une mort violente. Nous ignorons de quel côté le vent va souffler. Ne nous mêlons pas de politique, et trouvons plutôt du travail pour l'hiver.

— La flotte sortira au printemps, dit le jeune marin convaincu.

— Cela paraît évident, admit le capitaine, mais si j'ai un conseil à te donner, n'embarque pas sur un des bateaux d'Arkhiménos.

Puis l'un des hommes cria :

— Hé! Paulos, nous devons boire à la santé de ton fils.

Les verres furent remplis et le reste de la conversation s'égara en libations.

Au début de la semaine suivante, je rendis visite à Aristote pour lui faire part du résultat de mes excursions au Pirée. Ma tête bouillonnait de pensées. Récemment, Arkhiménos avait loué Boutadès devant moi et l'avait célébré comme un homme estimable, patriote, généreux... Cependant ce même homme s'était plaint peu avant que son vieil « ami » l'ait ruiné. Peut-être n'étais-je pas le seul à porter un masque.

Ce soir-là, Aristote était d'humeur joyeuse. Il me montra une coupe munie de deux anses que lui avait offerte un de ses élèves. Il semblait peu disposé à m'interroger sur mes faits et gestes. J'étais un peu vexé. Il m'avait conseillé avec tant de chaleur d'aller vendre des légumes au Pirée, lors de notre dernier entretien, et, maintenant, seules ses poteries semblaient l'intéresser.

— Cette coupe vient de Poséidonia[1], dit-il, c'est ce qui en fait la valeur. Il est rare de pouvoir admirer des poteries provenant des colonies. La peinture est assez naïve, mais vivante.

Il me montra le cotyle. Il y avait de curieux dessins représentant des feuilles de palmiers très plates, comme des bouquets de doigts. Sur un côté se trouvait un Dionysos de facture classique; sur l'autre de

1. *Poséidonia* : nom grec de Paestum, cité d'Italie fondée par des colons grecs qui y élevèrent un grand temple consacré à Poséidon.

joyeux convives, comiques, dont le dernier était un vieil homme, aux yeux brillants et aux traits épais, qui dansait les poings sur les hanches, un bol sur la tête.

— Un peu vulgaire, mais amusant, dit Aristote. Je pense qu'Eubolos a pensé à moi en voyant ce vieil homme ; il y a quelque chose dans le nez et les sourcils, et aussi dans la silhouette. La plupart des présents qui me sont offerts par des étudiants représentent Zeus et Ganymède. Je pense que je vais poser cette coupe ici, ajouta-t-il en la plaçant sur une table où elle reflétait la lumière du feu.

Le vieil homme dansait en clignant des yeux. Il recula pour admirer l'effet et prit une poterie représentant un canard.

— Celui-là ne s'envolera pas. Cette coupe vient également d'au-delà des mers, de Volterra, où ils aiment représenter des oiseaux. Ce cotyle est beaucoup mieux fabriqué. Sais-tu qu'ils utilisent de l'argile différente de la nôtre ? Brunâtre, comme celle des Étrusques. As-tu déjà vu de la céramique étrusque ? Sais-tu que les figures rouges n'y sont pas réservées sur l'argile, mais peintes ?

— Non, dis-je sèchement, puis, reprenant mes bonnes manières : Tu as de jolies poteries.

— Oui, je le crois. Cette péliké[1] est une beauté, dit-il en désignant un vase, sur lequel figurait un jeune homme menant par la bride un cheval blanc au milieu d'une foule d'hommes et de dieux.

— Un peu chargée, mais gracieuse, poursuivit-il. Elle est assez ancienne et appartenait à mon père. C'est une faïence d'Attique. Et j'ai un cratère[2]

1. *Péliké* : grand vase pansu à deux anses.
2. *Cratère* : grand vase ouvert dans lequel on faisait le mélange de l'eau et du vin lors des banquets.

décoré de figures rouges — des vraies celles-ci —, un peu vieillot, mais c'est le seul bon vase à vin de cette maison. Quant à celui-là, ajouta-t-il en en montrant un petit, avec la scène de chasse, il a peu de valeur. Bien qu'il paraisse venir d'Attique, il est corinthien. L'argile de Corinthe est jaune et non pas rouge comme la nôtre.

— Je l'ignorais.

À vrai dire, je n'avais jamais songé à la question. Nous ne possédions pas beaucoup d'objets de valeur à la maison.

— Oh! mais il faut remarquer ces choses, Stéphanos! Les poteries renferment de précieux enseignements, que l'on en possède ou non. On y voit des scènes instructives, d'autres amusantes. Tous les arts manuels présentent un intérêt sur lequel on peut spéculer. Par exemple : qu'est-ce qui rend l'argile attique tellement supérieure aux autres? Puisons notre vin dans les meilleurs cratères, son goût sera meilleur.

— Boutadès avait une belle amphore, je l'ai vue dans sa maison.

— Il est naturel que Boutadès ait possédé de beaux objets. Il a dû hériter de quelques belles pièces, sans compter les cadeaux de famille, de clients ou les vases commémoratifs en l'honneur d'un chorège. Nous autres, Macédoniens, avons peu de biens de famille. Pourtant, Alexandre pourrait remplir sa maison avec les vases magnifiques qui lui ont été offerts par des Athéniens admiratifs, au cours des dernières années. Et Antipater pourrait faire de même.

— Tous ornés de scènes sur Achille ou Héraclès.

— Un grand nombre, sans doute. Polygnotos

recevra certainement un accueil favorable quand, à titre de chorège, il produira sa pièce sur Héraclès. J'ai entendu dire qu'elle se présentait bien. Le poète a écrit quelques vers en l'honneur des plus récentes victoires d'Alexandre.

Je songeai alors aux remarques que j'avais entendues récemment quant à Héraclès et au destin de Chiron, mais je ne dis rien.

— À propos, dit Aristote sur un ton plus grave, je dois te dire que l'on a chuchoté à Antipater que le meurtre pourrait être un complot des Perses visant à embarrasser Athènes et à éliminer l'un des citoyens les plus éminents de la ville parmi ceux favorables à la Macédoine.

— Oh! dis-je d'un air sombre, je n'avais vraiment pas besoin de cela. Philémon, traître et agent des Perses!

Aristote m'avait surpris, car j'avais moi-même envisagé que nos adversaires pourraient suggérer le ralliement de Philémon à la cause perse. Je songeai que je devais me montrer prudent envers Aristote. Je me demandai soudain, avec anxiété, s'il était sage de considérer comme un ami ce petit homme important qui recevait des présents coûteux de ses étudiants, qui fréquentait Antipater et qui pouvait savourer chez lui ses vins, ses céramiques et ses livres. Il appartenait à un autre monde que le mien, et je me demandai ce que je faisais là, tout à coup.

— Cesse de t'inquiéter, Stéphanos, je ne suis pas Alexandre, et je ne vais pas me précipiter chez Antipater pour lui répéter notre conversation.

Je me sentis rougir; il semblait lire dans mes pensées à livre ouvert. Il me dévisagea d'un air goguenard.

— Excuse-moi, dis-je en détournant gauchement les yeux.

Il y eut une pause.

— Je me sens stupide, avouai-je.

J'étais sottement irrité, et je heurtai ma coupe.

— Ce doit être le fait d'avoir joué le rôle de ce rustre qui me rend si maladroit ; ce qui confirme la théorie de Platon à propos du théâtre. Si vous jouez dans un drame — et à plus forte raison dans la vie — le rôle d'un personnage méchant ou stupide, votre âme en sera imprégnée et vous lui ressemblerez.

— Ah ! ainsi tu as suivi mon conseil, continua Aristote avec intérêt. Raconte-moi comment tu as tenu ce rôle de rustre, Stéphanos. Ton âme toutefois ne me semble pas salie.

— Mon âme, peut-être pas, mais certainement mes vêtements et ma peau, répondis-je. Je me suis rendu à trois reprises au Pirée, et, à chaque fois, j'en suis revenu parfumé à la manière d'un marchand de poissons. J'ai même dû acheter quelques poissons pour ne pas être démasqué à la maison. Maintenant, la simple odeur de harengs ou de calmars frits ou rances me retourne le cœur.

— Bravo ! C'est un bon déguisement. Si tu ne peux vendre des légumes, achète du poisson !

— Je n'ai pas trouvé d'autre moyen d'échapper à toute suspicion, protestai-je.

— Comme Arion le disait du dauphin, termina Aristote, qui semblait s'amuser de son propre esprit. Où es-tu allé et qu'as-tu découvert ? Raconte-moi tout.

Je le fis, en dépit des sages promesses que je m'étais faites quelques minutes plus tôt. Aristote excellait dans l'art de vous soutirer des informations, à la manière d'une femme tirant un fil d'une pelote de laine. Bien qu'il parût ingénu, je devinais pourquoi il avait été ambassadeur — et espion — en Asie, autrefois. Je lui racontai mes trois expériences aussi fidèlement que je m'en souvenais, et conclus :

— Ainsi, j'ai appris trois choses qui, sans être primordiales, ne sont pas négligeables. Mais, surtout, j'ai enfin des renseignements sur Philémon.

— Hum... oui. Maintenant que tu es allé trois fois au Pirée, mieux vaut ne pas y retourner, Stéphanos. La cruche ne doit pas aller trop souvent au puits. Oui, la vérité sort du puits, après tout.

— Je connais un peu mieux Boutadès à présent, ajoutai-je, mais je ne vois pas en quoi cela peut m'aider. Et comment puis-je être certain que ce capitaine ait dit la vérité ? Non, l'information n'est d'aucune utilité pour moi. C'est toutefois assez déconcertant. As-tu remarqué, Aristote, que toutes les informations que j'ai pu recueillir à propos de Boutadès sont en sa défaveur ? Il jouissait pourtant d'une excellente réputation ! J'en viens à me demander s'il n'était pas en réalité un de ces hommes odieux dont tout le monde souhaite la mort.

— Tout à fait, dit Aristote. Je croyais que nous avions établi cela depuis le premier jour ; tu étais presque prêt à jurer que sa femme l'avait occis. Quel est le troisième fait que tu as appris ?

— Le troisième ? Arkhiménos, naturellement. Voilà un homme qui détestait Boutadès bien qu'il ait chanté ses louanges après sa mort. Que s'est-il donc passé avec ces bateaux ?

— Ton ami le capitaine a probablement vu juste. Les notables sont comme des canards circulant sur une mare : sereins et imposants en surface, mais s'agitant avec énergie en provoquant des remous en dessous.

Il médita un moment en silence avant d'ajouter :

— Une chose m'intrigue : la question de l'argent semble prédominer dans cette histoire. Nous savons que la femme de Boutadès n'avait pas de chaussures neuves depuis longtemps et que son mari avait une réputation de pingre auprès des esclaves. Boutadès était-il aussi riche que nous le supposions ? Avait-il eu de soudains besoins d'argent, ou bien était-il avare ? À moins qu'il n'ait connu des revers de fortune qui l'ont contraint à l'économie pour maintenir sa position.

— Mais Polygnotos, son héritier, n'est pas pauvre, objectai-je. Il a supporté les frais de deux enterrements, et il investit dans la production d'une pièce de théâtre. Or il n'a vendu aucun des biens de Boutadès ou des siens.

— C'est exact. Naturellement, Polygnotos a hérité la fortune de son père. Toutefois, comme tu le soulignes, il semble aussi riche qu'on le suppose. C'est bizarre. D'autre part, Boutadès en voulait-il personnellement à Arkhiménos ? Et pourquoi ? Ou bien Boutadès était-il réellement aux abois, au point d'agir de façon aussi dégradante envers un vieil ami ?

— Songe également aux pauvres marins qui ont péri en mer !

— Je doute que l'imagination de Boutadès lui ait permis de mesurer les conséquences des malfaçons de ce bateau. Pourtant son sens moral aurait dû lui faire sentir que trahir de la sorte un autre triérarque était grave.

— Pense aussi à ce qu'Arkhiménos a pu ressentir : « Je suis la dupe de cet homme et n'ai aucun recours contre lui ! » Rappelle-toi, Aristote, il était si fou de colère qu'il n'a pu se contenir devant le capitaine ; et, cependant, il n'a rien dit à ses pairs, de crainte sans doute de passer pour un imbécile. Bien qu'il soit noble, sa famille compte peu d'amis. On a soupçonné son père et son oncle d'être hostiles à la Macédoine. Il n'avait donc aucun recours à attendre. D'autre part, c'est un homme droit et sans détour, incapable de cacher ses passions. Ne penses-tu pas, Aristote, qu'Arkhiménos aurait pu...

Dans mon excitation, je me penchai et renversai ma coupe de vin, qui se brisa sur le sol. Je rougis.

— Oh ! je suis désolé, bredouillai-je en me baissant pour ramasser les morceaux. Je t'en prie, permets-moi de t'en offrir une autre.

— Ce n'est rien, dit sereinement Aristote, ce n'était qu'une coupe de peu de prix... bien qu'il ne semble pas très courtois d'avouer servir mes invités dans des coupes aussi ordinaires. Je regrette qu'elle ne fût pas de plus grande valeur, ce qui aurait provoqué un bris plus harmonieux. Ne t'inquiète pas de telles bagatelles. Il nous arrive à Pythias et à moi de casser de la vaisselle. Quand l'ennui commence à nous gagner, nous nous jetons des poteries à la tête pour préserver notre bonne humeur.

— Le sol est taché, murmurai-je.

— Je t'en prie, n'y pense plus. L'esclave devait nettoyer cette pièce demain, de toute façon.

Les taches de vin me rappelèrent d'autres taches, celles sur le sol de Boutadès. Elles aussi avaient dû être nettoyées par les esclaves.

— Regarde, dit Aristote avec bonté en me prenant des mains un fragment que j'avais ramassé, te rappelles-tu ce que je te disais au sujet de l'argile ? Voici de l'argile rouge, modelée sans finesse, mais qui trahit ses origines attiques. De l'objet le plus ordinaire au plus raffiné, la matière première est la même. Il doit y avoir une morale là-dedans. Si cette coupe avait été étrusque, elle aurait été brun pâle et d'une texture plus grossière.

Il jeta le tesson dans le feu. Il aimait les détails, et ce genre de particularités l'enchantait. Ce trait était curieux chez un philosophe que l'on aurait plus volontiers imaginé discutant de grands thèmes comme la Beauté ou la Justice. Pour moi, ce morceau de faïence cassée ressemblait à tout autre. Pourtant je savais qu'il bavardait ainsi pour me consoler de ma maladresse et m'épargner tout embarras. Un des morceaux, que je tenais encore à la main, me fit soudain penser à quelque chose.

— J'ai trouvé un morceau de poterie le jour de la mort de Boutadès. Dehors, près de la fenêtre. J'ai pensé qu'un esclave avait cassé un plat récemment et en avait égaré un fragment en allant les jeter.

— Récemment ? Pourquoi as-tu pensé qu'il avait été cassé *récemment* ?

— C'était une impression. Peut-être que le bord était tranchant et qu'il ne s'était pas sali en s'enfonçant dans la terre.

— L'as-tu montré à quelqu'un ?

— Non. Les autres s'en allaient. Ce n'était qu'un morceau de pot cassé. Je l'ai ramassé et je l'ai fait sauter dans ma main.

— L'as-tu jeté, ensuite ?

— Je le suppose... quoique je n'en sois pas sûr. J'ai dû l'emporter machinalement avec moi. Comme c'est bête ! Je me souviens maintenant que j'ai cherché à déchiffrer un signe ou une lettre...

— Quel genre de signe ?

— Une sorte de petite croix. La marque du potier sans doute.

— Était-ce près du bord ?

— Je l'ignore. Ce fragment était entièrement carré et ne présentait pas de bord.

— Cela pouvait faire partie d'une inscription... si c'était un vase de valeur. La faïence était-elle fine ou épaisse ?

— Fine, je crois, plus fine que celle-ci, ajoutai-je en rougissant encore de mon geste maladroit.

— Eh bien, si tu retrouves ce fragment, j'aimerais l'examiner. Les énigmes m'intéressent. Cela m'amuserait de déchiffrer une inscription à partir de deux signes sur un morceau de vase brisé. Ce serait presque aussi intéressant que de regarder un vase de Poséidonia intact.

— Il doit avoir été jeté depuis longtemps, mais je le chercherai.

Après avoir fait mes adieux à Aristote, je me retirai, soulagé de quitter un lieu où je m'étais senti fort confus. Heureux aussi de m'éloigner des taches de vin sur le sol : à la lueur du feu, elles ressemblaient beaucoup trop à autre chose.

Et puis j'éprouvais un sentiment de crainte. Il était apparu quand, moi qui ne cassais jamais rien, j'avais brisé cette coupe et répandu du vin au moment où le nom d'Arkhiménos était prononcé, comme si les dieux avaient acquiescé. C'était peut-être un présage. Et Aristote n'avait pas répondu à ma question restée inachevée, comme si un pouvoir surnaturel lui avait fermé les lèvres. Au lieu de me sentir encouragé, j'eus peur : si les dieux m'avaient livré le nom du meurtrier, je ne savais toujours que faire. Je ne pouvais faire état de cette intuition au tribunal, et tout comme avant j'ignorais comment trouver des preuves.

CHAPITRE HUIT

Sang et insultes

N'ayant rien de mieux à faire le lendemain, je me mis à la recherche du morceau de poterie. Après avoir retourné mes vêtements et fouillé, en vain, dans les vases et les coupes, je me rendis dans la chambre de ma mère.

J'examinai les boîtes et les coupes sur sa table. J'ouvris une boîte en bois précieux que mon père lui avait offerte, peu avant sa mort, et dans laquelle elle rangeait ses bijoux. Je n'y trouvai pas ce que je cherchais. Puis je remarquai son ancien coffret à bijoux. Il contenait tout un fouillis de babioles que les femmes conservent : une fibule cassée, une dent de lait, une boucle de cheveux et, au beau milieu de tout cela, le morceau de vase brisé.

Je venais à peine de le glisser dans ma manche, quand ma mère apparut à la porte.

— Oh ! Mon Dieu, Stéphanos, que fais-tu là ? Pourquoi regardes-tu dans mon coffret à bijoux ?

Tel un enfant surpris à voler des confitures, j'invoquai la première excuse qui me vint à l'esprit.

— En vérité, mère, je me demandais quel présent je pourrais t'offrir pour le prochain jour de fête.

Elle rougit de bonheur, ajoutant toutefois :

— Mon fils, ne dépense pas d'argent pour moi. Je n'ai besoin de rien.

Portant la main à mon front, elle me dévisagea d'un air anxieux.

— Te sens-tu bien, mon enfant? L'oncle de ta tante a perdu la tête sous le poids des soucis. J'ai oublié à quelle occasion, au moment de ses revers de fortune ou lorsque ses rhumatismes le faisaient tant souffrir, mais il se conduisait de façon bien étrange. Il lui arrivait de jeter des objets à travers la maison, ou de chanter à pleine voix, parfois toute la journée durant, sans que personne parvienne à le faire taire.

— Rassure-toi, mère, je vais tout à fait bien. Mon esprit n'est pas dérangé, et je ne chante certainement pas.

— Alors, mon cher fils, dit-elle rassurée, cesse de te promener dans le quartier des femmes. Suppose qu'une esclave te voie, cela ferait mauvaise impression. J'espère que tu ne vas pas te mettre à fouiller partout. Si tu n'y prends garde, tu vas devenir aussi insupportable que Boutadès.

— Que veux-tu dire?

— Oh! je n'aime pas écouter les bavardages des esclaves, continua-t-elle en s'asseyant sur le lit, mais il paraît que ces derniers temps Boutadès se comportait bizarrement. Il avait entrepris de tout inventorier.

— Comment cela?

— Eh bien, il fouillait dans les affaires de sa femme, comptait ses bijoux, dressait des listes de tout le mobilier. Un jour, il a exigé que l'on sorte tous les vases et les plats de la maison, et en a fait la liste. Bien des hommes aiment savoir ce qu'ils possèdent, mais ce comportement était quand même étrange. Puis il est sorti et a acheté d'autres choses — deux petites amphores et dix coupes d'excellente qualité — et les a ajoutées à sa liste. Les femmes en arrivaient à ne plus le supporter. Je t'en prie, Stéphanos, ne deviens pas ainsi.

— Il cherchait peut-être seulement à s'occuper? suggérai-je.

— Est-ce ton cas, Stéphanos? Sors sur l'agora, ou va prendre des bains : les tâches domestiques ne sont pas l'affaire des hommes.

— Il n'y a aucun danger de ce côté-là!

Elle caressa mes cheveux.

— Oh! Stéphanos, tu parais si fatigué, mon cher, cher enfant! Je n'aurais pas dû faire allusion à cet homme horrible.

Il était évident qu'elle tenait Boutadès pour un ennemi personnel de la famille, pour nous avoir exposé à cette terrible accusation, certes bien malgré lui. Je l'embrassai, en l'assurant qu'elle n'avait rien à craindre.

— En tout cas, reprit-elle, j'espère que tu ne deviendras jamais aussi avare que Boutadès. Quand il a offert quelques bijoux à sa femme au printemps dernier, il lui a dit qu'elle ne devait pas s'attendre à les emporter avec elle dans sa tombe, car ils avaient trop de valeur. Quel manque de courtoisie! Je préférerais une guirlande de fleurs offerte par mon cher fils, plutôt que les plus beaux bijoux donnés avec aussi peu de cœur!

Je lui jetai un regard anxieux, me reprochant de l'avoir négligée ces dernières semaines. Elle traversait un moment pénible, son veuvage était récent, et les autres femmes devaient les éviter, elle et ma tante, maintenant que nous étions couverts d'opprobre.

Voyant que je m'assombrissais, et bien qu'elle n'en connût pas la raison, elle me tapota la main :

— Ne t'inquiète pas, Stéphanos, sors et amuse-toi. Je te préparerai ce soir une infusion de laitue, et je vais faire quelques petits gâteaux au miel, dont Eudoxia est si friande.

Elle sortit, en prenant soin que je la précède et quitte le gynécée en bon ordre. J'emportai le petit fragment de poterie dans ma chambre et le rangeai en lieu sûr. Je suppose que je devais la chance de l'avoir retrouvé — bonne ou mauvaise — au fait que ma mère était de ces femmes qui ne jettent jamais rien. Elle devait l'avoir ramassé par terre et placé distraitement dans sa vieille boîte à bijoux. Je ne lui ai jamais posé de questions à ce sujet, pensant que cela ne pourrait conduire qu'à une plus grande confusion.

Je me rendis à l'agora de bonne heure. L'air était vif et mon appétit s'en trouva aiguisé. Vers midi, je m'arrêtai devant une boutique où l'on vendait de la viande cuite. Tandis que j'hésitais distraitement à faire mon choix, deux hommes s'approchèrent. Je reconnus Théosophoros à son menton en galoche et son air critique, et Arkhiménos, plus maigre, et me sembla-t-il, plus chauve que jamais. J'imaginai que ces deux hommes ne m'avaient pas remarqué, ne m'ayant vu que de dos. Depuis la dernière prodikasia, j'avais pris soin de me tenir davantage à l'écart.

Je saluai ces deux citoyens avec courtoisie. Arkhiménos se contenta de me répondre d'un signe de tête, mais Théosophoros dit :

— Ah ! Stéphanos, le jeune homme du tribunal.

Quel dommage que ton père ne soit plus de ce monde ! Nous sommes tous navrés de cette pauvre maison sans maître. Je me demande pourquoi ta mère ne prend pas davantage soin de toi, et te laisse sortir par un temps aussi froid.

— En effet, renchérit Arkhiménos, les médecins préviennent contre les refroidissements et la fièvre à cette époque de l'année, ainsi que de l'influence maléfique des étoiles.

Je ne sais quelle mouche me piqua, mais je ressentis comme une insulte d'être traité en enfant, et nié dans mon statut de maître de maison. Feignant une humeur légère, je lançai une pièce au marchand et entrepris de manger une saucisse, avec un appétit démonstratif.

— Comme vous le dites, seigneurs, il fait froid. Certains philosophes pensent que le vent emporte au loin les humeurs malignes. Il y a du bien et du mal en toute chose. Tel vent est bon pour la mer et mauvais pour les marins, dit-on.

Je me retournai pour faire face à Arkhiménos et poursuivis :

— Oui, si j'étais marin, je resterais à terre en toutes saisons, à moins d'être sûr de mon bateau. Naturellement, de bonnes voiles et des planches solides peuvent affronter les tempêtes, n'est-ce pas, triérarque ?

Je crus voir Arkhiménos blêmir. Il me regarda de travers en plissant son long nez. Je repris :

— Il n'est pas bon de prendre la mer si l'on a laissé les esclaves voler la corde et substituer de bonnes planches à de mauvaises. Je suppose que le radeau d'Ulysse était constitué de bois solide. Ou peut-être pas ? Il a coulé, si je ne m'abuse. Mais on

112

peut difficilement accuser Calypso d'avoir fourni de mauvais matériaux.

J'ignore ce qui me poussa à parler de l'*Odyssée*. Les propos insultants que je venais d'entendre m'avaient rappelé l'attitude des courtisans à l'égard de Télémaque. En tout cas, j'aurais juré qu'Arkhiménos avait pâli en entendant mes impertinences, alors que mes propos laissaient Théosophoros de marbre. Il se contenta de dire :

— Quelle sottise racontes-tu là, Stéphanos ? Il est évident que les marins ne vont pas affronter les tempêtes de l'automne.

— Je pensais à Ulysse, répondis-je. Il dut affronter les tempêtes d'automne, c'est pourquoi il a failli couler si souvent. J'ai relu l'*Odyssée* récemment.

Me tournant vers le marchand, j'ajoutai :

— Je reprendrai bien un peu de saucisse, mon brave homme, mais je voudrais me servir moi-même si tu le permets.

Le marchand me tendit un couteau et alors, poussé par quelque démon intérieur, je fis une chose tout à fait étrange. En me servant, je me coupai délibérément le doigt. Ce n'était qu'une petite entaille, mais elle saigna abondamment. Le comptoir fut éclaboussé de sang, des gouttes et le morceau de saucisse tombèrent sur le sol.

— Oh! mon dieu, voyez ce que j'ai fait! dis-je en suçant mon pouce.

Puis j'ajoutai, citant le passage de l'*Odyssée*, où le héros commence à tirer avec son arc sur les soupirants dans la salle du banquet :

— « Les mets se répandirent par terre : le pain, les viandes rôties furent souillées. »

Il n'y avait aucun doute maintenant ; Arkhiménos était livide.

— Inutile de jeter cette bonne nourriture par terre, dit le marchand. Et regarde mon comptoir ! Garde ton sang pour toi.

— « Le sol est gluant de sang », citai-je encore avant d'enchaîner :

Commencez à emporter les cadavres
Et donnez des ordres aux femmes.
Puis, avec de l'eau et des éponges poreuses
Purifiez les beaux trônes et les tables[1].

— J'espère que tu as une éponge poreuse, dis-je au marchand. Même si tu ne possèdes ni trône, ni table, éponge ce sang. Tiens, voilà de quoi t'aider.

Je lui jetai une drachme, d'un air souverain ; et il se calma. Je me retournai à temps pour voir Arkhiménos chanceler. Son visage était vert, comme s'il souffrait du mal de mer. Il saisit le bord de l'échoppe pour ne pas tomber.

— Je déteste la vue du sang, dit-il d'une voix rauque.

— Bah ! ce n'est qu'une égratignure, insistai-je gaiement. S'il y avait eu une jolie fille ici, je l'aurais saluée galamment en lui disant : « Un petit sacrifice à Aphrodite ! »

Arkhiménos vacilla et serait tombé si Théosophoros ne l'avait soutenu. Ce dernier se tourna vers moi avec colère :

— Éloigne-toi et retourne chez moi, jeune présomptueux. Ton tuteur ne t'a-t-il pas appris les bonnes manières ?

— Comme tu voudras, répondis-je avec légèreté, mets-lui la tête entre les genoux, et ça lui passera.

---

1. *Odyssée*, chant XXII, vers 437-38-39.

Théosophoros était justement en train de s'y appliquer.

— Au revoir, ajoutai-je. Qui aurait pu penser qu'un homme d'âge mûr s'évanouirait telle une fillette à la vue du sang ?

Je m'exprimai à haute et intelligible voix, dans l'espoir qu'Arkhiménos m'entendrait.

Si seulement je ne m'étais pas conduit de cette manière insensée, si je m'étais montré discrètement respectueux, je me serais épargné beaucoup d'ennuis et quelques dangers. Mais, en quittant la place du marché, j'étais fort content de moi, comme si j'avais gagné un point en faveur de Philémon. Je ne possédais pas la moindre preuve, mais j'avais l'impression que le présage se confirmait. Sans aucun doute l'allusion aux bateaux malchanceux avait ébranlé Arkhiménos. Si mes propos s'appartenaient pour Théosophoros aux divagations d'un alcoolique, le triérarque en avait perçu le sens profond. L'allusion à l'*Aphrodite* avait touché en plein cœur son terrible secret. La vue du sang, les vers de l'*Odyssée* avaient réveillé en lui le souvenir de sa vengeance contre la trahison de son ami. Pour quelle autre raison se serait-il évanoui ? Un homme ne chancelle pas au spectacle d'une égratignure. Mais l'évocation d'une vengeance sanglante perpétrée à l'aide d'un arc était insoutenable au meurtrier. Oui, Arkhiménos devait avoir peur. Que j'étais stupide de penser aux frayeurs d'Arkhiménos et non aux miennes !

Au jour de la deuxième prodikasia, j'étais assez calme. La partie adverse était présente au grand complet : ces hommes paraissaient encore plus impressionnants dans leurs vêtements d'hiver neufs en laine fine. Le grave Eutikleidès semblait plus que jamais un rempart de décence civique. Télémon lui-même était bien habillé, sérieux et moins bavard que de coutume. Polygnotos, un peu plus mince peut-être, arborait la respectabilité d'un homme d'affaires. Il paraissait maintenant beaucoup plus âgé que moi. Il était escorté par l'esclave roux sinopéen que j'avais vu, juste après le meurtre, alors qu'il revenait, hors d'haleine, de sa poursuite infructueuse. Je me souvins des propos qui avaient été tenus à son sujet ; toutefois, personne à présent ne semblait attribuer ce crime à l'un des esclaves. Et, à l'évidence, il n'avait pas subi l'épreuve du fouet. Il portait une tunique neuve et affichait le plus grand calme, se tenant gaiement près de la porte. Je ne pus m'empêcher de soupirer : si seulement le meurtre avait été commis par un des esclaves, j'aurais l'esprit en repos.

La séance débuta, tout d'abord, sans surprise par le résumé de la précédente. Je renouvelai ma défense, affirmant que Philémon ne pouvait s'être trouvé à Athènes à l'époque. Je comptais mentionner le témoignage du marin qui établirait la présence de Philémon ailleurs, mais je fus devancé. Car lorsque le Basileus se tourna vers la partie adverse pour lui demander si elle n'avait aucune nouvelle preuve à fournir, Eutikleidès déclara :

— Oui, en vérité, seigneur. Nous avons une nouvelle preuve des activités de l'accusé qui contredira les affirmations de la défense. Un soldat des troupes d'Alexandre, récemment revenu blessé de la guerre, se trouve en ville. C'est un homme pauvre, mais il appartient à notre phratrie. Il nous a affirmé que Philémon avait également pris part à la grande

116

bataille de la ville d'Issos. Toutefois, Philémon combattait du *côté des Perses*.

Il fit une pause pour laisser cette déclaration produire son effet. Je sentais mes genoux trembler : c'était là une des plus terribles accusations que l'on pouvait formuler à l'égard d'un homme. « Ami des Mèdes » est l'épithète la plus infamante qui se puisse concevoir. Des familles entières avaient été exilées, dans le passé, en raison de leurs sympathies pour les Mèdes. Combattre avec les Perses était considéré comme un acte de haute trahison. Après la bataille du Granique, Alexandre s'était montré sans pitié, ordonnant que tous les Grecs qui avaient servi Darius fussent passés par les armes. Philémon ne pouvait espérer aucune grâce des pouvoirs publics si cette accusation venait à être démontrée, ou si elle était reprise par l'opinion courante. De même que ceux qui nourrissaient des sentiments politiques contraires à Alexandre se gardaient d'exprimer leurs véritables sympathies, un vieux ressentiment populaire ne pouvait être refréné. Tout homme, noble ou du commun, pourrait désormais exprimer librement son aversion pour Philémon. Je me sentais brusquement acculé dans mes derniers retranchements.

— Après la déroute des Perses, continua Eutikleidès, quand les mercenaires furent abandonnés par le lâche Darius, ce Philémon s'est enfui vers l'ouest en compagnie de quelques autres à travers les cités en ruine.

Il dut deviner que je m'efforçais désespérément de me souvenir des dates, car il ajouta :

— La bataille d'Issos a eu lieu, il y a un an, Philémon a donc eu de nombreux mois pour revenir.

Ce soldat a eu de ses nouvelles à Sidon : Philémon était déjà revenu de Grèce en bateau. Il portait une cicatrice au-dessus de l'œil, vestige d'une blessure gagnée au cours de cette bataille, ce qui a permis au soldat de le reconnaître aisément.

Il y eut un court silence. Je retrouvai ma voix :

— Où est ce témoin, ce soldat ? Peut-on l'entendre ?

Eutikleidès se tourna vers le Basileus.

— Seigneur, nous pensons qu'il est plus sage de ne pas faire témoigner cet homme pour l'instant. Il est blessé et malade. Le froid est mauvais pour sa santé. Il viendra déposer plus tard. Entre-temps, nous avons pris note de son témoignage que nous te remettrons par écrit, si tu veux bien l'accepter.

— Quel est le nom de cet homme ? demanda le Basileus.

— Pardonne-moi, seigneur, dit Eutikleidès. Je sais que je devrais te le révéler, mais tant de dangers pourraient... Un homme faible, incapable de se défendre, n'a aucun besoin d'avoir des ennemis, ajouta-t-il, tout en jetant un regard significatif dans ma direction, comme si j'étais de ces canailles capables de frapper un homme sur la tête avec un billot de bois. Son nom sera révélé en temps utile quand il pourra s'exprimer lui-même, conclut-il.

— Oui, dit Polygnotos, nous te demandons d'enregistrer nos déclarations d'intention. Il ne nous a pas semblé opportun de taire ce prochain témoignage.

— Fort bien, dit le Basileus. Qu'as-tu à répondre, Stéphanos ?

— Cette accusation est monstrueuse, dis-je, avec autant de conviction que je le pus. Émanant d'un homme qui refuse de décliner son identité, elle ne peut être retenue. Seigneur, qui peut s'opposer à une ombre ? Quand bien même cet homme se présenterait-il devant nous, comment pourrions-nous être certains que l'homme dont il parle était bien Philémon ? Par les temps troubles que nous vivons, il est facile de porter impunément de semblables accusations sur chaque absent dont nous souhaitons salir la réputation. Tout ce que nous savons de Philémon est qu'il est parti et n'est pas revenu. Il n'était pas homme à se battre contre les Grecs.

J'entendis ricaner derrière mon dos (Télémon, peut-être ?). Je venais en effet de commettre une erreur dans mon argumentation : Philémon avait été répudié pour s'être battu contre un Grec. Je me hâtai donc de conclure :

— Je ne peux accepter cette déclaration pour preuve. Il m'est impossible de défendre mon cousin contre un homme qui ne se présente même pas devant la cour.

Je ne vis rien d'autre à ajouter. Il aurait été futile de suggérer que même si Philémon avait combattu pour Darius, cela ne prouvait pas qu'il ait assassiné Boutadès. Du point de vue de la logique, la démonstration restait parfaitement recevable, mais s'avérait dangereuse sur le plan de la rhétorique. C'était envisager comme possible la trahison de Philémon, et cela je devais le nier à tout prix. Il aurait été tout aussi imprudent de ma part de citer pour contrepreuve les dires de mon marin. Cela ne pouvait que trop facilement être repris par l'accusation pour confirmer son histoire. Il me faudrait réfléchir pour décider si, à l'avenir, je pouvais utiliser le témoignage du marin d'une quelconque façon. Pour le moment, mon esprit était paralysé. L'idée que Philémon ait pu se battre avec les Perses, si elle était acceptée, était suffisante (même sans l'accusation de meurtre) pour le priver à jamais de ses biens et faire de lui un misérable exilé. On pourrait même aller jusqu'à offrir une récompense à tout Grec ou Macédonien qui le livrerait, mort ou vif.

Le Basileus demanda si nous avions quelque chose à ajouter, mais la séance fut levée, à mon grand soulagement. Je n'aurais pu en supporter davantage. J'étais parcouru d'un tremblement nerveux, que j'avais bien du mal à contrôler, et je ressentais un besoin urgent de repos.

Une petite foule s'était rassemblée, comme il arrive toujours quand il se passe quelque chose. Polygnotos était suivi de son esclave sinopéen et d'Eutikleidès ; ensemble ils descendirent la colline en compagnie de clients qui les avaient attendus. Je m'écartais dans un bosquet pour soulager ma vessie. Quand je revins sur le sentier, je tombai sur Télémon, branlant du chef comme d'habitude. Il me regarda avec commisération.

— Tu n'as pas l'air bien, commenta-t-il. C'est vraiment désolant.

Je serrai les dents. Que la pitié de ceux que nous n'aimons pas peut donc être amère !

— Je vais très bien, merci, dis-je en allongeant le pas.

Mais ce vieux fou claudicant semblait déterminé à ne pas me lâcher ; il se mit à jacasser gaiement à mes côtés, comme si nous revenions d'une réception.

— Eutikleidès est déjà parti. C'est un homme très occupé. Il sait mener ses affaires aussi, ne trouves-tu pas ? C'est pourquoi l'audience a été aussi brève, un autre aurait fait durer le plaisir. Polygnotos a la tête bien faite, lui aussi, malgré son jeune âge. Sais-tu qu'il plante de nouveaux oliviers ? Ses biens vont certainement proliférer. Je lui ai conseillé de faire agrandir sa maison et il m'a répondu qu'il en avait précisément l'intention, quand sa charge de chorège lui en laisserait le temps.

— J'espère que le spectacle se présente bien.

— Oui, vraiment. Et quels magnifiques costumes ! Il ne regarde pas à la dépense. Alexandre sera satisfait. Je suppose qu'il ne viendra pas, mais il appréciera l'hommage qui lui est fait à travers l'histoire d'Héraclès. Polygnotos fait partie de la nouvelle génération de jeunes Athéniens qui plaira à Alexandre. Antipater a invité Polygnotos chez lui, il doit s'y rendre dès son retour de Corinthe.

— Ainsi, il doit se rendre à Corinthe ?

— Oui, pour affaire, afin de recueillir une dette due à son oncle. Il part aujourd'hui. Il est tellement consciencieux et a un tel respect pour la mémoire de son oncle Boutadès — pardonne-moi de parler de lui. Polygnotos lui a fait construire un tombeau magnifique, taillé dans le plus beau marbre carien, avec de belles sculptures en relief représentant Boutadès et sa femme. Tekhnophilos, l'artiste le plus réputé de la ville, a déjà le marbre dans son atelier, et l'ouvrage est presque terminé. Des gens vont chez lui rien que pour le voir. Tu devrais y aller, c'est une véritable œuvre d'art.

Je ne répondis pas, aussi poursuivit-il :

— L'invitation d'Antipater semble indiquer que les opinions politiques de Polygnotos sont appréciées. Il est très au fait des affaires. Antipater a besoin d'hommes intelligents et sensés, comme ce professeur Aristote, avec lequel il est tellement lié. J'imagine que Polygnotos aimerait travailler avec Aristote. Il l'a connu au Lycée, naturellement. Toi aussi, je crois ? Mais j'oublie que tu n'as guère eu le temps de te consacrer aux études. Quel dommage !

J'avais la migraine. J'ignorais quel dessein poursuivait cet incorrigible bavard. Je ne pouvais croire que cette conversation fût une coïncidence. Eutikleidès lui avait peut-être demandé de me parler, toutefois il pouvait en avoir pris l'initiative. Il possédait un esprit plus malicieux que je ne le pensais. Je me représentais l'opinion des Athéniens sur l'affaire : d'un côté le pauvre Stéphanos avec rien d'autre qu'une famille de femmes et un cousin réprouvé ; de l'autre le splendide Polygnotos, entouré de son clan pour l'assister et se réjouir de son succès. J'avais suggéré que leur témoin n'existait pas, bien que convaincu de la probabilité du contraire. Quelque part dans la phratrie, il y avait un vieux soldat. Quelqu'un dans la phratrie fournirait ce qu'on lui demandait. Il ne me servirait à rien de prétendre que le témoin était suborné ; il n'avait peut-être même pas été nécessaire de l'acheter, son désir de plaire était suffisant. Peut-être, après tout, l'histoire était-elle vraie — quelle horrible pensée ! Je ne pouvais, pas même dans mon cœur, être certain que Philémon n'avait pas combattu avec les Perses : il était tout à fait capable de se joindre à n'importe quelle bataille en cours. Je ressentais un doute affreux et la vie me semblait amère.

— Tu es bien silencieux, Stéphanos, constata Télémon avec sollicitude.

— Je réfléchissais à ce que tu m'as dit.

C'était vrai. Toutes les paroles de Télémon contenaient un message : « Reste tranquille. N'essaie pas de défendre un parent condamné d'avance. C'est sans espoir. » C'est ce que l'on avait laissé entendre à travers cette « preuve » choquante, et maintenant Télémon le répétait en célébrant la gloire de la tribu : « Nous sommes forts, tu es faible. » Et, forts, ils l'étaient, certains de séduire tous les pouvoirs terrestres. Les puissances célestes et terrestres ne s'entendent pas toujours sur ces questions, mais les histoires que l'on raconte à ce propos ne sont pas réconfortantes. Je songeai à Œdipe devant sa tombe à Colone, abandonnant à leur destin Créon, ses fils et Thèbes en ruine.

L'amitié d'Aristote était elle-même mise en doute. Télémon tenait-il à me rappeler combien ténues étaient mes relations avec le Macédonien ? Il était peu vraisemblable qu'un ami d'Alexandre s'intéressât à un soldat de Darius ! Tout ce qui avait été à moi ne semblait plus m'appartenir en ces heures sombres. Je devais affronter de plus terrifiantes conjonctures, un peu plus tard, toutefois, à cet instant, il ne m'était encore rien arrivé de plus horrible, et j'avais l'impression de sombrer dans un abominable cauchemar. Qui aurait jamais pu penser qu'un fou tel que Télémon pouvait abattre un homme avec des mots ?

Au bas de la colline, j'aperçus deux silhouettes familières. Théosophoros et Arkhiménos étaient restés à bavarder avec les autres, après l'audience ; ils nous jaugeaient maintenant d'un œil glacial. En approchant, je fus stupéfait d'entendre Arkhiménos me crier :

— Ami des Mèdes ! Lèche-bottes des Mèdes ! Lèche-cul de Darius !

Ces paroles eurent pour effet de me tirer de ma léthargie, et en cela je devais le remercier. Ces insultes choquaient plus encore dans la bouche d'un honnête citoyen, c'était là le langage de la racaille des rues.

Théosophoros se montra plus modéré. Il se contenta de dire :

— Fais donc nous voir tes tapis persans, cousin de Philémon. Tu ne nous les as dissimulés que trop longtemps.

Télémon haussa les épaules et poursuivit son chemin, sans se soucier de moi. Je répondis :

— Ces insultes ne sont pas dignes de toi, Théosophoros. Tu sais fort bien que je ne possède pas plus de tapis persans que toi, et n'ai aucune raison d'en avoir.

Arkhiménos s'avança en grimaçant un sourire qui découvrait ses vilaines dents. Son visage était semblable au crâne d'un squelette auquel on aurait dessiné au fusain deux lignes verticales sur le front.

— Ha, ha, ha ! voyez-vous l'impudent de la tribu des adorateurs des Mèdes ! Amant du roi perse ! (Le mot qu'il employa était beaucoup plus cru que « amant ».)

— Citoyen Arkhiménos, cela n'est pas conv...

— Et alors ? Que comptes-tu faire ? Raconter l'affaire à Alexandre ? Chéri de Darius ! dit-il en faisant un geste obscène avec ses doigts. Pourquoi ne vas-tu pas te battre pour les Égyptiens ? Leurs combats se livrent couchés ! « Ô soldat allant à la guerre avec une petite lance branlante devant toi ! » (C'était là encore une vulgaire expression des rues.)

124

Ha, ha, ha! Tu auras un coup d'épée dans ton ventre, d'épée dans ton ventre, répéta-t-il.

Il sautillait devant moi avec jubilation et son visage était devenu tout rouge. Je me détournai en murmurant :

— Il est inutile d'essayer de parler raisonnablement avec toi...

— Ha! Eutikleidès te donnera des raisons — plus de raisons que de raisins cet automne!

Théosophoros essaya de le calmer, mais ce vieillard lubrique éclata d'un rire aigu. Je faisais face à une émotion qui relevait moins de la haine que de la joie, du soulagement aussi, je n'aurais su le préciser.

— Une épée dans le ventre, répéta-t-il tandis que je poursuivais mon chemin.

Théosophoros l'entraîna dans la direction opposée, mais Arkhiménos ne pouvait retenir son caquètement obscène et répétait avec un petit rire :

— Une épée dans le ventre!

Soudain je me rendis compte qu'il était devenu fou.

Eh bien, les fous s'amusent parfois. J'étais sain d'esprit (je l'espérais du moins), et toute joie m'avait déserté. Je rentrai chez moi et me glissai dans mon lit. Là, personne ne pourrait me voir ou m'entendre. Je pleurai en silence et pendant longtemps.

CHAPITRE NEUF

Affaires de famille

Je ne saurais dire ce qui me poussa à retourner au Pirée quelques jours plus tard. Je n'avais ni plan ni espoir défini. Peut-être considérais-je Le Pirée comme un lieu d'heureuse fortune pour moi. S'il en était ainsi, j'allais être gravement désappointé.

L'hiver approchait rapidement. Le vent qui soufflait de la mer était froid, bien qu'il y eût quelques éclaircies entre les averses. Emmitouflé dans un manteau de laine grossière, je me mêlai à la foule du port, et me promenai sur le marché du Pirée. Il n'y avait pas grand-chose à voir. C'était un endroit sordide et sale, de nombreux détritus jonchaient le sol. Les boutiques n'offraient que des produits défraîchis et des poteries vulgaires, que seuls les pauvres achetaient.

Alors que je me tenais devant un étalage de légumes, aux relents de moisi, un rayon de soleil qui jouait sur les feuilles vertes et jaunes chatouillait mon visage. Soudain, je sentis que l'on me tirait par la manche.

— Seigneur ! Seigneur !

Me retournant, je vis une vieille femme édentée, au visage ridé comme une pomme cuite. Elle me serrait le bras, de ses vieilles mains aux veines saillantes.

— Passe ton chemin, femme.

— Seigneur, ma maîtresse te demande de venir la voir.

Elle baissa la voix pour ajouter :

— Ta parente a besoin de toi.

— Je ne connais pas...

— Chut ! Je t'ai déjà vu au Pirée, et j'ai attendu que tu reviennes. Je connais ton nom, Stéphanos, et je te dirai tout, mais pas ici.

Je ressentis quelque appréhension. Après l'étrange comportement d'Arkhiménos, l'idée me traversa l'esprit qu'il pouvait s'agir là de quelque piège ; en suivant cette vieille taupe, je pouvais courir à ma perte. Cependant, elle ressemblait à l'une des Moires, et, après tout, n'étais-je pas venu au Pirée à la recherche de l'inconnu ? Je ne m'attendais toutefois à rien de la sorte, et souhaitai vivement qu'elle cesse de souffler sur moi son haleine polluée par une odeur d'ail et de dents cariées. Je repoussai la main de la vieille femme, en disant :

— Je viens.

— Suis-moi, mais discrètement.

Elle se glissa au milieu de la foule, tandis que je la suivais à quelque distance. Ce n'était pas facile, car de dos elle ressemblait à n'importe quelle vieille femme, une silhouette informe recouverte de vieilles hardes. Lorsque nous quittâmes la foule, elle continua sa route à travers un dédale de rues sordides et de ruelles silencieuses ; comme Thésée, je la suivais dans ce labyrinthe. Elle ne se retourna pas une seule fois. S'il se fût agi d'Orphée, Eurydice aurait été libre ; j'avais toutefois l'impression qu'elle me conduisait de plus en plus loin, au fond des enfers, et non vers leurs portes. Elle s'arrêta finalement devant une petite maison à l'aspect misérable. Les murs sales affichaient de larges fissures, tandis que s'amoncelait un tas d'ordures devant la porte.

— Entre, dit ma Sibylle en loques.

J'obéis et pénétrais dans une pièce minuscule aux murs noircis de fumée. Sur un petit brasero brûlaient quelques rares noyaux d'olives. L'odeur insistante d'une intimité proche donnait l'impression d'une présence. En dépit de son dénuement, la pièce était bien tenue. Sur la table étaient disposées quelques écuelles d'une propreté rigoureuse. Il y avait deux escabeaux et un fauteuil en cuir qui avait connu des jours meilleurs (l'un des pieds était cassé), parfaitement astiqué. Une tapisserie, reprisée en plusieurs endroits, représentant Pénélope à son métier, obstruait l'entrée de la pièce voisine. Une petite fenêtre haut perchée laissait entrer un peu d'air et de lumière. Ce n'était certes pas une demeure luxueuse, mais elle n'avait pas non plus un aspect trop sordide.

Bien que je ne craignis plus d'être tombé dans un traquenard, je restais fort intrigué.

— Assieds-toi, dit mon guide. Désires-tu boire ou manger ?

— Non, merci.

— Oh, mais, Stéphanos, fils de Nikiarkhos, tu dois prendre quelque collation dans la maison de notre maître. Je vais faire chauffer de l'eau, et tu boiras un peu de camomille avant de t'en aller.

Elle posa une casserole d'eau sur le feu, puis se tourna vers moi.

— Le fils de Nikiarkhos se demande pourquoi il est là. On m'avait fait ton portrait, et je t'ai aperçu au Pirée. J'ai reconnu ta noblesse sous tes vieux vêtements. J'ai pensé : « Il doit chercher à aider Philémon, alors pourquoi ne pas l'approcher quand il reviendra ? Tu aimes bien ton cousin Philémon, fils de Lykias, et tente de le tirer d'affaire, n'est-ce pas ?

— Oui, c'est exact.

— Nous pensons que tu ne commettrais rien d'impie pour l'aider.

— Il n'y a rien que les dieux ne condamnent que je ne ferais pour aider Philémon, mon cousin.

Une idée traversa mon esprit et fit battre plus vite mon cœur : cette femme ou ceux qu'elle connaissait possédaient quelque preuve utile à ma cause.

— Les liens de parenté sont sacrés, seigneur. Je parle au nom des tiens. Je ne suis qu'une vieille servante du nom de Nousia qui vient à toi en te suppliant.

Elle se jeta soudain à mes genoux et enserra mes jambes d'un air dramatique. Je me sentis extrêmement embarrassé et dis en la relevant :

— Pardonne-moi, brave femme, mais je ne comprends rien à ce que tu racontes.

Elle prenait plaisir à cette scène, qu'elle devait avoir répétée bien des fois dans sa tête.

— D'abord, seigneur, reprit-elle, jure-moi que si tu n'acceptes pas ce que je vais te demander, tu ne nous feras aucun mal à moi et à une femme sans défense.

Je réfléchis. Je n'avais aucune intention de malmener une vieille femme et ne voyais pas en quoi cela me serait profitable, aussi me parut-il sans danger de faire cette promesse. Au même moment, je crus voir trembler le rideau en tapisserie.

— Je te le jure, répondis-je.

— Que Zeus soit loué! Et maintenant écoute.

Je l'invitai à s'asseoir d'un ton aimable. Des mèches de cheveux blancs s'échappaient du foulard qui lui couvrait la tête, et cette vieille femme gesticulant debout si près de moi me troublait. Elle se laissa tomber près du feu.

— Voilà, seigneur. Tu connais ton cousin Philémon. Ou plutôt, tu l'as connu.

— Oui, certainement.

— C'était un jeune chenapan, mais il avait bon cœur et peut-être ne sais-tu pas tout de lui? En fait, j'ai une surprise pour toi. Que dirais-tu si je t'apprenais que ton cousin Philémon est marié?

— Philémon? *Marié?* Mais il n'était pas...

Elle éclata de rire. Le personnage dramatique avait fait place à une commère au langage vulgaire, abandonnant toute parole châtiée.

— Oh! Oh! Mais si, il l'est! C'était un drôle de gaillard avec les femmes, ton Philémon! Mais dans ce cas, il ne s'agit pas d'une vulgaire intrigue amoureuse; il s'est conduit en noble seigneur. Il savait à qui il avait affaire. Il s'est marié en bonne et due forme avant de quitter Athènes. Il a épousé une jeune fille respectable d'origine athénienne.

— Je peux difficilement croire cela. Eh quoi! Dans une famille tout le monde est au courant d'un mariage. Ce n'est pas une chose que l'on cache ou alors, ce n'est pas légal.

Elle se renfrogna :

— C'est tout ce qu'il y a de plus légal, ne t'inquiète pas. Ne t'avise pas de jeter le doute sur l'honorabilité de ma maîtresse! J'ai été sa nourrice, et celle de sa mère avant elle. Il s'agit de Mélissa, fille d'Arkhias. Elle était vierge et pure comme l'agneau qui vient de naître quand elle s'est mariée. Nous pouvons présenter le drap avec la tache de sang si tu le désires. Sa famille était au courant. Il y a d'abord eu promesse de mariage, devant témoins, comme il convient, mais certaines raisons ont empêché Philémon d'en parler à sa famille. Ce n'est pas très joli, je l'admets, mais qu'il ait eu tort ou raison, il ne sert à rien de protester maintenant que tout est accompli.

Elle s'amusait vraiment, comme toutes les vieilles femmes quand il est question de mariage. Elle prit distraitement une olive sur une assiette et la glissa dans sa bouche, pour se rafraîchir après ce long discours.

— Il a pu y avoir des discussions à propos de la dot. Melissa a une jolie dot mais elle ne peut la toucher pour l'instant. Philémon a déclaré qu'il attendrait ; il espérait que tout s'arrangerait. Certes, il était jeune, mais son père étant mort, c'était son devoir de se marier et d'avoir un héritier. Et puis quelques semaines après le mariage, Philémon s'attira cette vilaine affaire et dut s'exiler. Il nous installa ici sous un faux nom et nous sommes restées là. Un fils est né de ce mariage. Ton neveu. Un beau petit garçon.

— Où est cette personne ? demandai-je, stupéfait par ce que j'entendais.

— Par là, dit la vieille femme en désignant le rideau. C'est une femme respectable. Tu ne peux la voir avant de la reconnaître pour parente ; ce ne serait pas convenable.

J'étais pris au piège : je ne pouvais voir cette Mélissa, et devais néanmoins décider par moi-même

131

s'il s'agissait d'une prostituée, d'une concubine ou d'une femme respectable ! Les femmes ont une curieuse façon de saisir les opportunités pour les tourner à leur avantage.

— Tu es un homme juste et droit, reprit Nousia, tu ne peux laisser tes parents mourir de faim. Tu as fait de ton mieux pour Philémon, nous le savons, mais la situation a pris une mauvaise tournure. Qu'adviendra-t-il de nous, maintenant ? Que va devenir notre cher petit garçon ?

Brusquement, elle se mit à se balancer d'avant en arrière, en lamentations :

— Oh ! Oh ! Nous allons mourir de faim et allons être chassés de cette maison ! Sans ami, sans toit ! Oh ! Mon Dieu ! Vieux os, et jeunes os, nous allons tous périr. Oh ! Athéna, aide-nous !

— Très bien, je la verrai, dis-je pour la faire taire.

— Qui verras-tu ? demanda-t-elle aussitôt en abandonnant ses gémissements.

— L'épouse de mon cousin Philémon, soupirai-je.

En y réfléchissant, je me rendis compte que cette reconnaissance ne m'engageait qu'envers ces deux femmes, et ne voyais vraiment pas comment elles pourraient en faire usage.

La vieille servante se redressa, et appela avec douceur :

— Ah ! ma chère maîtresse, ma Mélissa, ton parent vient te voir et te reconnaît comme l'épouse de Philémon.

Le rideau s'écarta ; une femme entra.

— Je te salue, épouse de Philémon, l'accueillis-je, la gorge contractée.

132

Elle était jeune, svelte et très belle. Ses cheveux étaient dorés, comme je pouvais le voir des quelques boucles s'échappant du voile qui couvrait sa tête. À mon grand désappointement, elle n'avait nullement l'air d'une hétaïre. Ses vêtements étaient modestes, semblables à ceux de l'épouse de n'importe quel citoyen, mais sans la moindre ostentation. Ce n'était certainement pas une courtisane. Immobile, elle me fixait de ses grands yeux bleus, avec gravité. Puis elle s'approcha gracieusement, s'agenouilla à mes pieds en disant d'une voix basse :

— Je me présente à toi en parente et suppliante, Stéphanos, fils de Nikiarkhos, cousin de mon mari, Philémon.

Je la fis lever :

— Bienvenue à toi, épouse de mon cousin.

Je l'invitai à s'asseoir. Sans parler, elle se percha au bord d'un escabeau, sous le regard approbateur de la vieille femme. Dans cette pièce sordide à l'odeur de renfermé, cette jeune femme avait l'air d'un lilas fleurissant sur un tas d'ordures. Malgré moi, je me sentis envahi de pitié. Même si elle n'était que la maîtresse de Philémon, je veillerais à ce qu'il lui soit versé quelque argent.

— Dis-moi, épouse de mon cousin, d'où viens-tu et comment se fait-il que tu sois mariée sans que personne en ait eu connaissance ?

Elle me regarda avec reproche.

— Je ne me suis pas mariée clandestinement, Stéphanos. C'était un véritable mariage. Permets-moi de m'expliquer.

— Je t'écoute.

— Le nom de mon père est Arkhias. Bien que

nous fussions athéniens, nous habitions Thèbes, où nous avons vécu une époque terrible. Les soldats pillaient et tuaient. Je n'entends rien aux questions politiques (et je pensai qu'elle ne souhaitait manifester aucun sentiment antimacédonien), mais nous avons dû fuir pour sauver nos vies. Hélas ! ma mère a été tuée avant notre exode. Avec beaucoup d'autres réfugiés, nous sommes parvenus à Athènes. C'est alors que mon père et moi avons rencontré Philémon. Lui et moi étions encore des enfants, mais il nous a offert un verre d'eau ; nous ne l'avons jamais oublié. Mon père était malade, et nous avons trouvé refuge dans la ferme d'un cousin. Trois ans plus tard, nous avons revu Philémon, par un heureux hasard, sur la route qui mène d'Athènes à Sounion. Un voleur venait de nous attaquer et ton cousin l'attrapa et l'obligea à nous restituer ce qu'il nous avait volé. Après cela, il revint voir mon père. Tout était convenable ; je vivais au gynécée avec l'épouse de mon cousin et Nousia.

— Ton père n'avait-il pas de fils ?

— J'avais un frère, mais nous ignorons ce qu'il est devenu. Il doit se trouver quelque part à Sparte, je le crains. De plus, notre argent et nos biens sont restés à Thèbes. Mon père avait toujours promis que j'aurais une jolie dot. Juste avant que les troubles commencent, il avait confié une partie de ses biens à un de ses amis thébains, bien considéré des Macédoniens. Seulement, il faudrait que nous retournions là-bas.

— Hum... existe-t-il quelques documents ?

— Je le crois, mais je n'entends rien aux affaires. Mon père et Philémon en ont discuté. De toute façon, ce Thébain est un honnête homme, sans quoi mon père ne lui aurait pas fait confiance.

— Hum! fis-je encore, sans me compromettre.

Qu'elle m'ait dit ou non la vérité, il semblait que Philémon n'était pas plus près de toucher une dot que de trouver du miel dans un guêpier.

— Mon pauvre père était très inquiet quand il a compris qu'il allait mourir. Tu vois, seigneur, quel destin infortuné! Avec mon frère servant peut-être le roi Agis, qu'allait-il advenir de moi et de notre fortune? Alors mon père m'offrit en mariage à Philémon et décida d'en faire son héritier, si son fils était mort. Je crois que Philémon était heureux à l'idée de m'épouser, ajouta-t-elle avec une charmante confusion.

Pauvre Philémon! Chacun sait qu'un homme sensé n'épouse pas une femme pour sa beauté. Ce genre d'affaire doit être convenablement traité par la famille, et les fiancés ne doivent pas se voir avant le mariage, mais Philémon n'était pas un homme sage. Un regard langoureux et une histoire pathétique avaient suffi pour l'émouvoir.

— Ce n'était pas imprudent, dit-elle avec un air de défi, comme si elle avait lu mes pensées. Je sais que le mariage a été... un peu précipité. J'étais navrée de ne pas avoir un grand mariage et je sais que la famille aurait dû être là. Mais mon père et Philémon savaient que ta famille aurait pu soulever des objections : ma dot, mon frère, nos malheurs... Si son père avait été vivant, tout aurait été différent.

— Comment le mariage a-t-il pu avoir lieu?

— Au cours de l'engagement de mariage, mon père a promis de verser ma dot dès qu'il aurait récupéré ses biens. Mon cousin et un de ses amis ont servi de témoins. Puis le mariage a eu lieu et nous avons vécu dans la maison de mon cousin.

— Tu aurais dû vivre dans la maison de ton mari ! m'écriai-je.

— Philémon n'a pas voulu inquiéter sa mère. Elle est malade et âgée, je crois. Cependant, je sais qu'il lui en a parlé plus tard. Il me l'a promis en tout cas. Tout devrait s'arranger quand il touchera ma dot. Nous ne voulions pas que les gens disent qu'il s'était marié avec une femme *au-dessous* de sa condition.

— Quand comptiez-vous régulariser la situation ?

— Dès que la paix serait rétablie. Vois-tu, mon père avait enterré de l'or et des bijoux dans le jardin de notre maison. Philémon pensait qu'il serait amusant de partir « à la chasse au trésor », comme il disait.

« Amusant », vraiment ! Je reconnaissais bien là l'insouciance de mon cousin !

— J'ai reçu quelques présents de mariage, mais j'ai dû les vendre. Nousia s'en est chargée. J'essaie de ne pas sortir de la maison. Regarde cette écuelle et ce bol, ils me viennent de mon cher époux.

Je les examinai. Ils appartenaient bien à Philémon : je les avais vus chez lui.

— Je ne m'en déferai jamais, affirma-t-elle. Tout s'est mis contre nous : mon cousin est mort ; sa femme est allée vivre chez son frère, et le pauvre Philémon s'est attiré cette méchante affaire. Juste avant de partir, il m'a conduite dans cette petite maison, où je passe pour être la femme d'Éphoros. Je l'ignorais, mais j'étais enceinte lorsque Philémon est parti ; le bébé a dix-huit mois maintenant. Naturellement, étant une femme seule vivant sous un nom d'emprunt, je n'ai pu présenter mon enfant à la phratrie. C'est un beau petit garçon. Attends, je vais te le montrer.

Elle se leva et revint avec un petit enfant à moitié endormi, mais qui ne tarda pas à trottiner.

— Voici ton neveu, dit-elle avec fierté.

La vieille femme émit quelques caquètements. L'enfant fut poussé dans ma direction, mais il s'accrocha aux jupes de sa mère, en me regardant sans plaisir.

Nouveau dilemme : si je touchais l'enfant, je le reconnaissais implicitement comme membre légitime de la famille. Elle résolut le problème, en le plaçant délibérément sur mes genoux. Je l'examinai : il était bien tenu, apparemment en bonne santé, et promettait d'être plus robuste et vigoureux que sa mère. Les femmes et les vieillards prétendent déceler des ressemblances sur les visages d'enfant ; je ne possède aucun talent de cet ordre. Ce bébé avait des cheveux frisés et ses yeux étaient bruns ; rien n'indiquait qu'il ne fût pas le fils de mon cousin. En vérité, lorsqu'il me frappa de ses petits poings fermés, je pensai qu'il était le fils de Philémon, toutefois aucun enfant ne porte sur lui les marques de son illégitimité. Je le rendis à sa mère.

— Il se nomme Lykias, annonça-t-elle.

Je réprimai ma réponse : quelle audace de donner à un bâtard le nom de son grand-père paternel ! Qu'il fût ou non un enfant légitime, il ne possédait pas de nom à proprement parler : il n'avait été présenté à aucune personne d'autorité, membre de la tribu ou de la phratrie. Ma confiance fut ébranlée. Cependant, pensai-je avec amertume, c'est à moi qu'il revient de payer pour empêcher que ce malheureux enfant meure de faim, légitime ou non.

— Pa-pa ! dit-il en posant la main sur mon genou.

La vieille femme s'épanouit d'aise.

— Là ! Tu lui rappelles son père ! Il voit la ressemblance !

— C'est vraiment touchant, dis-je sèchement, d'autant plus qu'il n'a jamais vu son père.

Il y eut un silence.

— Pa-pa ! répéta l'enfant plein de confiance.

— Eh bien, tu te trompes, dit sa mère. Il a vu son père à plusieurs reprises. Comment crois-tu que nous ayons survécu durant tout ce temps ?

— Veux-tu dire que Philémon est revenu au Pirée ou à Athènes ?

— Chut ! Ne parle pas si haut ! Oui. Il est revenu. Je suis de nouveau enceinte, ne l'as-tu pas remarqué ?

Hélas, malgré mon inexpérience, je le constatais maintenant qu'elle me le faisait remarquer.

— Son second enfant. Mais Philémon n'est pas revenu depuis longtemps et doit s'en garder à présent ; la situation est trop grave pour lui, avec tout ce que l'on raconte à son sujet. On dit même qu'il aurait combattu avec les Perses. Plus que jamais nous devons nous cacher.

Soudain elle fondit en larmes, ce qui me désarma plus encore.

— Nous n'avons plus rien pour vivre ! Comment vais-je nourrir mes enfants ?

La vieille femme se mit aussitôt à geindre pour être à l'unisson. Je me levai ; la situation était insupportable. Il me fallait sortir de cette pièce, m'éloigner de ces femmes en pleurs.

— Oh ! s'écria Nousia, tu n'as pas bu ta camomille.

— Peu importe.

Je me tournai vers la jeune femme :

— Ne pleure pas. Je vais m'occuper de toi. Tiens, prends cet argent. Dans quelques jours, je t'en apporterai d'autre, et certains effets également, ajoutai-je avec un regard autour de la pièce.

— Oh! merci, seigneur, s'écrièrent les deux femmes.

Pourvue d'un sens pratique plus averti, la vieille demanda :

— Quand reviendras-tu?

— Reviens sur la place du marché, juste après le lever du soleil, dans trois jours.

Mais avant de m'en aller, je demandai en me tournant vers la femme de mon cousin :

— Quand as-tu vu Philémon pour la dernière fois?

Elle avait séché ses larmes, et me regarda d'un air piteux avant de murmurer :

— Je ne l'ai pas revu depuis deux mois, seigneur. Depuis le mois de Boédromion.

Je sortis de la maison en titubant et me hâtai dans les ruelles du Pirée. Ces derniers mots battaient dans ma tête comme un marteau : « le mois de Boédromion », époque de la mort de Boutadès. Toute la défense à laquelle je m'étais accroché s'effondrait. J'avais pensé que le système de tante Eudoxia était bon, même s'il était difficile à prouver : « Philémon n'était pas là. » Maintenant, à moins que ces femmes ne m'aient raconté un tissu de mensonges, monté par quelque infernal ennemi, je savais que si Philémon s'était trouvé à Athènes, au moment approprié, je n'aurais pas d'autre défense que ma ferme conviction qu'il était incapable de commettre un meurtre.

Le désir de connaître la vérité me torturait. Il existait une seule personne qui pouvait confirmer ou infirmer ce que je venais d'entendre. Accablé, je me rendis au gynécée voir ma mère et tante Eudoxia qui mangeaient des gâteaux au miel, en bavardant gaiement. À son grand étonnement, je saisis ma tante par le bras et l'entraînai dans la chambre, la plus belle pièce de la maison, où naguère je recevais des invités, et refermai la porte.

Je devais avoir l'air d'un fou, jamais jusqu'à ce jour je n'avais bousculé tante Eudoxia. Je mesurai sa terreur, mais ne me laissai pas attendrir. Je lui lâchai alors le bras et me penchai sur elle pour murmurer :

— Tante Eudoxia, je sais tout. Philémon est revenu à Athènes, n'est-ce pas ? Il était là au cours du mois de Boédromion. Réponds-moi et épargne-moi tes mensonges. Par Zeus ! je veux la vérité !

J'espérais qu'elle allait éclater en violentes dénégations et protestations indignées. Elle m'opposa un visage fermé derrière lequel je lisais une anxiété et une expression de culpabilité.

— Oui, chuchota-t-elle, je ne sais pas comment tu l'as appris, Stéphanos, mais il est revenu à Athènes. Il est venu en secret, à plusieurs reprises, visiter sa vieille mère. Je pensais que nous avions été prudents. Ô Athéna, la torture ne m'aurait pas arraché un mot là-dessus !

Elle pleurait et se laissa tomber sur un siège. Heureusement, elle ne s'agenouilla pas devant moi ; j'en avais assez supporté pour un seul jour.

— Peu importe que tu m'aies parlé ou non. J'ai

tout découvert. Je sais que Philémon était là au moment... enfin, à ce moment-là. Je me suis entretenu avec quelqu'un qui avait toutes les raisons de le savoir.

— De qui veux-tu parler?
— De l'épouse de Philémon.

Tante Eudoxia s'évanouit.

CHAPITRE DIX

Énigmes en écritures

Quand, à ma grande surprise, Aristote demanda à me voir, je me rendis chez lui sans entrain. Naturellement, il avait entendu parler de la deuxième prodikasia. Il me déclara que « tout le monde ne croyait pas que Philémon s'était battu avec les Perses ».

— J'en conclus que les hautes autorités réservent leur jugement. Cette accusation est bien tardive. En fait, il s'agit davantage d'une hypothèse que d'une preuve, ajouta-t-il gaiement.

— Oh! soupirai-je avec amertume, c'étaient là les ennuis de la semaine dernière. Comme le dit le poète :

Ce qui nous menaçait et paraissait si morne
N'est plus que souvenir futile
Maintenant que ce nuage noir
Lance des éclairs au-dessus de nos têtes.

— Expressif, mais assez faible poétiquement. Quel est ce nuage noir, Stéphanos ? Quelque chose de nouveau s'est-il produit ?

— Oui, mais il s'agit d'un événement privé concernant la famille et je ne peux t'en parler. Tu as été bon et tu es avisé, mais ceci est personnel.

— Tu deviens meilleur orateur, Stéphanos, tu as

142

réussi à éveiller ma curiosité. Je cherche déjà à deviner. Et, comme tu as su me flatter judicieusement! Quant à ma bonté... Nous sommes bien disposés envers quiconque nous loue pour des qualités que nous ne sommes pas sûrs de posséder. Aussi, maintenant que tu as acquis ma dévotion, peut-être voudras-tu m'exposer ce grave et embarrassant problème. Tu as ma promesse de silence, même si je ne peux t'apporter mon assistance.

Bien que tiraillé par le sentiment de trahir un secret de famille, je lui confiai tout ce que je savais sur les femmes du Pirée et conclus :

— Je ne sais que penser. Parfois, il me semble que tout est vrai, parfois je me dis qu'elle n'est peut-être que la maîtresse et non l'épouse de Philémon. Comment savoir s'il est le père de l'enfant qu'elle porte? Le plus grave est qu'elle prétend que Philémon se trouvait ici, au mois de Boédromion. Tout cela n'est peut-être qu'une sombre machination pour m'extorquer de l'argent.

— C'est possible, mais ce serait un risque pour tes adversaires de se mêler à une histoire pareille. Pardonne-moi, mais tu es encore dans les nuages. Une fille aussi belle pourrait s'en tirer à meilleur compte auprès d'un riche protecteur. Naturellement, il peut aussi s'agir d'une prostituée enceinte, une déclassée, cherchant désespérément des ressources, alors qu'elle ne peut s'adonner à ses... hum... occupations habituelles. Elle est peut-être prête à déclarer n'importe quoi pour de l'argent. Cependant le témoignage d'une prostituée peut être aisément rejeté. Les jurés d'Athènes n'aiment guère ces sortes de femmes... du moins en public, ajouta-t-il en riant, comme quelqu'un qui connaît son monde.

— Ô Athéna, aide-nous ! implorai-je, désespéré. Ne comprends-tu pas, Aristote ? L'argument de tante Eudoxia n'a jamais été qu'un mensonge ! Elle a reconnu que Philémon était venu ; elle l'a vu à plusieurs reprises à cette époque-là. Aussi, sur ce point — et c'est le pire de tout ! —, l'histoire de cette femme semble confirmée. Même si personne n'est au courant, moi, je le sais maintenant. Le seul fait positif, sur lequel je pouvais m'appuyer, n'existe plus.

Il y eut un long silence.

— Tu comprends à présent dans quelle situation je me trouve, dis-je. Tout ce que je te demande est de garder le silence et de ne pas intervenir.

— Crois-tu donc Philémon coupable ? me demanda-t-il sans détour.

— Non, répondis-je, cela peut paraître insensé, mais je le crois moins que jamais coupable.

— Pourquoi ?

— Parce que tout ce que je viens d'apprendre m'a rappelé qui était Philémon : insouciant, impulsif et bon. Cette histoire est un vrai gâchis, et pourtant elle semble naturelle, curieusement fort naturelle. Quant à l'enfant, il ressemble à celui que mon cousin pourrait avoir. Oh ! c'est si difficile à expliquer, mais Philémon aurait là encore moins de raison de tuer Boutadès. Je tourne et retourne le problème dans ma tête, mais, au fond de mon cœur, je pense que Mélissa est sincère. Elle croit être mariée à Philémon. Je ne puis la considérer comme une ennemie, mais comme une charge supplémentaire.

— En dehors de son aveu catastrophique, que t'a dit Eudoxia ?

— Eh bien, elle prétend que Philémon a un jour

144

tenté de lui parler d'une femme. Elle lui a imposé le silence, ne voulant pas être mêlée à ces histoires. Puis elle m'a déclaré que nous n'avions pas à reconnaître cette femme; bien qu'il y eût une sorte de cérémonie, le mariage n'est pas légal. Toutefois, songeant à l'enfant, elle s'est adoucie, pour avouer, dans un gémissement, désirer voir son petit-fils avant de mourir. Si Mélissa se présentait avec son enfant dans les bras, tante Eudoxia la recevrait aussitôt.

— Il faut éviter cela à tout prix. Éloigne cette femme de ta maison et tiens toute ta famille — et spécialement ta tante Eudoxia — à l'écart. Il ne doit pas y avoir de liens visibles. Arrange-toi pour que les femmes tiennent leur langue. Au besoin, fais-leur peur.

— Que dois-je faire ? Je ne suis pas en mesure de mener des recherches sur cette famille à Sounion, sur d'éventuelles traces de mariage, ou encore d'enquêter à Thèbes. Il faudrait des mois pour obtenir un résultat. Il est impossible de vérifier la légitimité de ce mariage pour le moment.

— Hum, fit Aristote en joignant ses doigts, tu as le sentiment qu'elle est véritablement la femme de Philémon. Pour l'instant, mieux vaut agir comme si elle l'était. Si elle ne cherche qu'à te soutirer de l'argent, elle sera satisfaite. En revanche, si elle est la femme de Philémon, ou même une simple concubine qui se prend pour une épouse, toi et ta famille lui devrez aide et assistance, pour elle et ses enfants. C'est un risque naturellement. Elle agit peut-être sous la direction de quelqu'un. Elle a pu être achetée par la partie adverse, mais c'est un risque que tu dois prendre. N'écris rien et arrange-toi pour que les

145

transactions n'aient pas de témoins. Si les choses se gâtent, elle n'aura aucune preuve que tu l'as reconnue comme membre de ta famille. Tu pourras toujours soutenir qu'elle a seulement prétendu avoir eu un enfant illégitime de Philémon, et que tu l'as secourue par pitié. Tenter de faire reconnaître un bâtard par un noble citoyen n'est jamais bien vu, aussi un jury prendra probablement ton parti, si l'accusation utilisait une pareille arme.

— Je comprends, répondis-je, mais je crois que son histoire est vraie. Aussi serait-il mal de ne pas les aider. Au moins est-ce une chose que je peux faire pour Philémon.

— Exact, mais en secret, *en secret*, Stéphanos. Ne retourne pas dans cette maison. Rappelle-toi ceci : s'il s'agit de la femme et de l'enfant de Philémon, ils sont *en danger*. Aussi, pour eux et pour ton cousin, sois prudent.

— En danger ? répétai-je avec surprise.

— C'est certain. Il devient clair à mes yeux que la meilleure façon de l'aider est de l'engager à partir le plus vite possible. Cela servira aussi d'épreuve, car si son histoire est vraie, elle se montrera toute disposée à s'en aller en Macédoine, et à y rester jusqu'à ce qu'elle puisse revenir en toute sécurité. Je peux lui procurer une carriole et des guides ; si tu peux fournir l'argent pour les vivres, le reste est simple. Je vais m'en occuper. Veux-tu que nous fixions la date au cinquième jour de la prochaine décade ? Ce sera le milieu du mois. Je pense qu'il nous faudra ce laps de temps pour être prêts.

Son esprit semblait courir comme ruisseau sur les rochers et je peinais à le suivre.

— En danger, répétai-je. Quel danger ?

146

— J'ai été ébranlé par ta confiance en cette femme. Ou bien elle représente un danger pour toi et tu l'écartes en la faisant partir, ou bien elle est l'épouse de ton cousin et, dans ce cas, elle est en péril. Visiblement, quelqu'un déteste Philémon. Le *déteste, lui.* Et tout ce qui le touche. Toi aussi maintenant. Je me demande pourquoi ?

— Nous détester ? C'est ridicule ! Philémon a tué un homme au cours d'une rixe, c'est vrai, mais la famille a reçu une compensation. Il s'agit de gens très humbles et ils n'ont pas manifesté l'intention de se venger. Quant à moi, je n'ai jamais fait de mal à personne. J'ai pu blesser certains avec des mots un peu vifs, mais...

— Non, il ne s'agit pas de cela. Je devine la présence d'une haine tenace ; quelque chose de plus grave que la colère. Celle-ci peut se calmer avec le temps, mais non la haine. N'as-tu pas remarqué la différence ? Un homme en colère agit sur l'impulsion du moment et veut faire du mal à celui qui l'a offensé. L'homme qui déteste est calme, détaché, il se soucie peu que sa victime ressente ou non de la peine, du moment qu'il peut l'annihiler. Un homme en colère peut éventuellement avoir pitié de celui qui l'a offensé. Un homme qui hait n'éprouve aucune pitié. La véritable haine cesse d'être personnelle. Après les tremblements de terre et la foudre, c'est ce qu'il y a de plus meurtrier au monde. Je crains que votre antagoniste — le tien et celui de Philémon — ne soit poussé par la haine et non par la colère.

— Mais qui pourrait donc nous haïr de la sorte ?

— Peut-être pas toi personnellement, mais ce que tu représentes. Des gens peuvent détester ceux qui embrassent une cause politique qu'ils abhorrent.

147

— Oh, je vois, dis-je lentement, à mesure qu'une certaine lumière surgissait dans le noir. Je me souviens tout à coup d'un fait que j'avais oublié : quelqu'un m'a injurié l'autre jour.

Je lui relatai les insultes d'Arkhiménos, ainsi que les sarcasmes de Théosophoros, mais surtout les clameurs obscènes d'Arkhiménos. Aristote m'ayant pressé de questions je lui racontai également la scène qui avait eu lieu devant la boucherie.

Aristote soupira.

— Qu'allons-nous faire de toi, Stéphanos ? Les jeunes gens sont étourdis. Tu as agi avec légèreté. Je t'en prie, ne te fais pas d'ennemis, ou si tu en as déjà, ne les irrite pas.

— Tu m'effraies maintenant avec cette histoire de haine, avouai-je sérieusement.

— Une certaine peur est salutaire ; une trop grande peur peut nous faire perdre l'esprit ! Quant à mon discours sur la haine, assez rhétorique dans sa forme, je peux me tromper, mais je ne le crois pas. La haine existe, j'en suis sûr, mais pourquoi ? C'est curieux comme nous nous laissons entraîner d'un sujet à un autre, reprit-il sur un ton plus jovial. J'avais l'intention de te parler de poterie, et je t'ai administré un discours sur la haine. Comment ces deux sujets peuvent-ils se combiner ? Une scène de haine sur un vase ? Ou bien un pot haïssable... Au fait, je suppose que tu as oublié de me porter le fragment de cette poterie brisée ?

Je l'avais apporté, enveloppé dans un morceau de tissu. Cela me semblait de bien peu d'importance désormais, mais je le lui présentai tout de même. Aristote parut aussi enchanté que si je lui avais offert un vase au dessin recherché. Il tourna et retourna le tesson entre ses doigts, l'approchant et l'éloignant de ses yeux.

— Regarde bien les bords, dit-il. Ce vase a été cassé peu avant que tu ne trouves ce morceau. C'est de la bonne poterie athénienne. Vois comme l'argile est rouge et le vernis de qualité.

À mes yeux, ce bout de poterie cassé ne représentait rien de remarquable.

— Si tu aimes ce genre de choses, dis-je avec une ironie dont j'aurais pu me dispenser, il y en a un gros tas derrière notre cuisine. Je peux t'en faire présent pour ajouter à ta collection.

— Allons, Stéphanos, ne te moque pas de ton vieux maître ! Je ne pense pas que ce soit là une marque de potier, reprit-il, on dirait plutôt le fragment d'une inscription. Ne crois-tu pas qu'il s'agit d'une lettre ?

Je regardai distraitement par-dessus son épaule. D'abord, je ne vis rien de particulier, puis je déchiffrai en effet une partie de mot et la lettre que je lus était un Phi, Φ, souvent tracé sous la forme d'une croix, ainsi ✝ ou ainsi ✝. Phi, première syllabe de Philémon.

— On dirait un... commençai-je, entraîné par l'habitude de répondre à une question du maître, puis je m'interrompis. On ne peut être sûr... terminai-je faiblement.

— Je vais garder ce morceau, si tu le permets, dit Aristote.

J'aurais préféré le conserver moi-même. Naturellement, je n'en dis rien. Mieux valait traiter le sujet avec indifférence. Pour la première fois, je m'avisai que le bout d'arc crétois pouvait avoir été placé là pour incriminer mon cousin. Ce fragment de poterie était peut-être une autre fausse preuve délibérément posée à cet endroit. Je cherchai vainement une explication.

— Quand un pot cesse-t-il d'être un pot ? demanda gaiement Aristote. Quand il est cassé ! Penser à des pots ou à des amphores me rappelle que je dois dîner avec le riche Kléophoros. C'est un homme estimable, plein d'idées non conformistes. Je devrais aller dans la bonne société plus souvent. Cela polit les manières et s'il y a bien des choses à dire sur les hommes riches, leur vin est toujours bon. N'oublie pas que le départ doit avoir lieu la semaine prochaine. Occupe-toi des vivres, je me charge du reste.

Je rencontrai la vieille femme au Pirée, à l'endroit convenu près du marché. Son apparence ne s'était pas améliorée, et je me souciai peu d'engager une conversation, quand elle me prit de court en déclarant :

— Je pense, seigneur, que nous devrions avoir une petite conversation privée. Suis-moi.

Cela semblait devenir une habitude. Nous parcourûmes quelques venelles avant de déboucher sur une plage déserte, à l'écart de tout bateau ou pêcheur.

Ce n'était pas un jour favorable pour une promenade en bord de mer. L'air était froid et l'eau paraissait grise, comme si, elle aussi, était rongée par la misère. Le sable grossier et les graviers crissaient sous nos pas.

— Tiens, dis-je en me débarrassant du paquet que j'essayais de cacher, voici quelques vêtements d'enfant, une couverture, des figues, du fromage et un pot de miel. Voici aussi de l'argent.

150

Sans aucun embarras, elle mordit les pièces.

— Ce n'est pas grand-chose, mais cela suffira pour quelque temps.

Je n'avais pu apporter beaucoup d'argent, naturellement, car j'avais eu des dépenses en prévision du voyage, et la façon de trouver des ressources m'avait valu plusieurs nuits sans sommeil.

À mon grand soulagement, elle empocha les pièces avec satisfaction.

— Merci, seigneur. Quel bonheur de ne plus avoir à se soucier du repas de demain ! Et, bien entendu, ma maîtresse doit être soignée. Elle porte un enfant et l'hiver arrive. Bien sûr, il vaut mieux que tu ne viennes pas à la maison pendant que le maître n'est pas là. Les voisins jaseraient et la réputation d'une femme est fragile, surtout dans un pareil endroit. Ma maîtresse ne devrait pas vivre au Pirée.

— Justement, dis-je, ta maîtresse, l'enfant et toi devez quitter Le Pirée et Athènes. Comme tu le dis, ce n'est pas un endroit pour elle. Il est inutile d'attendre le retour de Philémon. Il ne reviendra pas avant quelque temps. Le procès va bientôt commencer, et l'épouse d'un accusé serait dans une situation difficile. Me fais-tu confiance ? J'ai un plan.

— Je ne suis pas à ce point attachée au Pirée que j'aurais le cœur brisé en le quittant. Ma maîtresse non plus. Mais je lis dans ton esprit : tu ne veux pas que l'on sache que Philémon est venu ici et il sera plus facile de défendre sa cause si nous ne sommes pas là. C'est juste. J'espère seulement que tu n'as pas de mauvais desseins. Te débarrasser d'une femme gênante, de son enfant et de sa servante en jetant leurs corps dans un ravin. J'ai entendu raconter des histoires de ce genre.

151

— Grand Zeus! Non! m'indignai-je. Je jure par Zeus, patron des veuves et des orphelins, qu'une telle pensée n'a jamais effleuré mon esprit. Je jure que ta maîtresse peut avoir confiance en ma parole d'honneur.

— Il vaut mieux qu'il en soit ainsi, dit-elle d'un ton énigmatique.

À mi-voix, elle murmura un torrent de serments, me menaçant d'une impitoyable vengeance si je faisais le moindre mal à Mélissa. Puis elle se rasséréna.

— Je te fais confiance. Tu es bon, cela se voit sur ton visage. Je suis de ton avis, il vaut mieux nous éloigner d'ici. Tu crains que l'affaire ne se présente mal pour le maître, n'est-ce pas?

— Oui.

Je n'avais aucune raison de manquer de franchise.

— Eh bien, reprit-elle, j'ai toujours pensé que tu avais le droit de tout savoir. Je veux dire que je le pense depuis que nous avons décidé de nous tourner vers toi.

— Qu'y a-t-il encore? demandais-je, redoutant de nouvelles révélations.

Sans doute s'agissait-il d'un nouveau moyen de m'extorquer de l'argent (par une longue énumération des trous dans les vêtements de l'enfant), ou bien d'un nouveau mauvais coup. Grand Dieu! Encore d'autres enfants?

— Mélissa ne veut pas que je t'en parle, et j'enfreins un interdit. Parfois, quand une pelote de laine est tout emmêlée, on tire un fil au hasard, et on tombe sur le bon qui permet de tout dérouler. La vie est ainsi...

— En effet, dis-je. J'admire ta philosophie (on ne devrait jamais utiliser l'ironie envers les inférieurs et les femmes). Alors, que veux-tu me dire ?

— Promets-moi que tu n'en souffleras pas mot à ma maîtresse.

— Entendu. J'ai coutume de garder un secret, dis-je complaisamment ; pour rougir aussitôt : n'avais-je pas raconté tous mes secrets à Aristote ?

— Bien sûr, un homme sait ce qu'il doit faire. Laisse-moi t'expliquer les faits à ma façon. Tu ignores — et si les dieux le veulent, tu ne le sauras jamais — ce qu'a été le siège de Thèbes. Je m'émerveille d'être encore en vie. Huit années se sont écoulées, mais je m'en souviens comme si c'était la semaine dernière. Je me rappelle les funestes auspices qui furent annoncés, tout le monde était frappé de stupeur. Nous avions l'impression de vivre dans un rêve : une toile d'araignée était apparue dans le temple de Déméter, une sorte de grand voile, de la taille d'un manteau, brillant comme un arc-en-ciel, très beau et extraordinaire. Tout le monde allait le voir, puis les augures annoncèrent que c'était là le signe que les dieux quittaient la ville. À Dircé, un étrange frémissement se manifestait à la surface de l'eau : une vague couleur de sang. On disait que cela présageait un massacre. Et nous avons connu le massacre dès que les hommes d'Alexandre ont abattu les murs. Tout n'était que cris et confusions. Nous courûmes hors de la cité, dès que nous le pûmes. Les parents de Mélissa, Mélissa, qui n'était qu'une enfant, et moi. Mais quelle fuite ! Quel spectacle ! Des corps gisaient à tous les coins de rue. La mère de Mélissa s'attarda et fut prise. Elle a été tuée sous mes yeux.

J'ai dû cacher le visage de sa fille dans mes voiles. Mélissa ne sait pas comment sa mère est morte, et ignore que j'ai assisté à cette horreur. C'est mon seul secret. Ah! être une femme et ne pouvoir se venger!

Elle s'interrompit pour se racler la gorge, et cracher dans le sable.

— La pauvre petite Mélissa a assisté à des scènes de carnage au cours de ce voyage. Que les dieux soient remerciés de l'avoir tirée de là, saine et sauve. Des enfants plus jeunes ont été tués ou pris comme esclaves. Elle a conservé sa liberté, sa santé et sa virginité. Oh! il est vrai que nous avons été bénis. Je te raconte tout cela pour t'expliquer qu'elle est devenue très craintive. Presque jusqu'à son mariage, elle a continué à avoir des cauchemars. Bien qu'elle soit athénienne, elle n'a pas été élevée comme une fille d'Athènes. Son mari lui a rendu quelque courage, et elle se sent plus vaillante lorsque je suis là. Elle a besoin de ma présence. Nous ne devons pas nous séparer, du moins jusqu'au retour de son mari. Prie, seigneur, pour que je reste près d'elle, jusqu'à ma mort. Prie aussi pour ne jamais assister à la chute d'une cité.

— Oh! certainement!

— Comme je te l'ai dit, Mélissa avait douze ans, alors, et elle était déjà très belle. Tu sais comment elle a rencontré Philémon, mais elle a rencontré quelqu'un d'autre durant notre fuite. Un homme du nom de Boutadès.

— Quoi!

— C'était l'un des citoyens qui était supposé s'occuper des intérêts des réfugiés. Il a vu Mélissa sans ses voiles, les cheveux défaits, quand nous sommes arrivés en ville. Je me souviens de son visage d'homme bien nourri, et j'en conclus qu'il n'avait jamais rencontré aucun danger. Il a été très attiré par cette pauvre enfant. Il lui a proposé d'être sa maîtresse, en termes fort crus. De telles choses peuvent arriver aux femmes les plus vertueuses. La pauvre petite a pleuré en se voilant la face. Heureusement son père était là, assez avisé pour cacher à Boutadès l'endroit où nous allions vivre. Par la suite, elle resta chez son cousin et tout se passa comme nous te l'avons raconté. Mais le plus extraordinaire, c'est que ce Boutarès n'a jamais oublié Mélissa. Du moins, il l'a prétendu, lorsqu'il l'a revue des années plus tard, après le mariage, quand Philémon était en exil et que l'enfant était né. Il parut ensorcelé. Il était assez riche pour s'offrir l'amour de n'importe quelle femme dans ces maisons d'Aphrodite, et je me suis parfois demandé s'il n'était pas un peu fou. Les hommes vieillissants retombent parfois en enfance, insistant pour avoir un jouet et aucun autre. Le plus curieux est qu'il nourrissait une aussi grande passion pour l'enfant que pour Mélissa elle-même. D'habitude, les hommes n'aiment pas les enfants, surtout quand ils ne sont pas d'eux. Il a offert, à nouveau, cette position à Mélissa, ajoutant qu'il adopterait l'enfant. Lorsqu'elle le repoussa, prétextant qu'elle était mariée à Philémon, il déclara qu'il adopterait également Philémon, et qu'il donnerait au père et à l'enfant une place dans son testament. Tout cela se passait en grand secret. Les rencontres avaient lieu dans une hutte déserte, et j'ai assisté à tous les entretiens. Lorsqu'ils parlaient affaires, il me faisait sortir, mais je restais devant la porte. Il ne s'est

155

jamais rien passé d'inconvenant, tu peux me croire. D'ailleurs, il était vieux et gras, et Mélissa aurait pu s'enfuir facilement s'il s'était mal conduit. Mais il s'est contenté de faire cette offre d'adoption et l'a renouvelée deux fois.

— Oh! vraiment, dis-je, peu convaincu. Qu'a dit Mélissa?

— Ne le prends pas ainsi, seigneur. Bien sûr qu'elle a refusé, mais plus timidement la seconde fois. C'était au milieu de l'été dernier. Elle était dans la gêne et très déprimée. Philémon n'était pas revenu depuis longtemps, le bruit courait qu'il était mort. Ne sois pas sévère avec elle dans ton jugement, souviens-toi qu'elle n'est qu'une faible femme. Son devoir était d'élever son enfant.

— Je suis heureux d'apprendre que Mélissa a une aussi haute conscience de ses devoirs maternels, dis-je d'un ton ironique.

— Seigneur, considère sa détresse. Une jeune épouse, peut-être une jeune veuve, avec un enfant à élever. Elle ne pouvait se tourner vers ta famille qui ne la connaît pas. Ma pauvre maîtresse! Elle a recommencé à pleurer et à avoir ces terribles cauchemars. Rappelle-toi ce qu'elle a enduré, Thèbes en flammes, sa mère tuée, son père mort, son mari banni et maintenant peut-être mort lui aussi.

— Qu'arriva-t-il alors?

— Boutadès la rencontra pour la troisième fois et s'engagea par écrit sur des tablettes qu'il lui a remises. Il promettait de l'épouser quand sa femme serait morte. Il précisait qu'il ne lui demanderait pas d'être sa maîtresse et que, si son mari revenait, il l'adopterait ainsi que l'enfant. Peu d'hommes se seraient montrés aussi généreux. Elle aurait probablement fini par y consentir, mais ton cousin revint. Les dieux en soient loués : il n'était pas mort. Aussi n'eut-elle pas à accepter l'offre de Boutadès. Ensuite, comme tu le sais, il a été tué et elle n'avait plus aucun recours, même si elle l'avait voulu.

— Par tous les dieux, m'écriai-je, a-t-elle fait part à quelqu'un de ce... projet ?

— Bien sûr que non ! Boutadès avait insisté pour qu'elle n'en parlât à personne, tant que tout ne serait pas réglé. Elle n'en a soufflé mot à quiconque, et m'a même recommandé de ne rien te dire.

— Que sont devenues ces tablettes et qu'y a-t-il exactement dessus ? demandai-je.

Elle détourna les yeux.

— Oh ! quant à cela, seigneur, je ne saurais le dire. Elle les a probablement détruites. Je ne peux te rapporter que ce que j'ai entendu, car tu dois bien te douter que je ne sais pas lire.

— Pourquoi m'as-tu raconté tout cela ?

— Parce que j'ai pensé que tu devais le savoir... De plus, tu es un citoyen... J'étais certaine que tu saurais si Boutadès avait laissé quelque chose pour elle et l'enfant dans son testament.

— Non. Il n'a certainement rien laissé.

Je ne parvenais pas à décider si cette vieille femme était une créature astucieuse ou une parfaite imbécile.

— Pourtant, il avait l'intention d'adopter l'enfant. Ne pourrait-on revendiquer quelque chose, au moins au nom de Philémon ? Mélissa ne pourrait rien réclamer pour elle, étant la femme d'un autre homme, mais pour le jeune Lykias ? Ne pourrait-on discuter de la question, dans les années à venir, au moins ?

— Garde-t'en bien, m'écriai-je. Boutadès n'a rien laissé. Même si ces tablettes existent, elles seraient rejetées devant le tribunal, et toute la famille de Mélissa serait éclaboussée par le scandale et la honte. Si l'enfant avait été légalement adopté, la situation serait différente. Mais ces pourparlers n'ont rien donné. Tout homme sensé te dira la même chose. Garde le secret, et essaie d'oublier cette affaire.

— Tu sais mieux que moi ce qu'il convient de faire. Je te promets de ne rien dire. Je t'ai retenu trop longtemps et moi-même je dois rentrer à la maison. Merci pour tes présents. Quand vas-tu organiser notre départ?

Je me hâtai de fixer un autre rendez-vous pour lui exposer le plan définitif. Elle accepta tout ce que je lui proposais et s'en alla. Je la laissai disparaître, avant de quitter la plage à mon tour.

En retournant au Pirée j'étais tellement absorbé par mes pensées que je ne prêtai guère attention à ce qui se passait autour de moi, mais je fus soudain ramené sur terre en reconnaissant un esclave athénien de la maison d'Arkhiménos. Au moment où je le vis, il observait la vieille Nousia qui s'éloignait. Il m'aperçut et se détourna. Nous avait-il découverts ensemble? Naturellement, il pouvait se trouver au Pirée par hasard, et mon impression désagréable venait peut-être, seulement, du fait que tout ce qui me rappelait l'existence d'Arkhiménos m'était déplaisant.

J'avais appris tant de mauvaises nouvelles en si peu de temps que le plus grand trouble me gouvernait. Cette vieille femme disait-elle la vérité ou bien préparait-elle, avec la complicité de Mélissa, un gigantesque mensonge dans un dessein encore mystérieux ? De toute évidence, cette vieille créature n'était pas folle. Elle devait bien savoir qu'elle m'avait offert là un cadeau empoisonné. J'avais toujours cru que Philémon n'avait aucun mobile de tuer Boutadès ; or elle venait de me fournir le plus vieux du monde : la jalousie.

Un seul point me parut évident : ce mobile devait à tout prix rester caché. Les parents de Boutadès ne devaient jamais en entendre parler. Cela assurerait sans conteste le triomphe de leur cause. Si ces femmes avaient l'intention de faire de moi leur vache à lait, je les laisserais agir : je les paierais ; je les ferais disparaître ; je le jurai par Hadès. Je tairais ce secret à Aristote, tout en continuant d'accepter, sans vergogne, l'assistance qu'il m'avait offerte. Je ne pouvais pas lui avouer *cela* !

Il détenait ce maudit fragment de poterie, marqué de cette inscription compromettante. Peut-être provenait-il d'un objet appartenant à mon cousin ? Peut-être était-ce l'incontournable preuve d'une terrible vérité ? Comme je souhaitais qu'Aristote ne l'utilisât pas contre nous ! Il me restait à espérer que son regard expert n'ait pas découvert le caractère que j'avais déchiffré. Il demeurait néanmoins possible qu'il n'y ait aucun lien entre ce morceau de poterie et le meurtre.

Je ne pouvais confier ces dernières nouvelles à Aristote. S'il apprenait que Philémon avait un mobile aussi puissant, il risquait d'abandonner notre cause pour verser dans le camp adverse. Je ne pouvais le permettre. Je ne pouvais pas même me permettre de le laisser abandonner notre cause, son aide m'était trop précieuse pour organiser la fuite de ces femmes en Macédoine et leur trouver un refuge.

Je mentirais donc, et trahirais ainsi mon meilleur ami. Que valaient tous ces beaux discours, entendus à l'Académie et au Lycée, sur la justice et la vertu ? Ce n'était que bavardage. Mon devoir était clair : je me devais d'aider mon cousin, et tous les philosophes du monde pouvaient bien mépriser mon peu de vertu.

CHAPITRE ONZE

Incendie dans la nuit

Assailli par ces sombres pensées, je me rendis chez Aristote. Toute honte bue, je le priai d'envoyer les femmes et l'enfant en Macédoine plus tôt que nous ne l'avions prévu. Aristote me répondit que ce serait éventuellement possible, le convoi militaire qui allait d'Athènes à Pella partirait le troisième et non plus le cinquième jour. Il m'assura que deux serviteurs macédoniens regagnant Stagire, et dignes de confiance, prendraient soin des voyageuses. Il avait expliqué aux intéressés que ces passagères, parentes de son beau-frère, retournaient chez elles après la mort de leurs maris à la guerre. Ces plans optimistes n'apaisèrent en rien mon sentiment de culpabilité.

Le petit groupe devait partir de la maison d'Aristote à l'aube du troisième jour. Il avait été convenu d'un point de rencontre avec Mélissa, l'enfant et Nousia, dans une hutte abandonnée non loin de leur maison. En les retrouvant, après minuit, je n'aurais plus qu'à les conduire chez Aristote et elles pourraient partir en toute tranquillité avant que je regagne mon lit.

Aristote était satisfait de ce programme.

161

— J'ai toujours prétendu, dit-il avec complaisance, qu'un philosophe n'est pas le moins, mais le plus pratique des hommes.

Il se montra également fort disert sur le banquet auquel il avait assisté chez Kléophoros. Il me précisa l'identité des convives, les propos qu'ils avaient tenus et ce qu'ils avaient bu.

— Il paraît que le tombeau de Boutadès est presque terminé, on dit qu'il sera très beau. Il faudra que j'aille le voir. On a beaucoup parlé, également, de la pièce de théâtre pour les dionysies. Ce sera un beau spectacle. Les fabricants de masques sont déjà à l'ouvrage. La musique devrait être puissante, j'espère toutefois qu'elle ne nous assourdira pas. L'acteur Timosthène a pris froid ; il se soigne avec du miel et de la camomille, et redoute une extinction de voix.

— Il reste encore des mois avant que la pièce soit jouée, remarquai-je, songeant que le procès aurait lieu dans quelques semaines.

Je me demandais si je pourrais continuer à résister à tant de déceptions et d'anxiété.

— Polygnotos a offert un présent au poète. On a même récité, hier soir, des passages de la pièce, écoute :

Ô Chiron, moins qu'un homme et plus qu'un homme
Ta sagesse réconforte l'esprit des déprimés.
Quelle agréable éducation, telles les ondées,
Qui féconde l'esprit aride et languissant
Le faisant foisonner comme un printemps fructueux.

« Je n'apprécie guère ce genre de poésie, commenta Aristote. On ne peut comparer un centaure à

une ondée et le printemps n'est pas *fructueux*.
Qu'en penses-tu?

— Je ne suis pas bon juge en matière de poésie,
dis-je avec une fausse modestie évidente.

— Sottise! Tu devrais lire davantage de poésies,
Stéphanos. Il me semble que tu fais montre d'un
cœur déprimé, alors que tu devrais songer au printemps fructueux.

— Je me sentirai mieux quand ces femmes
seront enfin parties.

— Bien sûr, mais on ne peut faire plus vite. La
vie continue. Sais-tu que les spéculations vont bon
train à propos des festivités prochaines? On se
demande si Polygnotos fera exécuter un vase pour
l'occasion. Kléophoros a évoqué le magnifique cratère que le père de Boutadès — *le* grand Boutadès,
dont l'influence était sans commune mesure avec
celle de son fils — avait fait exécuter en souvenir de
sa prestation de chorège. L'as-tu jamais vu?

— Non, je ne crois pas.

Je désirais me retirer, mais Aristote semblait inta-
rissable sur les pièces et les vases — un rapport risqué avec un nom que je redoutais d'entendre.

— Le propos de cette pièce était évidemment
fort noble, inspiré des aventures d'Héraclès et de
Laomédon, le père de Priam. On pouvait y admirer
le poète Démétrios et le joueur de lyre Charinos,
avec au centre le joueur de flûte Pronomos. Des
satyres les entouraient, et parmi eux, le grand satyre
vêtu d'une peau de léopard. On dit que chaque personnage est merveilleusement représenté: Héraclès
avec une tête de lion, ainsi que Laomédon et
Hésione. Comme j'aimerais voir ce cratère, cette
pensée me met l'eau à la bouche! Je suppose que

Polygnotos devra se contenter de plus de simplicité. Je regrette de n'avoir pas fréquenté Boutadès. M'écoutes-tu, Stéphanos ? As-tu jamais vu ce vase ?

— Non, dis-je, moi non plus je ne fréquentais pas Boutadès, et il paraît peu probable que je fréquente davantage Polygnotos.

— Es-tu certain de n'avoir jamais vu ce cratère ? insista Aristote. Essaie de te souvenir.

— J'en suis sûr, répondis-je avec impatience. Naturellement j'ai vu des peintures de ce genre. Théosophoros en possède une... présentant la danse d'un groupe de six satyres.

— Ce n'est pas du tout la même chose. J'aurais souhaité entendre l'opinion d'un tiers ; Kléophoros prononce souvent des éloges sans discernement. Nous sommes tous tombés d'accord sur la supériorité de l'art ancien sur l'art nouveau. Il est agréable de voir son jugement confirmé par une autorité en matière artistique telle que ce bon citoyen Kléophoros. Il n'a cependant aucun préjugé contre les meubles modernes ; sa maison en est pleine : ils coûtent fort cher mais sont inconfortables.

Nous nous irritons facilement contre ceux que nous avons blessés, et il est difficile de converser librement avec un homme que vous avez délibérément trompé, du moins quand vous n'en avez pas l'habitude. Je m'esquivai dès que je le pus.

Le lendemain, je rencontrai Nousia et lui transmis le message, la chargeant d'organiser les derniers détails de leur départ. Elle m'indiqua notre point de rencontre et je me demandai s'il s'agissait là de la cabane abandonnée dans laquelle Mélissa avait rencontré Boutadès. Après cela, il ne restait plus qu'à attendre.

La nuit du départ arriva enfin. Nous étions convenus de nous retrouver après le coucher de la lune. Toutefois, ayant tenté en vain de prendre quelque repos, je me persuadai, dans mon impatience, qu'il valait mieux sortir de bonne heure.

Lorsque j'arrivai au Pirée, la lune rayonnait encore. Un vent froid balayait les feuilles mortes; les rues et les maisons étaient plongées dans une obscurité silencieuse. Seuls quelques ivrognes dérangeaient cette tranquillité, et, les évitant sans difficulté, je n'entendis bientôt plus que l'écho de mes propres pas.

J'aurais pu rejoindre sans détour le lieu de rendez-vous, cependant la seule idée d'attendre m'était insupportable. J'avais le sentiment que le temps que je n'employais pas à presser les événements était gâché, aussi décidai-je dans ma hâte d'essayer de retrouver la maison de Mélissa. Bien que nous ayons décidé de ne pas prendre le risque d'être vus ensemble, cette précaution me paraissait désormais sans fondement : la ville dormait. Que les dieux soient bénis de m'avoir pardonné cette extravagance !

Au moment où, non sans satisfaction, je reconnus la maison, je fus alarmé par un bruit de pas. Je m'arrêtai alors, le bruit cessa. Je repris précipitamment ma route, quand j'aperçus des sphères lumineuses qui s'agitaient confusément à l'intérieur de la maison, l'illuminant brusquement, comme si trois ou quatre soleils rouges s'étaient soudain levés.

Puis, un bruit fracassant résonna et une flamme surgit du toit; des cris éclatèrent à l'intérieur de la maison. Dans mon empressement, j'entrai en collision avec un objet volumineux, et il me fallut un

165

moment pour me rendre compte que c'était un homme. Il se débattait rageusement. Par bonheur, avant de m'aventurer dans les rues désertes, je m'étais armé d'un petit poignard. Je frappai vivement mon adversaire et l'atteignis au bras. Mon ennemi inconnu disparut dans la nuit.

Je courus dans la maison envahie par la fumée. J'aperçus une boule de feu, et, m'en approchant, je distinguai clairement la torche composée de pin et d'étoupe. Je m'en emparai pour la jeter dans la rue.

— Oh! seigneur! s'écria Nousia en toussant et en s'agrippant à la table.

J'aperçus Mélissa très pâle, son enfant dans les bras.

— Venez vite, dis-je.

Dès que j'eus jeté la torche enflammée, Nousia recouvra ses esprits. Rapidement, elle saisit paniers et paquets tandis que Mélissa s'efforçait de l'aider. Nous nous heurtions les uns aux autres à travers cette épaisse fumée. Une autre torche brûlait dans la chambre; les flammes gagnaient aussi l'encadrement de la fenêtre.

— Mon enfant! s'écria Mélissa en me jetant le petit garçon dans les bras.

— Allons, venez vite, m'écriai-je.

Le toit d'algues et de paille s'enflammait, des brindilles commençaient à voltiger autour de nous. Nos assaillants inconnus jetèrent une autre torche par la fenêtre. À ma surprise, Mélissa, réagissant plus vivement que je ne m'y étais attendu, se baissa et lança le projectile par la porte ouverte. Cependant, le feu commençait à grimper sur son manteau, et Nousia accourut munie d'un linge pour l'éteindre.

— Vite! criai-je.

Nous respirions avec peine en dépit de la porte ouverte, et je me sentis grandement soulagé lorsque nous arrivâmes dans la rue. Du moins, nous ne courrions plus le risque que le toit nous tombât sur la tête.

Pourtant, je fus stupéfait de voir Mélissa se retourner et se précipiter dans la maison. Je crus qu'elle était devenue folle et me souvins d'une histoire que ma mère m'avait contée à propos d'un homme qui, pendant l'incendie de sa maison, avait insisté pour retourner dans le bâtiment en flammes, et s'était caché sous son lit, où il avait péri. Je confiai l'enfant à Nousia, sans douceur, et courut dans la maison. Mélissa en sortait triomphalement, tenant dans ses bras le rideau en tapisserie.

— Je l'avais oublié, dit-elle stupidement.

Elle reprit l'enfant et s'éloigna, tandis que Nousia se débattait avec les balluchons. Nous marchions lentement, cherchant notre respiration. Nousia fut la première à récupérer et pressa le pas. Pour soulager la mère, je repris l'enfant dans mes bras, aussi avançais-je moi-même difficilement. J'observais Mélissa avec inquiétude : elle respirait mal, et je craignis qu'elle ne fût blessée. Comme les personnages d'un mauvais rêve comique, nous continuâmes à progresser péniblement vers notre refuge à travers les rues sombres.

Brusquement, un rire moqueur éclata près de moi et la lumière d'une torche m'éblouit. J'ordonnai aux femmes de s'enfuir, en leur confiant l'enfant. Puis je me tournai pour faire face à mon assaillant. La torche qu'il tenait à la main m'empêchait de distinguer son visage. Je ne me sentais pour ma part que trop en vue.

— Oh ! Stéphanos, reprit la voix moqueuse.

— Qui est là ? criai-je.

Mais personne ne répondit, excepté un chien qui aboyait, près de là. Une autre forme sombre, également munie d'une torche, surgit à ma gauche. J'eus alors l'impression qu'il s'agissait de l'homme que j'avais blessé plus tôt. Fou de rage, je me jetai sur lui et frappai de mon arme sa main qui tenait la torche. Je fus récompensé : la torche tomba. Je m'écartai vivement pour éviter d'être brûlé et attaquai de nouveau. Je sentis cette fois mon poignard pénétrer dans la chair. Sur ma droite, le second homme, moins brave, restait à distance, ce qui m'encouragea un peu.

Bondissant en avant, je m'élançai vers lui et le mis en fuite. Je courais toujours plus vite, aveuglément dans la nuit, et le bruit de ses pas rapides m'apprit bientôt que ma proie était déjà loin. L'homme que j'avais blessé, au moins à deux reprises, essaya de me suivre un moment, mais il abandonna bientôt. Seules mes oreilles enregistraient et informaient mon esprit, dans cette urgence : l'homme que j'avais blessé avait les pieds nus, tandis que le second portait des sandales. Tous deux avaient des vêtements sombres.

M'orientant aux bruits des sandales, je continuai ma chasse à travers les ruelles du Pirée, aussi noires que l'intérieur d'un four.

Le Pirée n'est pas un terrain favorable pour une poursuite, je rencontrai ses pièges, me heurtai à des tas de détritus et à des objets divers. Dans notre course, nous devions ressembler à deux enfants jouant à cache-cache.

Je me maudis en prenant conscience que mon

adversaire m'avait échappé. Je devais maintenant m'assurer au plus vite de la sécurité des femmes et de l'enfant. Lorsque je fus certain que mes ennemis étaient neutralisés, je ralentis ma course.

Une fois l'excitation de la chasse dissipée, j'étais à bout de souffle, mes jambes tremblaient. Égaré dans ce labyrinthe de ruelles désertes, j'errai longtemps, avant de retrouver la cabane. J'appelai doucement Nousia et Mélissa mais ne reçus que le soupir du vent pour réponse. Lorsque je pénétrai dans la hutte, elle était complètement vide. Je craignais pour la vie de mes compagnons d'infortune.

Soudain une voix d'homme s'éleva derrière la cabane.

— Seigneur ?

— Ô Zeus ! Quoi encore, murmurai-je en sortant mon poignard.

— Seigneur, es-tu l'ami d'Aristote, Stéphanos, fils de Nikiarkhos ?

— Oui ? Qui es-tu toi-même ?

— Ah ! Seigneur, j'ai cru que tu ne reviendrais jamais. Je suis l'esclave d'Aristote. Je t'attends depuis longtemps. Le maître a envoyé deux d'entre nous pour te porter secours en cas d'ennuis.

— Eh bien, j'ai rencontré quelques obstacles, en effet. Je me suis battu contre deux hommes, mais, par Zeus, que sais-tu des femmes ?

— Rassure-toi, seigneur, elles sont saines et sauves. L'autre esclave, Autilos, s'est chargé d'elles.

— Où les a-t-il emmenées ?

— Chez nous. Le maître a ordonné de les ramener à la maison.

— Ô Grande Athéna, merci, murmurai-je avec soulagement.

Et dire qu'Aristote à qui j'avais caché de tels secrets venait m'aider dans mon entreprise au-delà de toute attente, ce qu'il n'aurait pas fait s'il avait su...

— Ne sont-elles pas ses parentes, ou alliées à sa femme ? demanda l'esclave avec surprise. Quel que soit leur empressement à voyager, elles ne pourront partir cette nuit : les vêtements de la jeune femme étaient en loques. Il y a eu un incendie, je crois. Suis-moi, et tu jugeras par toi-même.

Avec sollicitude, l'esclave me soutint par le coude et nous retournâmes à Athènes. J'avais eu le bon sens de cacher mon poignard. Si quelqu'un venait à nous croiser il me prendrait sans doute pour un ivrogne, de retour de quelque orgie.

Lorsque nous arrivâmes à la maison, l'aube commençait à poindre.

— Je dois voir Aristote, dis-je sans me soucier de l'heure.

— Le maître n'est pas encore levé. Viens plutôt te laver en l'attendant, dit l'esclave avec plus d'insistance que de politesse.

J'espérais qu'il n'avait pas remarqué les taches de sang, mais quand il m'entraîna et me lava lui-même, je ne vis moi-même rien de pire sur mes mains que de la saleté. Je me lavai la tête avec vigueur pour faire disparaître l'odeur de brûlé de mes cheveux. Je commençais à me sentir revigoré.

J'étais à peu près présentable quand Aristote me reçut. L'esclave m'avait prêté un chiton propre, appartenant à son maître. Victime innocente de ma perfidie, mon hôte m'invita à déjeuner avec lui : nous conversâmes en buvant du vin chaud et en mangeant du pain frais. Aristote ne semblait nullement troublé.

Je lui fis part de l'incendie et du combat que j'avais dû livrer contre deux hommes invisibles. Il m'écouta avec attention, puis il me rassura sur le sort de mes protégées. Pythias lui avait décrit leur condition, et Mélissa était plus fatiguée que blessée, semblait-il.

— Le petit garçon est en bonne santé, continua-t-il. C'est un bel enfant. Ma fille joue avec lui. La vieille servante va bien, elle aussi. Elle dort. Cependant le voyage doit être reporté, ils ne sont pas en état de prendre la route. Par le plus grand des hasards, le convoi d'Antipater a été légèrement retardé et, si les dieux le permettent, nos amies pourront partir dans deux jours. Elles attendront ici. Pour notre sécurité, Stéphanos, retourne chez toi et va dormir.

Il me dévisagea et ajouta pensivement :

— Le courage que tu as montré la nuit dernière mérite des éloges. Mais ne tente pas le sort ! Ne reviens pas me voir tant que ces femmes et cet enfant seront chez moi. Évite de sortir le soir et écarte-toi des rues sombres comme des terrains découverts.

Le jour s'était levé avant que je n'arrive chez moi. Je trouvai le chemin de mon lit et tombai aussitôt dans un sommeil aussi sombre et profond que le Léthé.

CHAPITRE DOUZE

Épées et pierres

Aristote m'avait recommandé de me tenir éloigné de sa demeure, tant que ses « parentes » y demeureraient. Cet avis me tourmentait, bien que je n'eusse aucun désir de les voir. Il aurait paru fort inconvenant de ma part et sans fondement de rendre visite à ces personnes — une femme mariée, son enfant et son esclave — dans le gynécée. Plus je m'inquiétais de leur sort, et plus je redoutais que tante Eudoxia ne devine mes pensées. Si elle venait à découvrir l'affaire, elle se précipiterait sans hésitation auprès de Mélissa, afin de ramener son petit-fils à la maison, ratifiant ainsi le plus douteux des mariages.

Trois jours plus tard, Aristote m'adressa un message en secret, m'invitant à le retrouver près du Lycée, après le départ des élèves. Il m'entretint tout en se promenant, comme il avait coutume de le faire.

— Elles sont parties à l'aube, ainsi que nous l'avions prévu.

— Je suis navré d'avoir apporté autant d'ennuis dans ta maison.

— Pourquoi ? Tout le monde a admiré l'enfant ; il m'a même appelé « papa ». Ma femme et la petite ont joué avec lui. Il est triste que nous n'ayons pas eu de fils ! J'ai tout reçu de la vie, sauf cela, soupira-t-il.

Notre conversation prenait un tour dangereux ; j'aurais tout naturellement pu renchérir : « Pourquoi n'adoptes-tu pas un fils ? » Je craignais de me laisser stupidement aller à dire : « Je connais un cas qui pourrait te surprendre... »

Aristote reprit :

— D'après ce que Pythias m'a rapporté, cette jeune femme peut voyager en toute tranquillité. Elle n'a pas de fièvre et sa santé paraît bonne. Pythias s'est entretenue avec elle et la tient pour une personne modeste et bien élevée. Il est toujours intéressant d'écouter l'opinion d'une femme sur une autre.

Aristote ricana avant d'ajouter :

— Nousia, quant à elle, n'était que peu appréciée des autres esclaves. Elles ont d'abord pris en pitié cette « pauvre créature », mais Nousia ne tarda pas à se montrer sous son vrai jour : portant un jugement sur tout, critiquant la modeste élégance de notre maison et son arrangement avec la condescendance d'une personne habituée à la plus haute noblesse.

— Je te crois sans peine, dis-je avec conviction, c'est une vieille sorcière.

— Eh bien, vois-tu, je crois qu'elle a séduit Pythias par son dévouement à l'égard de sa maîtresse. Il faut avouer qu'elle a fait preuve d'un grand sang-froid, au cours de cette terrible nuit.

— C'est exact, acquiesçai-je.

Mes propres efforts en cette occasion semblaient moins glorieux, à la lumière du grand jour. Par Héraclès ! Je n'avais pas même défait mes ennemis, et j'avais pratiquement passé mon temps à courir dans les rues sombres. Sans noter mon humeur chagrine, Aristote poursuivit :

— Pythias dit que les deux femmes ont beaucoup de fierté. Nous les avons vêtues à la mode macédonienne. Mélissa a accepté les vêtements et le prêt d'une couverture de fourrure, grâce à la persuasion de Pythias qui l'a finalement convaincue en invoquant la sauvegarde et le confort du bébé, mais elle a refusé tout vêtement de valeur. Cela plaide en leur faveur : ce n'est pas un comportement de mendiantes. Je pense donc qu'elles n'essayaient pas sciemment d'obtenir quoi que ce soit de toi d'une manière malhonnête. Ma femme s'est aussi employée à coudre et ravauder. Une véritable Pénélope ! Cela me rappelle que tu as mentionné un rideau en tapisserie représentant Pénélope. Pythias m'en a également parlé. Il a été légèrement brûlé et les bords sont effrangés. Elle l'a nettoyé et remis à neuf. Elle prétend que c'est une jolie pièce provenant d'une maison de qualité.

Après avoir fait quelques pas, il se mit à rire et reprit :

— Nous avions trois Pénélope à la maison : celle de la tapisserie, Mélissa attendant avec son fils le retour de son mari, et ma Pythias, cousant et filant. Je suis moi-même un piètre Ulysse, bien que j'aie voyagé dans mon jeune temps. Ton cousin remplit mieux ce rôle. Mais il serait plus avisé de ne pas revenir.

Je répondis vivement :

— Ulysse n'a jamais eu envers personne une dette de gratitude à la mesure de celle que je te dois. Je te rembourserai ce que tu as donné à la femme de mon cousin, puisqu'il faut bien l'appeler ainsi.

174

Aristote était désemparé :

— J'ai parlé trop vite ; il ne s'agit que de quelques pauvres effets, dont nous n'avions plus besoin, et que nous étions heureux de lui offrir. Pour ceux qui ont été prêtés, je ne puis accepter de dédommagement. Pour le reste, si cela doit apaiser ta conscience, donne-moi cinq drachmes à ta convenance et n'en parlons plus. Sais-tu que je dois dîner avec Polygnotos dans deux jours ?

À ce changement de conversation, je répondis par un « Oh ? » sans surprise. Télémon avait raison : Polygnotos devenait un homme important à Athènes et, naturellement, il tenait à entretenir de bonnes relations avec le philosophe macédonien, ami d'Antipater.

— Oui, je me sens honoré. Tu le vois, je ne fréquente que la bonne société. Hippoménès et Laïos m'ont parlé très favorablement de Polygnotos.

Je soupirai. Hippoménès et Laïos comptaient, parmi les amis d'Antipater, comme les plus fervents partisans d'Alexandre. Polygnotos jouissait certainement de l'estime des plus hautes autorités. Aristote poursuivit :

— Ils ont rencontré Polygnotos par hasard, il y a deux mois, dans les rues de Corinthe et ont voyagé en sa compagnie au retour. Ils trouvent ses vues sur les affaires très sensées. Ils assisteront également à ce prochain banquet.

— J'espère que tu passeras une agréable soirée, dis-je poliment. Je t'enverrai sans tarder l'argent pour les vêtements et je te serais obligé de me tenir au courant des informations que tu pourras recevoir sur le déroulement de ce voyage.

Ce jour-là, je ne parlai pas à Aristote du procès de

Philémon. Comment aurais-je pu solliciter son aide et ses conseils, alors que j'avais déjà tant accepté de lui, sans le moindre scrupule ? Je pouvais proposer avec hauteur de lui rembourser les quelques vêtements, comment pourrais-je jamais le remercier assez de son étonnante hospitalité envers des étrangères douteuses ? Si ces femmes n'étaient pas déshonorées, je l'étais certainement.

L'angoisse me gagnait également à l'approche de la troisième prodikasia ; je n'avais rien préparé. J'ignorais ce que j'allais dire ou ce que mes adversaires avanceraient. La fumée que j'avais respirée dans la maison avait embué mon esprit.

Trois jours après le départ de Mélissa, je me promenais sans but sur l'agora, essayant de prendre un air confiant et dégagé. Bientôt le héraut se montra pour faire les proclamations du jour. Content de trouver une distraction, je lui prêtai attention et pris connaissance des faits divers courants : descriptions d'animaux perdus ou de jarres de vin volées... La suite était beaucoup plus inattendue :

— Écoutez ! Écoutez, vous tous, hommes d'Athènes. Avec l'autorisation d'Antipater et la permission du Basileus, Aristote, le philosophe, proclame qu'il souhaite acheter ou emprunter des spécimens d'armes de guerre, armures anciennes et modernes, athéniennes ou étrangères. Cela dans le dessein d'étudier les armes de guerre et d'aider ainsi nos armées de l'Est. Armes et armures devront être déposées chez Aristote. Une somme d'argent sera offerte à ceux qui souhaitent vendre, le prix restant fonction de la valeur de l'objet. Qu'on se le dise !

Je crus avoir imaginé cette proclamation, mais le

héraut la répéta. Un murmure s'éleva de la foule ; je surpris quelques remarques :

— Une épée est une épée. Qu'y a-t-il à examiner là-dedans ?

— Bah ! je suppose que ces philosophes veulent prouver qu'ils sont bons à quelque chose !

— Aristote veut maintenant faire de la guerre un sujet d'étude.

— Il peut avoir ma femme pour une somme d'argent. C'est une véritable arme offensive !

En quittant l'agora, j'aperçus l'esclave d'Arkhiménos près d'un marchand de marrons. Il ne m'avait pas remarqué. Une tunique brune couvrait son torse et ses bras, mais un geste maladroit de sa part attira mon regard : il tendait la main *gauche* pour prendre son cornet de marrons. Je découvris, alors, que sa main et son poignet droits portaient un pansement, son bras paraissait raide...

Ce ne fut pas mon petit poignard de bronze que j'apportai chez Aristote cet après-midi-là. L'idée de m'en séparer m'était importune, bien que, en principe, un Athénien n'eût pas le droit de sortir en ville avec une arme. J'avais décidé de porter une arme quelconque chez le philosophe, ce qui me donnerait l'occasion de lui rendre visite sans susciter de commentaire. J'étais également consumé de curiosité au sujet de cette étrange demande. Je pris donc une vieille épée qui avait appartenu à mon grand-père.

Lorsque j'arrivai chez Aristote, la cour était remplie de monde. Des gens allaient et venaient, parmi eux quelques citoyens bien mis, quoique la majorité fût composée de gens très simples. L'esclave repoussait hors des grilles un homme vulgaire, recherchant visiblement la bagarre. Cet homme sautait sur le mur en le frappant de ses poings en criant avec colère :

— Rendez-moi ma pique! Puissiez-vous rôtir tous chez Hadès! Rendez-moi ma pique!

— Pas avant que tu ne te sois calmé, dit l'esclave, en me faisant entrer.

Il s'épongeait le front en soupirant :

— C'est la seconde bagarre que nous essuyons cet après-midi. Ce n'est pas une très bonne idée de faire appel à ces gens vulgaires pour apporter des armes dans la maison. Pourquoi ne s'engagent-ils pas dans l'armée?

Sa remarque me contraria. C'était un esclave macédonien; il se considérait supérieur aux Athéniens de basse condition. Je passai avec hauteur, mon épée-cadeau ceinte à ma taille, et rejoignis le groupe qui attendait.

Nous avions l'air d'une armée démente, rassemblée par un roi fou. Aucun d'entre nous n'était vêtu ou armé de la même façon. Près de moi se trouvait un homme muni d'un bouclier en cuir antique, sans épée, tandis qu'un autre tenait une vieille épée courbée, sans bouclier ni armure. Un jeune serviteur blond, l'air fripon, tenait un poignard élégant et un vieil homme presque nain, à barbe grise, portait un vieux casque en forme de pot métallique, qui glissait continuellement sur son visage.

Les conversations s'animaient au sujet des armes et de leur histoire, cocasses parodies de passages de l'*Iliade*. Certains narraient des histoires de grandes batailles, auxquelles eux, ou leurs ancêtres, avaient participé, se targuant ainsi d'appartenir à de très illustres familles. Quelques vauriens bien connus, issus des pires quartiers de la ville ou du Pirée, et sans

178

famille, se flattaient de la noblesse de leurs grands-pères ou exposaient avec d'invraisemblables détails qu'une personne, de trop d'importance pour être désignée, leur avait remis leur arme en récompense d'actions valeureuses. Certains, trop mal vêtus et franchement trop mal assortis à l'arme qu'ils portaient, expliquaient quand on les pressait de questions qu'ils venaient juste de la trouver.

La porte s'ouvrit et Aristote émergea en compagnie d'Eutikleidès. Le philosophe s'exprima avec une grande courtoisie :

— Je suis très honoré par ta visite, ô Eutikleidès ! (Après un regard autour de lui, il expliqua :) Ce bon citoyen m'a offert d'examiner les armes et les armures que son arrière-grand-père portait à la bataille de Platées. Quels objets de vénération ! C'est à une même cause patriotique que toi, ô Eutikleidès, tu contribues maintenant. Oui, seigneur, je comprends que ceci est un prêt. Qui voudrait se séparer d'un tel héritage ? Merci à toi et à ta famille. Que ton esprit civique serve d'exemple et te recommande à Alexandre.

La petite foule écoutait patiemment, comme il sied quand s'exprime un philosophe. Cet éloge public me parut surfait. Eutikleidès offrait un visage serein et satisfait, et semblait se délecter des louanges. Il était accompagné d'une sorte de paysan boiteux à qui il offrait son bras, avec condescendance. C'était là un Eutikleidès beaucoup plus affable que celui que j'avais vu aux prodikasia. Je compris mieux pourquoi il plaisait à certains : il était fort ; il était riche ; on pouvait l'approcher. Il savait aussi se montrer généreux envers ceux qui le respectaient, comme ce petit homme qu'il remorquait maintenant. Pour s'épanouir, Eutikleidès avait besoin de succès, de louanges. Tous les hommes aiment ces choses, mais certains peuvent montrer le meilleur d'eux-mêmes quand ils sont ainsi flattés. J'admirai Eutikleidès plus que d'ordinaire et songeai, en retour, que je n'aimerais pas assister à l'un de ses échecs.

Aristote ne parut pas attacher d'importance particulière à ma présence. Il s'adressa à moi et à un autre citoyen qui se trouvait là pour nous demander de l'attendre. Il recevrait d'abord les plus pauvres, accordant quelques minutes à chacun. Je pensai que c'était peut-être pour leur épargner de rougir quand il leur offrirait quelque argent — bien qu'une telle délicatesse ne me semblât pas nécessaire. La conversation se poursuivit parmi ceux qui attendaient dans la cour.

— Pourquoi n'es-tu pas parti à la guerre, grand-père ? demanda-t-on au petit homme aux cheveux gris. Tu en as bien l'âge !

— Hé ! Simonidès, cache donc cette petite épée courbée. Va te chercher une longue lance, et juge si la fille que tu courtises ne la préférera pas !

— Qu'est-ce que ce Macédonien veut faire de ces armes, de toute façon ?

— Certains prétendent, déclara un petit homme nerveux et mal habillé, probablement affranchi, qu'il veut tuer un esclave par jour ; chacun avec une arme différente pour savoir celle qui tue le mieux.

— Œufs rôtis de Léda ! Sottises ! Il oblige chacun à se servir d'une arme mortelle, comme ce vieux javelot que tu tiens. Il va obliger chaque homme à tuer avec l'arme qu'il apporte. Et s'il ne le fait pas assez vite, le philosophe sait comment

180

l'encourager. C'est ce qui s'appelle donner du cœur aux troupes.

Le malheureux affranchi blêmit, tandis que l'esclave préposé à la grille riait sous cape.

Peu à peu le groupe diminua. L'autre citoyen fut reçu d'abord, puis j'entrai avec mon épée.

Le salon d'Aristote offrait un curieux spectacle, semblable à une salle d'armes, après le retour des guerriers. Des tas de lances, de piques, de javelots recouvraient le sol. Il y avait des poignards et des épées partout. Un casque retourné était posé sur la table à la manière d'un étrange récipient. Je faillis m'asseoir sur une vieille épée rouillée et mon pied heurta une armure de bronze.

Aristote, quant à lui, se laissa tomber sur un manche de javelot avant de se relever en sursaut.

— Il faut que je fasse débarrasser ces sièges, murmura-t-il.

Il se promena avec complaisance au milieu de ces trésors, les touchant les uns après les autres.

— N'est-ce pas merveilleux ? dit-il avec enthousiasme. Regarde tout cela ! J'ai l'impression que, seul et sans aide, je pourrais me battre contre toute une ville. Voici un javelot de Thrace et là un bouclier macédonien moderne un peu endommagé. Son attache a disparu. Voilà un bouclier grec. Vois-tu la différence ? Le macédonien est plus petit et plus rond, et s'accroche au corps, afin que le soldat puisse se battre des deux mains.

Je lui tendis mon présent.

— Ah ! fit-il en l'inspectant. Elle est grecque et date d'environ cinquante ans. Sa lame est rouillée, mais chargée d'histoire.

— Si elle t'intéresse, je te la prête, dis-je.

Je n'allais certainement pas accepter une obole ou deux comme la plupart de mes compagnons dans la cour.

— Qui aurait pensé qu'Athènes recelait tant d'armes ? Vraiment, cela dépasse mes espérances. Vois-tu, non seulement les gens détiennent des armes héritées de leurs ancêtres, mais maintenant il y a celles provenant des guerres d'Alexandre, qu'elles aient servi à titre personnel ou comme trophées de guerre. Voici une sarisse qui a connu de meilleurs jours.

Il désigna une longue pique avec une pointe en fer d'environ un pied. La hampe était brisée au milieu et je voyais que les branches creuses avaient été réunies par un tube en bronze ; la poignée était remplie d'esquilles.

— Il devrait y avoir une pointe en fer à l'autre extrémité pour l'enfoncer dans le sol, mais elle a disparu. Les sarisses peuvent être fixées dans la terre et servir de barrière contre une charge ennemie, bien que leur véritable destination soit l'attaque. À la fois défensive et offensive, c'est une arme astucieuse, d'origine macédonienne. Difficile à utiliser en raison de sa longueur.

Il était surexcité comme un enfant avec un nouveau jouet.

— L'homme qui m'a donné cette sarisse l'a rapportée de la guerre. C'est lui qui accompagnait Eutikleidès. Je pressens que c'est le témoin que l'on va t'opposer ; celui qui est prêt à jurer de la présence de Philémon du mauvais côté, comme tu le sais. Ne sois pas surpris de le revoir. Cet homme a fait la guerre ; c'est certain.

Je m'assombris. Au cours de cet après-midi passé

dans la cour, j'avais oublié la troisième prodikasia. Aristote prit une pique et la laissa tomber.

— Mes mains et mes bras ne sont plus aussi forts qu'ils l'étaient. J'ai trop mangé et trop bu la nuit dernière. Ce n'est pas très philosophique, mais le dîner était très bon, et il y avait tant de vin ! T'ai-je dis que je devais dîner avec Polygnotos ?

— Oui.

— Une réunion très choisie. Eutikleidès était des nôtres. Enfin, j'ai vu la fameuse pièce. Heureusement nous n'avons pas dîné là, mais nous y sommes entrés. Elle a été nettoyée et des sacrifices de purification ont lieu régulièrement. Hippoménès prétend que la pièce est restée telle que du temps de Boutadès. Polygnotos a ajouté qu'il s'efforçait de la conserver ainsi, en souvenir de son oncle. Notre hôte déclara ensuite qu'il aimait que les choses restent à leur place, puis citant Homère, ou plutôt le paraphrasant :

Adieu Boutadès, je te retrouverai dans l'Hadès
Car tout ce que j'ai promis
Je suis en train de l'accomplir.

« Ce n'était pas un début très gai, chacun se hâta de complimenter Polygnotos sur la tenue de sa maison et son installation. Les meubles qu'il avait mis à l'écart, durant le temps désagréable des funérailles, étaient maintenant remis en place. Cependant, je fus heureux de quitter cette pièce.

Sa référence à Homère ne me réjouit pas : ne s'agissait-il pas des promesses de vengeance d'Achille à l'ombre de son ami Patrocle, rapportées dans l'*Iliade* ? Sans plus de conviction, Aristote essayait le casque thrace. Debout, au centre de la pièce, il avait l'air très vieux ; ses yeux brillaient des

183

deux côtés de l'étroite bande en bronze qui faisait office de protège-nez; il ressemblait à quelque étrange oiseau.

— Je ne parviens pas à me rappeler de l'ordre des objets dans cette pièce, dit-il tout à coup sur un ton intrigué; tant de choses ont été ajoutées, depuis ce matin. Se souvient-on davantage des choses qui devraient y être ou de celles qui ne le devraient pas?

Il posa les mains sur le bord du casque pendant quelques secondes. Il était positivement grotesque. Soudain il leva les mains et sourit.

— Là! je savais que j'oubliais quelque chose! J'avais dénombré vingt-trois objets arrivés cet après-midi, y compris ton épée, et maintenant je ne me souvenais plus que de vingt-deux. J'avais tout simplement oublié le casque qui est sur ma tête! Essaie à ton tour, Stéphanos, regarde autour de toi. Ensuite, ferme les yeux et dis-moi, à haute voix, ce qu'il y a dans cette pièce et si possible à quel endroit.

Je n'avais pas d'autre possibilité que celle d'entrer dans son jeu. Je fermai les yeux et m'employai à désigner les objets : je mélangeai piques et lances, oubliai le bouclier sous mon siège, mais le résultat n'était pas mauvais.

— C'est très bien, complimenta Aristote, en posant un casque en forme de bol sur ma tête.

Il était trop grand et me tomba sur le nez. Mon vieux maître se riait de moi :

— La mémoire est mère des muses. Cette pièce est dans un grand fouillis. Je déteste le désordre. Il faudra que je range tout, par catégorie, pour établir une liste.

Je souris à mon tour. La passion d'Aristote pour

les listes était une source de plaisanterie chez les étudiants. Un jour, au cours d'une conférence qu'il donnait dans une futaie, alors que nous trottions après lui un chien bâtard s'était joint à nous. Nous l'avions alors interrompu à la fin d'une phrase pour lui demander en plaisantant : « Aristote, dans quelle catégorie, classes-tu ce chien ? » Le maître avait répondu, avec astuce : « Dans la catégorie des étudiants. Né des amours d'une mère déplorable. Ancêtres inconnus. Manières doucereuses. Parle faux et assiste à des conférences sans les comprendre. »

— Je déteste le désordre, répéta Aristote. Mais la vie est souvent ainsi. C'est une erreur de trop attendre de l'ordre. Et maintenant, toi qui as une bonne mémoire, dis-moi ce qu'il y avait dans la pièce de Boutadès quand tu l'as vue.

— Je te l'ai déjà dit, protestai-je.

— Il y a longtemps. Recommence.

Nous jouions un jeu absurde, avec ces casques sur nos têtes, et je me sentais ridicule. Mes souvenirs restaient néanmoins parfaitement clairs, en dépit du temps passé. Comment aurais-je pu oublier ?

Quand j'eus terminé, Aristote secoua la tête, puis il ôta son casque et le fixa. Soudain, des coups précipités retentirent contre la porte, et un petit homme musclé, en tunique d'ouvrier, fit irruption dans la pièce.

— Excuse-moi, maître, dois-je attendre encore longtemps ? Ton esclave ne voulait pas me laisser entrer, mais la forge ne marche pas toute seule, et je dois m'en retourner.

— Je comprends, dit Aristote. As-tu quelque chose à vendre ?

— Justement, seigneur, c'est ce que j'ai dit à ton esclave : le maître serait furieux s'il manquait une telle occasion.

— S'agit-il d'une arme de valeur ?

— De valeur ? Certainement.

Le forgeron me dévisageait avec perplexité tandis que je demeurais assis là, le visage caché par le casque. Il dut penser que je participais (au titre d'esclave peut-être) aux mystérieuses expériences du philosophe sur les armes, car il dit d'un ton approbateur :

— Déjà au travail à ce que je vois.

Puis il se tourna vers Aristote et répéta :

— De valeur ? On peut l'affirmer, seigneur, c'est l'arme la plus mortelle dans ce monde ou dans l'autre, si l'on sait la manier. Elle est aussi terrible que l'éclair, sans être aussi bruyante. Je t'en ai apporté deux spécimens.

— Où ? demanda Aristote avec intérêt, car l'homme ne tenait aucune lance ou arme de quelque sorte que ce fût.

— Chut ! je les ai enveloppées, dit-il en montrant un grand sac de cuir qu'il avait laissé tomber à ses pieds. Elles ont beaucoup de valeur. On les a utilisées à Tyr. Veux-tu les acheter ? J'aurais aimé t'en faire présent, mais je suis un père de famille qui a une femme et cinq petits enfants à nourrir. Aussi, je demande six oboles, c'est-à-dire seulement trois oboles par pièce.

Je vis que la curiosité d'Aristote était éveillée, la mienne aussi d'ailleurs. Qu'y avait-il dans ce sac de cuir ? Avec une certaine appréhension, je me demandai s'il ne contenait pas des serpents. J'essayai de me rappeler si j'avais entendu dire qu'Alexandre utilisait des serpents venimeux contre ses ennemis. Aristote dut avoir la même pensée, car il demanda :

— Qu'as-tu là, bonhomme ? Est-ce vivant ?

— Non. Ce n'est pas vivant, plus maintenant, en tout cas. Mais je préférerais ne pas les sortir avant que le marché soit conclu. Je ne devrais peut-être pas m'en séparer.

Il souleva le sac et proposa :

— Laisse-moi te raconter le siège de Tyr.

— Non, merci, l'ami, dit Aristote. Je t'offre quatre oboles si tu peux me convaincre que ces armes ont réellement été utilisées au siège de Tyr.

— Te convaincre ? Tu seras convaincu dès que tu les auras vues. Par le cœur sacré de Zeus, je jure qu'elles ont bien été utilisées à Tyr.

Il regarda les quatre oboles qu'Aristote lui tendait et les porta à sa bouche pour les mordre.

— Voyons ce que tu as apporté, le pressa Aristote.

Avec une expression craintive, l'homme ouvrit son sac et en sortit... deux pierres ! Aristote éclata de rire.

— Eh quoi ? Des pierres ! Des armes mortelles, en vérité !

— C'est exact, dit le forgeron, elles le sont vraiment.

Il tendit les pierres à Aristote. Chacune d'elles était ronde et de la taille de deux poings d'homme réunis. Elles avaient l'aspect de pierres grises, très ordinaires.

— Ces pierres-là ont été utilisées dans les catapultes contre Tyr ; je les ai ramassées dans un trou de mur. Ce sont les plus petites ; il y en avait d'aussi grosses que ta tête. Tu aurais dû entendre le bruit qu'elles faisaient en fendant l'air avant de frapper le mur ! Ce sont les armes les plus mortelles du monde. Des flèches peuvent se briser, des lames peuvent se tordre ou rouiller, et un bon bouclier peut vous protéger des unes comme des autres, mais rien ne peut arrêter une pierre qui vole, et rien ne produit de plus grand dommage, là où elle frappe, même sur un casque. Je le répète, elle ne plie pas et ne rouille pas. Je te suis très obligé et te souhaite santé et prospérité.

Le malin larron salua et se tourna vers la porte. Aristote l'arrêta.

— Écoute, forgeron, joue à faire des ricochets, mais pas à d'autres jeux avec les pierres. Elles peuvent être dangereuses, comme tu l'as dit. Inutile de mettre ta sécurité à l'épreuve, en m'en apportant de plus grosses. Me suis-je fait bien comprendre ?

— Oui, seigneur, dit l'homme, avant de refermer la porte avec l'ombre d'un sourire.

Aristote se mit à rire de bon cœur.

— N'est-ce pas l'homme le plus astucieux d'Athènes ? On devrait lui offrir un service public, l'envoyer en ambassade ! Je ne pensais pas qu'un jour quelqu'un me ferait verser mon bel argent pour des cailloux ! Pas même du marbre, ou du porphyre, mais de vulgaires pierres que je pourrais ramasser sur le bas-côté de la route ! J'ai oublié la règle d'or : en toute transaction, il ne faut pas acheter sans voir.

J'observai les pierres avec attention :

— Ont-elles réellement servi au siège de Tyr ?

— Impossible à dire, Stéphanos. Celle-ci a frappé lourdement quelque chose, mais elle a fort bien pu être lancée contre un mur d'Athènes, ce matin. Il n'est pas impossible qu'elles aient servi à Tyr. Voilà une leçon utile. Que dis-je? Deux leçons! La première: n'achète jamais une arme cachée dans un sac. La deuxième: n'importe quel objet peut servir d'arme sous certaines conditions. Ce que cet homme a dit est exact. De tels projectiles ont provoqué des ravages à Tyr, et dans d'autres cités avant. Il est bon de se rappeler qu'il existe de nombreuses formes d'armes; je n'ai peut-être pas dépensé mes quatre oboles en vain, après tout.

Il examina la pierre ronde qu'il tenait dans sa main. Je dus lui demander deux fois s'il avait des nouvelles de nos voyageuses.

— Quoi? Oh! oui, j'en ai reçu aujourd'hui. Tout se passe bien. Elles doivent être en Béotie, maintenant. Elles n'arriveront pas à Pella avant le printemps.

Il posa les pierres pour ramasser un javelot et esquissa dans l'air quelques gestes.

— Dans le cas de cette arme, la force doit provenir du bras et du corps de l'homme, tandis que l'arc ou la catapulte fournissent la force et par conséquent la vitesse, bien qu'ils soient moins précis à distance. Quelle est l'arme la plus efficace à ton avis, Stéphanos?

— Tout dépend des conditions du combat, dis-je. Parfois on en vient au corps à corps, parfois en assiégeant une ville on a besoin d'une arme qui couvre une longue distance.

— Hum... Oui. C'est exact.

Il ramassa ensuite un objet pointu, de taille moyenne, parmi les javelots et les piques posés sur la table.

— Une flèche scythe, Stéphanos. Sauras-tu l'utiliser comme une courte lance?

Je me sentais mal à l'aise, et ne souhaitais pas discuter de flèches plus qu'il n'était nécessaire. Aristote paraissait assez dangereux dans cette pièce remplie d'armes mortelles. Heureusement l'esclave vint annoncer à son maître que quelques personnes étaient encore là pour vendre des armes. Je me levai en disant :

— La troisième prodikasia a lieu dans quelques jours.

Mais il ne sembla pas d'humeur à me prodiguer ses conseils.

— Oh ! oui. Dis-leur que l'on ne peut prouver que Philémon était là. Si le soldat dépose contre toi, suggère que ses blessures et la maladie ont affaibli ses facultés mentales. Montre-toi respectueux, cependant. Songe à tous les jeunes gens que tu connais qui ressemblent à Philémon. Embarrasse-le par des questions sur cette reconnaissance fallacieuse. C'est tout ce que tu peux faire pour le moment.

Je le laissai, toujours armé de sa flèche qu'il agitait en l'air. Cependant il me salua gaiement :

— Au revoir, Stéphanos. À propos, ne parle pas de ce dernier achat, ou bien je te renie ! Songe aux plaisanteries que cela susciterait ! Toutefois, si je me montre jamais vaniteux et fier de mon intelligence, je te permets de venir me chuchoter à l'oreille : « Le sac de cuir contenait des pierres. »

CHAPITRE TREIZE

La dernière prodikasia

La veille de la troisième prodikasia, je marchais dans la grande rue qui longe l'Acropole au sud, quand des bruits de voix m'intriguèrent :

— N'est-ce pas énorme ?

— Quelle magnifique sculpture !

Les gens se pressaient pour regarder, je les imitais. J'aperçus une charrette, traînée par deux mulets et poussée par des esclaves. À l'intérieur, solidement maintenue par des bottes de paille, une masse blanche brillait, pareille à une montagne de neige sous un soleil d'hiver. Avant même que l'étrange convoi parvienne à ma hauteur, je devinai la nature de cet objet : un tombeau. Fasciné, je m'arrêtai au bord de la route pour le regarder passer.

Il s'agissait d'une splendide plaque de marbre blanc, harmonieusement taillée et gravée, présentant le couple Boutadès, assis. Ce fut pour moi un choc de revoir ainsi défiler son visage alors qu'il hantait désormais tous mes rêves éveillés. Sous le ciseau habile de l'artiste, le visage de Boutadès avait trouvé une dignité nouvelle. Naturellement on avait pris soin de gommer tout souvenir de sa fin tragique et de la vilaine grimace qui avait défiguré son visage, ce matin fatal. Sa frêle épouse se tenait à ses côtés, soumise. Toutes les lignes de son corps dans son chiton léger suggéraient l'obéissance gracieuse. Ils donnaient l'image d'un couple heureux et prospère.

Je lus les inscriptions qui mentionnaient le rang de Boutadès, ses services et ses vertus, et exprimaient le chagrin de ses parents ; tout spécialement celui de son neveu, Polygnotos, qui avait commandé ce monument.

J'écoutais les commentaires flatteurs de la foule, quand, je ne saurais dire précisément à quel moment, je distinguai des chuchotements de désapprobation et d'horreur. Je levai la tête et surpris un de mes voisins qui en tirait un autre par la manche, tout en me regardant avec une expression de colère effrayée :

— Il profane le monument.

Je découvris alors que ma silhouette se reflétait sur le marbre blanc, jetant une ombre sur la figure de Boutadès. L'un des esclaves affairé à pousser la charrette me reconnut et fit un geste pour écarter les influences néfastes. J'étais honteux et blessé de susciter pareille remontrance.

Il était vrai cependant que ma présence avait un caractère indécent. J'aurais dû avoir le bon sens de passer mon chemin.

« Ô Boutadès, pensai-je, Zeus m'est témoin que je n'ai aucun mauvais dessein contre toi ! C'est au contraire ton ombre ou ton image, gravée dans la pierre, qui a le pouvoir de me faire du mal. »

Je me retirai vivement et empruntai un long détour, avant d'oser me présenter sur l'agora. Le monument demeurait toutefois inscrit dans mon

192

esprit. Je pouvais imaginer Boutadès et sa femme franchir le Dipylon[1], vers la tombe du Céramique. Ces figures blanches moqueuses se présentaient constamment sous mes yeux.

Le jour de la prodikasia arriva. À mon réveil, je me rendis compte que j'avais pris froid ; mon nez était bouché, ma voix enrouée. Je revêtis mes vêtements les plus chauds.

Quant à mes adversaires, ils affichaient une forme excellente : Eutikleidès semblait plus grand et plus florissant que jamais ; Polygnotos avait l'œil clair et les joues roses. Face à tant de santé, je faisais pâle figure, le teint jaune et les yeux larmoyants. L'esclave de Polygnotos, toujours à la suite de son maître, avait lui-même l'air heureux et prospère, pendant que Télémon jouait la mouche du coche et se dépensait en activité futile.

L'ouverture de la séance se déroula comme les précédentes fois. La tête lourde, je prenais mon mal en patience. Le rhume n'était pas seul en cause, je savais qu'il me faudrait mentir et cette perspective m'effrayait. Sans le savoir, le Basileus me facilita cette pénible tâche en devançant mes propos :

— Devons-nous comprendre, Stéphanos, que ta défense est la même que précédemment et que ton cousin est absent ?

— Oui, dis-je, en espérant que c'était la vérité.

Les autres le présumaient, aussi je ne trahissais

1. *Dipylon* : « la Double Porte » ; nom de la porte d'Athènes d'où partaient la voie des Panathénées et l'avenue menant à l'Académie.

pas vraiment mon serment aux dieux. Je péchais toutefois par intention et redoutai que les dieux ne me punissent pour cette offense. On ne peut les tromper impunément par de vilains tours.

L'audience se poursuivait. J'étais comme plongé dans un épais brouillard, lorsque, tout à coup, l'intervention d'Eutikleidès m'arracha à ma léthargie :

— Voici le témoin dont j'ai parlé la dernière fois.

Le petit homme qui venait de se présenter était celui que j'avais vu apporter la sarisse chez Aristote. Cet ancien soldat, du nom de Sosibios, était un Athénien originaire d'un dème[1] de la campagne. Après l'historique de ses services sous Alexandre, Eutikleidès le questionna sur la façon dont il avait été blessé. Tout cela était fort honorable. Quand le Basileus lui posa quelques questions, il répondit aussitôt. Ce Sosibios avait une voix aiguë et désagréable ; les mots se précipitaient dans sa bouche. Il semblait un peu impressionné par ce qui l'entourait : un muscle se contractait parfois au coin de sa bouche, comme un tic. Malgré son comportement correct, cet homme ne me plaisait pas.

Il donna une version, qui m'aurait davantage intéressé en un autre temps, de la bataille d'Issos et de la déroute des Perses. Il expliqua que lorsqu'il avait essayé de suivre la cavalerie avec les autres fantassins, à travers la rivière Payas, ils rencontrèrent la vive opposition du courant de la rivière et des forces ennemies, contre lesquelles ils combattaient au corps à corps.

1. *Dème* : nom des bourgs de l'Attique.

— Le pire de tout, précisa-t-il, était que les soldats sur l'autre rive n'étaient pas des Perses, mais
des Grecs. Ils nous lançaient d'horribles invectives.
C'est là que je vis Philémon d'Athènes qui quittait
l'autre rive pour venir se battre dans la rivière.

— Le connaissais-tu? demanda Polygnotos avec
un certain doute dans la voix. Comment l'as-tu
reconnu?

— Je l'avais vu à Athènes autrefois.

— L'as-tu revu ce jour-là au cours de la bataille?
demanda le Basileus.

— Oui, nous avions refoulé l'ennemi à travers la
rivière. Alexandre avait mis les Perses en déroute et
Darius s'était enfui avec son char. J'ai aperçu une
nouvelle fois Philémon qui se sauvait à toute allure
devant nous. Il était blessé au visage. Nous ne
l'avons pas rattrapé.

— L'as-tu revu ou as-tu entendu parler de lui
plus tard?

— Non, je ne l'ai pas revu. Mais j'ai entendu
parler de lui à Sidon. Il avait traversé cette ville
pour retourner à Athènes. Personnellement, je suis
resté dans l'armée jusqu'à ce que j'aie été blessé à
Tyr.

— Ainsi, vous voyez, seigneurs, reprit Eutikleidès, ce Philémon a été reconnu dans les rangs des
Perses. Il était blessé; il n'était donc pas prudent
pour lui de rester en Asie Mineure, alors
qu'Alexandre progressait. Nous savons quelle
mesure il prenait à l'encontre des traîtres rangés à la
cause perse. Aussi, cet homme, sans foi ni loi,
décida-t-il de retourner à Athènes, juste avant l'époque du meurtre.

Ce fut mon tour d'interroger le témoin; je ne
savais quoi dire.

— Comment as-tu su que c'était Philémon? T'a-t-il donné son nom?

Hésitant, l'homme jeta un regard en direction d'Eutikleidès.

— Oui, je le pense. Il l'a certainement fait à Sidon.

— Tu le *penses*, tu n'en es pas sûr! Ne se peut-il que tu aies simplement eu l'impression que cet homme, au milieu de la bataille, était Philémon?

— Non. Je le connaissais.

— Alors, dis-je en reprenant un peu mes esprits, peux-tu nous le décrire?

— Eh bien... il était grand.

— Grand comment? Très grand?

— Non, pas exagérément. Ni très grand, ni très petit. Bien bâti, musclé et agile.

— De quelle couleur étaient ses cheveux?

— Bruns, je crois.

— Quelle sorte de brun?

— Juste brun, ni clair ni foncé, et ses cheveux étaient frisés.

— Portait-il un casque? demandai-je en me souvenant de mon entretien avec Aristote.

— Heu... non, je ne le pense pas, ou alors c'était un petit casque car j'ai vu ses cheveux.

— De quelle couleur étaient ses yeux?

— Marron.

— Décris-nous sa voix.

L'homme me regarda interloqué, les voix ne se décrivaient pas.

— C'était juste une voix ordinaire, celle d'un homme jeune, avec un accent athénien, triompha-t-il.

— Portait-il des marques distinctives?

— Non. Sauf la cicatrice de la blessure qu'il a reçue ce jour-là.

— Ah! la blessure qu'il a reçue ce jour-là, selon toi. Quelle sorte de blessure? Une estafilade? Un trou dans le visage? Près de l'oreille? Sur l'œil?

— Sur la pommette.

— De quel côté?

Sosibios toucha son propre visage, et conclut, hésitant :

— À droite, je crois... ou peut-être à gauche... Non, c'était à droite.

Eutikleidès regarda son témoin avec contrariété. Profitant de son visible désarroi, je demandai :

— Voyons, exerce un peu ta mémoire. Décris-moi Glaukon, fils de Glaukon, et Euphrastion, fils de Dekagonès, tu les as vus tous les deux.

Proches en âge de Philémon, ces jeunes Athéniens, célèbres pour leurs compétences athlétiques, appartenaient à des familles respectées. Tout le monde les connaissait. Le témoin répugnait visiblement à répondre à cette demande, mais le Basileus invita Sosibios à s'exécuter. Celui-ci s'embarqua dans une laborieuse description des deux jeunes gens.

— Ainsi, dis-je quand il eut terminé, Glaukon est grand, mais pas très grand. Il est bien bâti. Ses cheveux et ses yeux sont bruns. Euphrastion répond au même signalement. Tu pourrais ajouter que tous deux parlent avec l'accent athénien. Qui peut reconnaître clairement des hommes après un tel portrait? Cette même description peut s'appliquer à n'importe quel jeune Athénien de cet âge et de cette corpulence.

Je me sentais tout d'un coup beaucoup mieux, et même un peu exalté. Je repris mon interrogatoire.

— Quand cette bataille a-t-elle commencé ? À quelle époque de l'année et à quel moment de la journée ?

— Il y a environ un an, je crois, peut-être un peu plus tôt. La bataille a débuté vers le milieu de l'après-midi.

— Oui, dis-je, c'est tard pour engager une bataille, mais Alexandre avait soin de préparer ses troupes et prenait son temps. Comment était la rivière ?

— Froide, dit-il sans hésitation.

— Cela a dû être très pénible pour toi de combattre et de traverser la rivière en même temps. Comme tu l'as dit, tu as dû attendre que la cavalerie ait franchi la rivière.

— Oui, dit-il, très fier de ce souvenir, et même pour la cavalerie ce ne fut pas facile. Les chevaux s'enlisaient dans la boue. Aussi, seigneurs, vous pouvez imaginer ce que c'était pour nous.

— De la boue ? dis-je innocemment.

— Bien sûr, de la boue, plus que vous n'en avez pu voir à Athènes en un mois. Nous en étions couverts, hommes et bêtes...

Il s'interrompit, comprenant qu'il avait trop parlé.

— Ainsi, dis-je en me tournant vers le Basileus, nous avons un témoin dont les souvenirs ne sont pas très précis. Il prétend avoir vu et reconnu un homme qui n'était pas de ses relations, mais qu'il avait seulement aperçu à Athènes. Il nous le décrit d'une façon très sommaire, qui pourrait s'appliquer à n'importe qui. De plus, de son propre aveu, ce témoin nous dit qu'il a vu cet homme dans une situation très confuse, alors qu'il était lui-même occupé à préserver sa vie. Bien plus, il déclare qu'il

198

a vu cet homme à la fin d'une journée d'automne. Enfin, quand Sosibios a vu cet homme, celui-ci devait être couvert de boue et de poussière. Comment aurait-il pu le distinguer d'un autre soldat ennemi ? Que des Grecs, hélas ! se soient battus dans les rangs perses, nul ne peut le nier, mais la plupart de ces soldats devaient être de jeunes hommes athlétiques, couverts de boue et de sang. Ils devaient crier, le visage déformé par la douleur, la colère ou la peur. Le témoin a peut-être vu un jeune Grec dans ces conditions. Cela ne constitue nullement une identification suffisante.

— Il a dit que c'était Philémon, coupa Eutikleidès, et c'est lui encore qui a traversé Sidon.

— Ah ! mais savez-vous si cet homme mystérieux, qui a traversé Sidon, était le soldat de la bataille d'Issos ? Rien ne le prouve. Ce témoin a des souvenirs très vagues. Un homme à Sidon peut avoir dit, par exemple, qu'il s'agissait de Philémon d'Orynthe, et ce soldat aura mal compris. Il existe d'autres Philémon, probablement des centaines, en Grèce, avec ou sans cicatrice. Ou bien l'homme qu'il a vu au cours de la bataille lui aura vaguement rappelé mon cousin, et le témoin est peut-être en définitive le seul à avoir mentionné le nom de Philémon, à Sidon. Entendant parler d'un homme portant une cicatrice, il aura pu dire : « Ah oui, Philémon », en pensant à celui qui lui ressemblait à la bataille. Il se serait ensuite persuadé qu'il était question du même homme. Nous parlons peut-être même de trois hommes différents : celui qui est passé par Sidon, celui de la bataille et mon cousin Philémon. De plus, le témoin ne prétend pas que l'homme de Sidon portait une cicatrice. Eu égard à la raison et la logique, cette identification ne paraît pas recevable. Tout cela n'est que boue et brouillard, ajoutai-je, assez satisfait de moi.

Les adversaires opinaient du chef, mais parlaient peu. D'un air hautain, Eutikleidès promit que tout serait clarifié au procès. Il trouverait, ajouta-t-il, un témoin pour confirmer les dires de Sosibios, et prouver la présence de Philémon à Athènes.

— Les objections soulevées par le défenseur sur les déclarations du témoin tomberont d'elles-mêmes, ironisa-t-il.

J'éternuai trois fois avec violence, et tout le monde s'éloigna de moi. Le Basileus annonça la clôture des débats. Mes idées s'étaient remarquablement éclaircies au cours de ce contre-interrogatoire, mais, à nouveau, j'avais la tête douloureuse. Néanmoins, j'étais assez fier de mon exploit, tout en me rendant compte qu'il serait beaucoup plus difficile de confondre les déclarations du témoin au cours du procès. Les débats seraient menés tout à fait différemment, et les citoyens, réunis en Aréopage, réagiraient peut-être autrement. Ils prendraient peut-être parti pour le vieux soldat, prêts à le croire sur parole, aussi futiles et illogiques que ses déclarations puissent être. Lancez assez de boue et une partie vous salira. J'en avais jeté un peu moi-même. Cependant si Eutikleidès mettait sa menace de produire un second témoin à exécution, tout pouvait encore être perdu. Un mois plus tôt, j'avais pris ces menaces avec légèreté. Maintenant je savais qu'il y avait probablement des personnes à Athènes, ou au moins au Pirée, qui avaient vu Philémon. Je me demandais si mes adversaires avaient flairé une piste qui menait au Pirée. Après un nouvel éternuement, je sortis. Ma gorge était à vif. Je me souvins de cet acteur qui avait attrapé un mauvais rhume et qui craignait de perdre sa voix. Si mon état empirait, comment, au jour du procès, pourrais-je paraître et chuchoter devant la multitude d'Athènes !

En chemin, j'aperçus mon vieil ennemi Arkhiménos, les cheveux gris ébouriffés par la brise. Il me hantait, avec l'insistance des personnages qui peuplent nuit après nuit nos cauchemars. Je me sentais las, et, avant même qu'il parlât, je sentis que la même comédie que la fois précédente allait se rejouer, avec pour spectateur, bien sûr, Théosophoros. Eh bien, j'allais changer le cours de cette pièce, en élargissant l'auditoire. J'étais déterminé à rester près de mes opposants, sans me laisser isoler, lorsque nous commençâmes à descendre la colline. Devant moi, Eutikleidès et Polygnotos s'éloignaient. Je les suivais de quelques pas, quand j'entendis Arkhiménos m'invectiver de sa voix venimeuse. J'espérai encore que la honte de s'exprimer de cette façon extravagante devant des personnes respectables le retiendrait. Je n'avais aucun désir de provoquer une querelle, et je savais que je ne devais pas donner prise à de vilains soupçons. Pas maintenant. Pas ici.

— Ô Stéphanos ! Ami des Mèdes ! Cousin d'un ami des Mèdes ! Prends ton pilon afin de préparer les épices pour les Perses ! s'écria Arkhiménos.

Je ne répondis pas et allongeai le pas, il fit de même et dansait presque :

— Cesse de courir les filles, et essaie de te battre comme un homme ! Toi, l'ami des Mèdes, nourrice sèche ! Tu n'es bon qu'à garder les nourrissons ! Va retrouver tes Perses bien-aimés. Demande-leur de te châtrer et de te confier la garde des femmes. Mais prends garde que les soldats d'Alexandre ne viennent te corriger avec leur grande épée !

J'étais aussi furieux qu'embarrassé. Ceux qui me devançaient riaient sûrement sous cape.

— Ha, ha, ha ! Tu auras un coup d'épée dans ton ventre ! cria encore Arkhiménos, en riant.

Cependant, en dépit de ma honte et de ma colère, ces paroles me rappelèrent tout à coup l'esclave à la main blessée.

— Ma vie privée ne te concerne pas, dis-je d'une voix rauque. Certains sont toujours prêts à fuir les dangers, n'est-ce pas ?

Malgré la douleur, j'articulais assez bien et poursuivis en faisant face à mon agresseur au visage rouge et ridé.

— Certains pieds claquent en se sauvant. Ceux qui attaquent les honnêtes citoyens feraient mieux de réfléchir. Rappelle-toi, vieux fou, que ceux qui attaquent la nuit peuvent être reconnus le jour. Il reste toujours des marques. L'esclave qui tenait la torche a pu être brûlé. Souviens-toi aussi que si tu comptes sur un esclave, sa discrétion ne vaut pas un pet de lapin. Honte à ceux qui s'en prennent la nuit aux personnes sans défense ! Il y a encore des lois à Athènes, songes-y. Rentre chez toi, espèce de couard, et surveille ta conduite, ou bien tu pourrais connaître la paille humide des cachots !

Arkhiménos ne semblait plus aussi heureux et Théosophoros s'interposa :

— Quelle grossièreté envers un respectable citoyen assez âgé pour être ton grand-père ! Je suppose que tu tiens ces nouvelles manières de tes amis mèdes et que nous devons nous y habituer.

202

— Ami des Mèdes! répéta Arkhiménos d'un ton maussade. Sale type!

— Oui, reprit Théosophoros, il nous faudra du temps pour nous habituer aux mœurs de ces Barbares. C'est scandaleux, vraiment. Viens, citoyen.

Il guida Arkhiménos, non pour assister ses pas, car l'homme était fort et robuste, mais pour l'empêcher de courir sur moi. L'échange n'avait pas été très satisfaisant, mais du moins j'avais changé certaines des données. Au théâtre, songeai-je distraitement, Arkhiménos et moi tiendrions lieu de protagonistes et le reste de la troupe — Eutikleidès, le soldat Sosibios, Polygnotos, Télémon et les autres — composerait le chœur, dirigé par Théosophoros. Ces insultes étaient dégradantes, mais j'avais au moins prévenu ce vieux fou que je connaissais l'incendiaire de la maison de Mélissa. J'espérai l'avoir effrayé. Était-ce lui que j'avais pourchassé dans les ruelles sombres du Pirée? Si la certitude me gagnait, je ne comprenais toujours pas ses mobiles.

Je rentrai chez moi si fatigué que je souhaitais seulement me coucher, et consacrai le reste de la journée à inhaler des herbes aromatiques, pour me soigner. Je me sentais mieux, le lendemain matin, quand ma mère m'apporta une tisane et entreprit de me divertir en me rapportant les nouvelles, sans intérêt, de la maisonnée. Elle ajouta toutefois :

— On vient de me rapporter une information qui devrait t'intéresser, Stéphanos. Je suis sûre que tous les malheurs qui arrivent dans *cette* maison sont bénéfiques pour nous. Maintenant que tu as fini de déjeuner, je vais te les raconter.

— Je t'écoute, soupirai-je.

— L'un des esclaves de Boutadès est mort. Il est tombé d'une falaise du Parnès, dit-on. Polygnotos l'avait envoyé faire une course. Il n'est pas rentré et, ce matin, son corps a été retrouvé par des bergers. Nos esclaves ont appris la nouvelle.

— Oui, coupa tante Eudoxia, venue partager les plaisirs de la conversation, on raconte que des voleurs l'ont attaqué et j'espère que c'est la vérité. Quiconque tire d'eux de la richesse est béni à mes yeux ! Il avait quelques pièces sur lui, et elles ont disparu, mais les bergers auront pu l'en soulager. Les tablettes qu'il portait étaient toujours là. Les bergers viennent de ramener son corps en ville et certains à Athènes ont vu le cadavre : aucune trace de lutte. Il est mort le crâne fracassé.

— Ah ! dit ma mère, il a dû glisser et tomber. Il avait sans doute trop bu. Ces esclaves n'ont aucune jugeote et celui-là n'était qu'un pauvre Sinopéen. Il n'avait probablement pas assez d'esprit pour rester sur le sentier.

— On l'a trouvé au pied de la falaise, dit ma tante. L'absence de sang leur a tout d'abord laissé croire qu'il vivait encore, mais quand ils l'ont touché, ils ont compris qu'il était mort depuis assez longtemps.

— Polygnotos est très chagriné, ajouta vivement ma mère, c'était son esclave favori. Il le suivait partout et il lui était très dévoué, prétendait-il. On raconte que Polygnotos ne voulait pas le croire tout d'abord. Mais ce n'est pas très important. Bah ! Il s'en offrira un autre. Je lui souhaite de plus grands malheurs, Athéna m'en est témoin. Je voudrais que toute sa famille tombe du haut de la falaise... et Eutikleidès avec.

— Mère! protestai-je, prends garde que les dieux ne t'entendent prononcer de vilains souhaits et ne te punissent.

— Ils le méritent tous, reprit-elle, entêtée. S'en prendre ainsi à notre famille! Je souhaite que la prospérité de Polygnotos le fasse tomber d'encore plus haut.

Comme je l'ai déjà noté, ma mère ressentait ce procès comme une insulte personnelle.

— Ah! déclara tante Eudoxia en posant solennellement les mains sur son cœur, c'est le jugement des dieux, voilà ce que c'est!

Je souhaitai que ce fût vrai. L'idée que cet esclave sinopéen ait pu être l'assassin de Boutadès germa en moi. Je me le rappelai, tel que je l'avais vu, le jour du meurtre, revenant en sueur de sa course. J'avais alors pensé: « Cet esclave est effrayé. » Si le jugement des dieux l'avait frappé, quel parti pourrais-je en tirer au procès? À quoi la loi servirait-elle si les dieux punissaient le meurtrier sans laisser à l'innocent le moyen de se disculper?

Si seulement cette idée m'était venue plus tôt... J'aurais pu citer cet esclave comme témoin, le faire mettre à l'épreuve de la torture et lui extorquer une confession. Maintenant, il m'avait échappé. Je me sentais aussi lésé que Polygnotos par cette mort. Qu'allais-je faire?

CHAPITRE QUATORZE

Une journée à la ferme

Presque rétabli, je décidai le lendemain de me rendre à la ferme pour la journée, où le paysan et sa femme attendaient ma visite, prévue déjà de longue date. Aussi je partis accompagné d'un de nos esclaves, qui portait dans deux sacs les excréments et les ordures collectées à la cuisine qui seraient répandus sur les champs et enrichiraient le sol. Son aide me serait précieuse au retour pour conduire la carriole, nécessaire au transport de l'huile et du fromage dont nous manquions. Cet esclave dégageait une odeur nauséabonde et je le tins à distance. Cela ne le découragea pas de bavarder, et il insista pour m'entretenir avec force détails de la mort du Sinopéen et de l'aspect du cadavre.

Nous arrivâmes à midi sous un ciel d'hiver sans nuages. Nous traversions maintenant les jours les plus courts de l'année. La ferme, de construction modeste, me parut accueillante. Après cette marche matinale dans le froid, je fus heureux de m'asseoir devant le feu de bois d'olivier et de boire du vin chaud en compagnie de Damétas et de sa femme, Tamia.

Je les connaissais tous deux depuis mon enfance.

Tamia, encore jeune à l'époque, m'avait donné le sein, lorsque ma mère était tombée malade. Elle avait aujourd'hui la bouche édentée et le visage cerné de rides. Damétas, quant à lui, devenait aveugle, et ses grosses mains, aux ongles cassées, étaient agitées d'un tremblement permanent. Le couple travaillait à la ferme depuis de nombreuses années, mais Damétas avait pris de l'âge et envisageait avec inquiétude que je songe à le remplacer. Il ne pourrait bientôt plus supporter sa charge et, comme de penser qu'une des colonnes d'Héraclès puisse chanceler, cette perspective m'était insupportable. En me conduisant, avec fierté, inspecter les réserves, le tissage et le différent travail des femmes, je remarquai que Tamia peinait à marcher. Je m'aperçus également qu'elle était sourde, bien que, pour me dissimuler son infirmité, elle s'efforçât de lire sur mes lèvres. Il devenait pour moi déprimant de parler avec elle, compte tenu de l'affection que je lui portais. Combien de temps serait-elle capable de diriger convenablement le travail ? Les esclaves pouvaient murmurer toutes sortes de remarques insolentes derrière son dos, elle ne les entendait pas.

J'avais espéré trouver ici quelque réconfort, j'aimais depuis toujours venir à la ferme ; mais j'étais un homme maintenant, avec tous les soucis d'une famille. J'inspectai les porcs et les champs. L'esclave qui m'avait accompagné fut chargé de répandre les excréments et de couper du bois. Damétas et moi discutâmes des questions de culture et Tamia me prépara des gâteaux et du miel pour soigner ma gorge.

Quand j'entrai avec Damétas dans la pièce où

l'huile était entreposée, j'éprouvai une certaine satisfaction à la vue des rangées de jarres. L'huile que je goûtai était excellente.

— Nous avons mis de côté les dernières olives pour te les montrer, dit Damétas. Celles qui mûrissent dans les arbres, sur le côté de la colline. Viens voir. Je sais que tu aimes voir presser les olives.

Regarder le pressoir avait été une des grandes distractions de mon enfance et je réalisais avec attendrissement que pour Damétas et sa femme, je resterai toujours un enfant. Je pris néanmoins un réel plaisir à ce spectacle. La mule tournait sans fin autour de la machine, un grincement précédait l'éclatement du fruit dans le pressoir. On plaçait ensuite dans un panier les olives dénoyautées et écrasées, avec leur jus. Je poursuivis ma visite par l'appentis où les fruits écrasés allaient être pressés et où on venait de placer sur le panier un lourd couvercle. Tamia souleva alors l'extrémité d'un bâton pour faire pression sur les olives. L'huile giclait à travers l'osier, et tombait dans les bassins en faïence, placés au-dessous. Flip-flop, flip-flop, avec lenteur au début, puis de plus en plus vite, une fine traînée de graisse couleur miel coulait en petites gouttes, plus compactes et collantes que des gouttes d'eau. Tamia souriait de m'offrir ce spectacle et je la regardais avec l'illusion que mes ennuis s'envolaient, comme cette huile suintait d'un trou du panier d'osier, puis de tous les autres.

Soudain une ombre tomba sur le pressoir. Je me retournai aussitôt pour apercevoir la haute stature d'Eutikleidès.

— Stéphanos, fils de Nikiarkhos ? demanda-t-il avec politesse.

— Oui, ô Eutikleidès, dis-je en me hâtant de sortir comme pour l'accueillir, alors qu'en réalité, je ne voulais pas qu'il polluât de sa présence cet endroit paisible.

Il ne semblait pas pressé de se retirer.

— Bonne récolte d'olives cette année, dit-il, mais il est un peu tard pour presser.

Bien que poli, son ton laissait entendre que j'étais un maître bien insouciant. L'après-midi touchait à sa fin et la brume commençait à poindre.

— Je visitais un tenancier près d'ici, expliqua-t-il, et dès que j'ai su que tu étais là, j'ai décidé de venir te voir car l'affaire est urgente. Il s'agit d'une dette que ton père me devait. Je crains d'être obligé de t'en demander le remboursement bientôt.

— Mon père ? dis-je avec étonnement. Mais il ne te devait pas d'argent.

— Il est exact que Nikiarkhos n'avait contracté aucune dette envers moi, mais il en avait une avec mon client et ami, Agésander. T'en souviens-tu ?

Je fouillai ma mémoire ; j'examinais les comptes laissés par mon père, en ce mois de Boédromion, quand l'affaire de Boutadès m'en éloigna. Je m'étais inquiété, alors, de me procurer l'argent pour épouser la fille de Kallimakhos. Comme cet espoir semblait lointain ! J'avais décidé auparavant de régler les dettes et, parmi elles, celle d'Agésander. Je devais, pour ce faire, vendre ma petite vigne. Agésander ne s'était pas montré pressant et l'anxiété dans laquelle m'avait plongé l'affaire de Philémon me l'avait fait oublier. Il est honteux d'oublier une dette, oui, mais un jeune homme qui doit renoncer à son propre mariage vient à croire que tout le monde doit aussi différer ses plaisirs. Je

rougis, et cet avantage donna satisfaction à Eutikleidès.

— Il est exact que je dois de l'argent à Agésander.

— Deux cents drachmes, précisa Eutikleidès,
avec complaisance.

— Ce n'est pas autant, protestai-je. Agésander
avait prêté seulement cent vingt drachmes à mon
père.

— Et les intérêts, Stéphanos ? Un prêt à court
terme est différent d'un prêt qui se prolonge durant
des mois. Tu dois maintenant beaucoup d'intérêts.

— Mais il s'agissait d'un arrangement entre
amis !

— C'était une question d'affaires, mon cher garçon, c'est évident.

— Pourquoi Agésander ne se présente-t-il pas
lui-même ? C'est avec lui que je devrais discuter.

— Mon cher Stéphanos, dit Eutikleidès en me
prenant familièrement le bras d'une main ferme,
c'était à Agésander que ton père devait de l'argent,
mais il se trouve qu'il compte parmi mes parents et
clients. Comprends-le ! Il a essuyé des pertes,
récemment, aussi lui ai-je racheté toutes ses
créances dans le but de l'aider ; ce qui fait de toi
mon débiteur.

— Ton débiteur ! m'indignai-je.

— Je crains que tu ne sois un peu étourdi ! Tu es
jeune, il est vrai, et on peut te pardonner. Cependant, regarde cette ferme, ajouta-t-il avec mépris,
elle tombe en ruine. Le fermier qui s'en occupe est
vieux et incompétent. Un garçon dans ta situation
devrait vivre sur ses terres et travailler de ses
propres mains pour nourrir sa famille.

210

— Mon père était d'une aussi noble extraction que toi, dis-je avec chaleur. Je suis de bonne famille.

— Beaucoup de nobles familles connaissent des revers de fortune. Examine la situation en face. Qui sait, ma propre famille dans les siècles à venir connaîtra peut-être des revers? Mais tu as la tête chaude et n'accepte aucun conseil, je le vois.

Il me fixa de ses yeux gris et froids comme de la pierre. La force de son bras sur le mien semblait extraordinaire pour un homme de son âge.

— Sois raisonnable ou tout deviendra plus difficile pour toi. Naturellement, je veux mon argent et tu dois me le rendre.

Furieux contre moi-même, je tentai néanmoins une défense :

— Songe quels moments difficiles je traverse. Mon père est mort depuis peu, ne peux-tu attendre?

— Crois-tu que je sois une femme pour me laisser émouvoir par tes plaintes... ou tes larmes? Ceux de ton espèce ont toujours des difficultés. Je déteste les pleurnichards. Aussi, n'imagine pas pouvoir m'attendrir.

— Tu ferais n'importe quoi pour de l'argent, dis-je avec amertume. Je pensais que les véritables Athéniens, comme mes ancêtres qui se sont battus à Marathon, méprisaient les usuriers.

— Tes injures ne m'atteignent pas. Je ne suis pas là pour faire du sentiment. J'ai remboursé à Agésander l'argent et les intérêts que tu lui devais. Maintenant je veux mon dû. Tu n'es pas sur les genoux de ta nourrice, ni en train de traiter avec un homme de paille. Va pleurer dans le giron de ta mère ou promène-toi dans les champs de raves comme un étourneau jouant au fermier si cela te plaît, mais rappelle-toi : tu dois payer.

J'avalai ma salive et essayai de ramener la conversation à un tour plus raisonnable :

— Entendu, je paierai ma dette. Viens voir.

Je le conduisis dans la réserve et lui montrai les jarres d'huile.

— J'ai tout cela à vendre. J'en tirerai un bon prix. Le solde viendra bientôt... quand j'aurai vendu certains autres biens.

Mon huile précieuse ! Tout vendre immédiatement pour rembourser mon créancier ! Ainsi s'envolerait l'huile de la maison et de la ferme, ainsi que l'argent pour payer les provisions nécessaires de tous les jours. Eutikleidès mesurait le prix qu'il m'en coûtait, car il sourit.

— Très bien, mais le premier versement devra avoir lieu bientôt.

— À la fin de la semaine.

— Et le solde devra suivre rapidement, continua-t-il.

Nous fûmes interrompus par des cris perçants. Je me précipitai, Eutikleidès à ma suite. Mon esclave était tombé à terre, près de la pile de bois, derrière la maison. Le sang coulait de sa main, qu'il regardait horrifié en poussant de grands cris. Il s'était sectionné le bout d'un doigt en coupant le bois. C'était un spectacle effrayant. Eutikleidès ne semblait pas de cet avis. Un sourire aux lèvres, comme si la vue du sang lui causait du plaisir, il s'approcha du blessé. Il resta un moment immobile, puis toisa l'esclave avec mépris.

— Cesse tout ce tapage, dit-il brutalement tout en secouant le pauvre diable.

Le malheureux cessa de crier et contempla avec effroi cet imposant et sévère étranger.

— Voilà comment il faut les traiter, dit Eutikleidès. Ils se laissent aller comme des femmes. Il suffit de les ramener à un peu de bon sens ; ce n'est qu'un maladroit. Quelle maison mal tenue est-ce là, où les esclaves sont assez stupides pour s'automutiler ! Tels maîtres, tels serviteurs.

Une petite foule composée d'esclaves et de serviteurs s'était rassemblée dans un bruit de ruche.

— Quel endroit bruyant ! On n'a jamais un moment de repos ici, dit Eutikleidès avec une ironie que je ne lui aurais jamais soupçonnée. Souviens-toi de cette dette, Stéphanos. J'espère ne pas avoir à te le rappeler.

Je le regardai s'éloigner sur la route. Il m'apparut curieux d'avoir pu récemment croire que des gens pouvaient l'aimer. Agésander l'aimait-il ? Eutikleidès n'était pas seulement le personnage pompeux et respectable qu'il jouait en public, une volonté sadique et sans limite l'animait ; c'était un meneur d'hommes. Je ne l'avais encore jamais haï avec autant de force.

Pour quelles raisons s'acharnait-il contre moi ? Le poids du malheur accablait notre famille, comme le pressoir écrase les olives pour les vider de leur pulpe. Toutefois, la pierre n'est pas cruelle, elle fait ce qu'elle doit.

Adossé contre la barrière, je tentais de rassembler mes esprits. Eutikleidès aurait-il pu assassiner Boutadès par intérêt ou pour toute autre raison obscure ? Il était arrivé en même temps que moi chez Boutadès, le jour du meurtre. Aussi avait-il eu le temps de perpétrer son crime, avant de revenir. Je n'avais

constaté pourtant chez lui aucun signe d'essouffle-
ment, ce jour-là. Il est vrai que la force avec
laquelle il avait empoigné mon bras m'avait
convaincu de sa robustesse. Son comportement lors
des trois prodikasia méritait aussi d'être examiné. Il
m'avait opposé une évidente hostilité : qui posait les
questions, produisait les témoins ? Eutikleidès ! Je
me rendais compte qu'il avait pesé lourd, durant les
débats.

Si tel était le cas, je ne constituais qu'un bien
faible obstacle sur son chemin. S'il était l'assassin,
je ne parviendrai jamais à en établir la preuve. Et le
courage me manquait pour relever, même en pensée, pareil défi. Je ne parvenais toutefois pas à résister à la tentation de le soupçonner, comme une mauvaise dent ne vous empêche pas de mordre.

Trois nouvelles crises d'éternuements me conseil-
lèrent de rentrer à l'abri du froid, dans la maison.
On avait pansé le doigt de l'esclave. Tamia lui ser-
vait maintenant du vin chaud. Son inquiétude
s'estompa quand il constata que j'étais seul.
Qu'allais-je faire de lui ? Il n'était certainement pas
en état de me conduire en carriole, avec le chargement d'huile et de fromage. Je devrais m'en occuper
plus tard.

Lorsque je fus réchauffé, j'avertis Damétas de
mon intention d'emporter les produits. Il hocha pla-
cidement la tête, sans mesurer les conséquences de
mes propos : j'allais bel et bien vendre la presque
totalité de la récolte, réduisant la famille, le fermier
et les esclaves à la plus grande rigueur, sinon au
dénuement. Deux cents drachmes ne représentaient
pas une somme importante, mais je devais les trouver immédiatement... Maudit soit l'inventeur de

214

l'usure ! Je pris soudain conscience que j'avais été stupide de ne pas contester l'importance de la dette ; trop tard, je m'étais pour ainsi dire engagé en acceptant la somme qu'il avait fixée, je ne pouvais plus me rétracter. Mon créditeur resterait intraitable et je n'avais rien à gagner à soulever un nouveau litige.

Ruminant ces sombres pensées, je sortis me promener dans le domaine, à l'heure où les ombres s'allongent. Un peu en retrait du champ d'oliviers s'élevaient deux arbres dédiés à la déesse Athéna. À l'ombre de ces arbres sacrés, seul le crissement des feuilles mortes importunait le silence. Soudain, je perçus des bruits furtifs de pas derrière les arbres. J'avais la dérangeante sensation d'être observé. Pour m'en assurer, je m'approchais doucement de la source de ce bruit, entre les troncs distordus. Mes pas étaient légers, mais mon nez me trahit. J'éternuai par deux fois violemment, et reniflai en abordant le fourré. Un chuchotement me surprit.

— Ô Stéphanos !

Au souvenir des récents événements et de leur violence, cette apostrophe me glaça. Je tournai vivement la tête. Quelle folie de m'être aventuré seul dans la nuit ! J'aurais dû suivre les conseils d'Aristote : même sur mes propres terres, je n'étais plus en sécurité. Pour preuve, Eutikleidès n'avait eu aucune difficulté à me trouver.

— Ô Stéphanos, reprit une voix jeune et moqueuse.

Je scrutai l'obscurité, et peu à peu se dessinaient dans la brume la silhouette, puis le visage d'un homme. Ses traits se firent plus nets à mesure qu'il approchait, et je crus défaillir en identifiant le fantôme de mon cousin Philémon. Je n'eus aucun mal à le reconnaître en dépit des objections que j'avais opposées à Sosibios, quant à la fiabilité d'une identification dans la pénombre. C'était mon cousin Philémon et personne d'autre !

— Bonsoir, Stéphanos, comment vas-tu malgré ce rhume ?

Je courus vers mon cher cousin que je n'avais pas vu depuis si longtemps, et nous nous embrassâmes.

— Que fais-tu ici ? chuchotai-je avec désespoir. Par Zeus, roi des dieux et des hommes, et par Athéna, déesse de cette ville, tu ne devrais pas te trouver là ! Ne sais-tu pas que ta vie est en danger ?

Il recula d'un pas et m'offrit un sourire rassurant :

— C'est une longue histoire. Je suis heureux de t'avoir rencontré, Stéphanos, je ne savais pas qui s'approchait. Je vais bien. J'ai été soldat, tu sais, je peux me débrouiller.

— Pourquoi es-tu revenu ? Tu as été banni, et te voilà, maintenant, accusé de meurtre.

— Oui, je le sais, mais... peut-être ne vas-tu pas me croire et je crains que tu ne me désapprouves, le fait est que j'ai une femme et un enfant.

— Oui, dis-je avec impatience, je suis au courant.

— Quoi ? fit-il, interloqué. Je pensais que la nouvelle te foudroierait. Bon, naturellement, je suis venu voir si ma femme et mon fils se portaient bien. Il faut que je les fasse sortir d'Athènes. Cela pourrait devenir plutôt déplaisant pour eux, d'après ce que j'ai entendu.

— Bien sûr, dis-je avec fermeté. Mais Mélissa et son fils vont bien. Je les ai fait partir d'Athènes.

— Eh bien, tu m'étonneras toujours ! J'aurais pu

me dispenser de venir. Que tu es intelligent, Stéphanos ! dit-il avec admiration. Comment as-tu eu vent de leur existence ? Comment as-tu rencontré Mélissa ? Je parie que vous avez tout arrangé ensemble, elle aussi est fort intelligente, pour une femme. Où se trouvent-ils maintenant ?

— En route pour la Macédoine, si les dieux les assistent.

— Mais comment...

— Chut ! Je n'ai pas le temps de faire de longs discours. Il faut d'abord songer à ta propre sécurité. Tu es un homme banni, accusé de meurtre et de traîtrise, et seuls les dieux savent quoi encore. Quelqu'un semble en vouloir à tes biens, sinon à ta vie, et tu viens ici en promenade ! Je présume que tu as ensuite l'intention d'entrer chez le premier barbier venu sur la place du marché, pour écouter les dernières rumeurs ! Tu es fou ! Il faut disparaître !

— Ne parle pas aussi vite, Stéphanos, j'ai du mal à te suivre. Oui, je sais que je suis en terrain dangereux, mais je vais remettre le char sur ses roues.

C'était bien là mon cousin, coutumier de l'argot de l'armée.

— Il n'y a pas de temps à perdre. Il faut partir au plus vite. C'est de la pure folie que d'être venu. Pourquoi ne m'as-tu pas plutôt fait parvenir un message ?

— Oh ! j'y ai bien pensé, mais je ne savais pas comment t'atteindre sans risquer que le message tombe entre des mains indiscrètes. De plus, je voulais voir Mélissa, mon fils et aussi ma mère. Quand j'ai appris que la sécurité de Mélissa et du petit Lykias était menacée, il était de mon devoir de venir immédiatement. Vois-tu, je suis déjà venu et je m'en suis toujours bien tiré.

J'avais oublié combien mon cousin, bien que courageux, pouvait être stupide.

— Abandonne l'idée de rendre visite à tante Eudoxia. Je ne veux pas te voir trotter dans les rues d'Athènes, et te faire arrêter sous mes propres yeux et exécuter sans délai. C'est ce que tu risques, triple idiot, tu n'as pas l'air de t'en rendre compte !

Je lui jetai à la tête la liste des nombreuses accusations qui pesaient sur lui, dans l'espoir de le ramener à la réalité, mais il était très difficile d'effrayer Philémon. Il était plus intrigué que consterné, comme si son jeu de cache-cache avait mal tourné.

— Pense un instant à moi, continuai-je sur le même ton. Je risque ma propre vie si l'on apprenait — si même on soupçonnait — que je t'ai offert un abri. Ne te fais pas plus ridicule que tu n'es en te pavanant ainsi. Si tu veux mourir, je tiens pour ma part à la vie. J'ai dû prendre la parole en ta faveur aux prodikasia et je devrais te défendre au procès. Nous devons tous deux rester en vie, si tante Eudoxia veut garder sa petite propriété, et ta femme et ton fils leur subsistance et leur nom.

— Oh ! Stéphanos, je me réjouissais de te revoir et voilà que tu es fâché ! Je t'en prie, calme-toi. J'ai agi dans les meilleures intentions et je ferai tout ce que tu voudras.

— Bon. Laisse-moi réfléchir. Qu'as-tu fait, aujourd'hui ?

— Je suis resté caché dans la forêt. J'attendais la nuit pour rejoindre la ferme, où j'espérais trouver un gîte. La nuit dernière je suis allé au Pirée pour voir Mélissa. Elle avait disparu et sa maison avait brûlé. Je t'avoue que ce fut un choc. J'ai quitté l'enceinte de la ville, avant le lever du jour, pour me réfugier ici. J'avais l'intention de me reposer un peu et d'essayer ensuite de te contacter.

— Quelqu'un t'a-t-il reconnu ?

— Je ne le pense pas.

— Espérons-le. Que comptes-tu faire maintenant ?

— Ne peux-tu me trouver un lit, pour dormir ici ? Nous verrons demain...

— Par Hadès ! Tu dois t'enfuir tout de suite, cette nuit même !

— Mais...

— Oh ! Tais-toi et laisse-moi réfléchir.

Secoué par des éternuements, le visage entre mes mains, je tentais de trouver une solution, tandis que patiemment Philémon attendait, comme il attendait, lorsque nous étions enfants, que je propose un nouveau jeu.

— As-tu de l'argent ? demandai-je.

— Un peu. Pas beaucoup. Environ dix drachmes.

— Ce n'est pas assez. Je suppose que tu peux parcourir une longue distance à cheval ?

— Bien sûr. J'ai appris à monter dans mon enfance, puis j'ai été affecté dans la cavalerie pendant quelque temps à l'armée.

— Bon. Pour le moment, tu vas te cacher dans la grange, puis je te ferai monter dans la carriole et nous partirons, mais tu ne devras pas bouger. Que je ne t'entende même pas respirer, entendu ?

— Oui. Du reste, tu fais assez de bruit pour deux, Stépho, avec ta respiration de vieux cheval asthmatique.

C'était assez vrai : mon rhume ne se calmait pas, et je commençais à tousser. Lui enjoignant de se taire, j'invitai mon cousin à me suivre jusqu'à la grange qui abritait les vaches et quelques chèvres, puis je retournai voir Damétas. Je lui expliquai que j'étais obligé d'emporter le plus de jarres d'huile possible afin de les vendre. L'homme qui était venu dans l'après-midi me pressait de payer une dette que lui devait mon père.

— Oh! ce gros homme! dit Tamia. Je lui ai trouvé un air très désagréable.

J'ignorai sa sympathie.

— J'ai bien réfléchi. Je vais prendre la grande carriole et deux mules. Tu demanderas aux esclaves de caler les jarres avec de la paille fraîche, et de placer un linge sur les fromages. Amène la carriole près de la grange.

Damétas protesta qu'il était tard et que je devrais dormir.

— Non. Il faut que je parte cette nuit. J'espère en tirer un bon prix d'un homme qui habite près de Mégare. Je vais envoyer un message à la maison.

J'ordonnai à l'esclave blessé de courir prévenir ma mère que je serais absent cinq ou six jours, pour une affaire à Mégare.

— Si quelqu'un vient la voir au sujet d'une dette, elle devra répondre que je ne tarderai pas à rentrer.

Je donnai au pauvre diable quelques oboles, pour panser ses blessures; j'étais soulagé qu'il pût au moins servir de messager.

Ensuite je sélectionnai les jarres d'huile, la presque totalité, ainsi que des ballots de chiffons et les fromages. Les esclaves s'affairaient et entassaient le tout dans la carriole. Je continuai à éternuer de temps en temps. Si j'avais dû me cacher à la place de Philémon dans la paille, j'aurais sans faute été découvert, même par Tamia. Je rangeai ensuite le chargement à ma guise, m'assurant qu'il restait assez de place pour cacher un homme.

Quand ce fut terminé, j'avalai un repas rapide et acceptai le vieux manteau de laine que Damétas portait à la ferme et qu'il offrait de me prêter. Il était lourd et sentait le suif, mais il était chaud.

Enfin arriva le moment difficile du départ. Damétas et Tamia m'accompagnèrent jusqu'à la carriole, comme à leur habitude. Je renvoyai donc Tamia à la maison me chercher un pot de miel, et demandai à Damétas d'ouvrir la barrière. Quand ils eurent le dos tourné, je sifflai doucement. Philémon surgit de l'ombre et se glissa dans la carriole. Je l'avais déjà recouvert de paille quand Tamia revint avec le miel. Je lançai un peu trop vivement le pot derrière le genou de Philémon, qui étouffa un cri auquel Tamia, par bonheur, resta sourde, puis elle me remit les provisions pour le voyage. Juste au moment où Damétas revenait, je m'aperçus que le pied de Philémon dépassait et le dissimulai rapidement sous un chiffon. Nous partions, enfin ! Damétas brandissait toujours sa torche pour m'éclairer. À la lueur dansante de la torche, je distinguai l'orteil de Philémon. Heureusement, mon fermier ne remarqua rien. Il me souhaita bon voyage. J'encourageai de la voix les mules à partir. Enfin sur la route, la lumière, bien que faible, continuait à chatouiller l'orteil de Philémon.

CHAPITRE QUINZE

Voyage à Eubée

Nous progressions lentement. Délibérément, j'avais fait dire à mes proches que je me dirigeais vers Mégare, à l'est de l'Hymette; mon itinéraire bien sûr était tout autre. Mon cœur se serrait en pensant à Eutikleidès; il pourrait se renseigner sur moi, et j'ignorais encore combien je pourrais lui verser en rentrant de voyage.

J'étais fort déprimé; notre équipage courait de graves dangers. En comparaison, la déroute financière constituait une issue des plus optimistes, et tout cela à cause de l'inconscience de Philémon!

Quand nous eûmes parcouru environ huit stades, je m'arrêtai pour permettre à Philémon de respirer et de se dégourdir les jambes.

— C'est très inconfortable, déclara-t-il.

— Tu serais mal venu de te plaindre. Je vais profiter de cet arrêt pour mieux te cacher.

Il n'éleva pas d'objection, et se contenta de demander :

— Où allons-nous?

— Je te le dirai, quand j'y aurai réfléchi; l'essentiel est de s'éloigner au plus vite d'Athènes.

— S'éloigner au plus vite? À cette allure? Hum!

Il remonta dans la carriole :

— Stépho, suppose que j'aie envie de pisser pendant que nous sommes sur la route ?

— Ne t'avise pas de pisser sur les fromages, répondis-je sèchement.

Puis j'ajoutai, plus conciliant :

— Si tu as besoin de t'arrêter, remue le pot de miel trois fois, mais il faut t'y prendre à l'avance. Tu es un homme et un soldat, tu devrais être capable de te retenir.

Il ricana et se laissa couvrir de paille et de chiffon. Clopin-clopant, je marchai dans la nuit, en toussotant. La nuit était claire mais froide, en ce mois de Poséidon. Cependant le grand air éclaircissait mes idées, j'étais maintenant capable de concentration.

J'avais d'abord envisagé de conduire Philémon jusqu'en Béotie, où il retrouverait Mélissa, mais je ne pouvais demeurer trop longtemps loin d'Athènes. Mélissa et son escorte avaient pris une longue avance, et notre équipage était lent. Envoyer Philémon seul sur une route s'avérait une solution plus sûre ; il pourrait aisément passer inaperçu. Tout en cheminant, j'examinai tous les détails de ce plan, convaincu, malgré quelques risques, qu'il était le seul viable.

Nous nous arrêtâmes dans une aube brumeuse. Caché derrière un bouquet d'arbres, Philémon partagea mon pain et mon vin. Quelques paysans passèrent sans s'inquiéter de ma présence. Le vieux manteau de Damétas, mes yeux rougis et mon nez enflé me donnaient facilement l'air d'un paysan, plus âgé probablement que je ne l'étais. Cela me donna une idée.

Je rangeais mon pain, murmurant à l'adresse du bouquet d'arbres :

— Nous allons à Eubée. Mélissa est en route pour la Macédoine, escortée par des hommes d'Antipater. Ils devraient atteindre Pella au début du printemps. À Chalcis, je t'achèterai un cheval et tu devras poursuivre la route seul, à travers la Thessalie jusqu'en Macédoine. Tu prendras le nom de Leandre et tu te présenteras comme un soldat blessé, de retour de la guerre, à la recherche de son épouse qui le croit mort.

— Mais comment Mél...

— Chut ! Je t'expliquerai plus tard, si nous en avons le temps.

Je regardai prudemment dans toutes les directions avant de le faire remonter dans la carriole. Alors que je l'installais, je découvris sur le côté gauche de son visage une cicatrice, certes ancienne, mais de la largeur d'un pouce. Ce n'était pas le moment de s'attarder en distractions.

Nous poursuivîmes péniblement notre route à travers les collines, mais je n'osais pas laisser Philémon descendre pour alléger la charge. À mi-chemin de Dékéléia, j'aperçus les cendres d'un feu devant la porte d'une cabane de bûcheron. J'en répandis une partie sur mes cheveux pour me vieillir. Puis je frottai les mains et le visage de Philémon avec un mélange d'huile et de cendre, pour lui donner le teint olivâtre des paysans. Maintenant nous pouvions nous asseoir tous les deux sur le bas-côté de la route, sans nous faire remarquer. Ce maquillage avait aussi l'avantage de dissimuler sa cicatrice, dont je ne parlai pas.

J'aurais souhaité posséder un autre manteau

comme celui de Damétas et mon vœu se trouva exaucé. La chance continuait sans doute de me sourire, parce que je n'oubliais jamais de verser des libations aux dieux, sur chacun des bosquets et des ruisseaux que nous traversions. Quoi qu'il en fût, juste avant d'arriver à Dékéléia, un vieux paysan accepta de me céder son manteau de laine usagé pour trois oboles et un petit fromage. Je posai négligemment le manteau de Damétas dans la carriole et enfilai le « nouveau ». Il ne sentait pas très bon, mais je vantais son efficacité. Nous nous séparâmes fort satisfaits de notre transaction.

Je l'aurais été tout à fait si cette maudite défroque n'avait pas été infestée de puces ! Philémon se montra enchanté quand je lui donnai le manteau de Damétas — dont l'odeur ne le gêna pas —, et lui permis de marcher avec moi sur la route. Il s'amusait à ce déguisement.

Nous poursuivîmes notre route jusqu'à la tombée de la nuit, puis nous dormîmes à la belle étoile, drapés dans nos manteaux de paysans.

Je m'éveillai de bonne heure et contemplai Orion qui glissait dans le ciel. J'étais soudain ramené au temps où Philémon et moi, encore petits garçons, nous passions des nuits dehors, bavardant jusque fort tard au sujet des actes courageux que nous avions commis, ou avions l'intention d'entreprendre. Nos vies avaient pris des cours divergents, et pourtant Philémon était encore à mes côtés.

— Es-tu réveillé, Stépho ?

— Philémon, osai-je tout à coup, d'où vient cette cicatrice ?

— Quoi ? Oh ! Un coup d'épée. Rien de sérieux. J'ai été soldat, après tout.

— Durant quelle bataille est-ce arrivé ?

— À la bataille d'Issos, près de la rivière Payas ; tu as dû en entendre parler.

— La bataille d'Issos ? Oh ! Philémon, comment as-tu pu...

— Que veux-tu dire ? Ce fut assez facile. Les Grecs s'étaient engagés en nombre. Je le fis dès mon arrivée en Asie Mineure, pour combattre avec les meilleures troupes. Ce fut une grande bataille, Stépho, je suis fier d'y avoir participé.

— C'est plus glorifiant que les bagarres des tavernes, je suppose.

— La jalousie commande ta langue... J'aurais voulu que tu voies les Perses détaler, avec Darius à leur tête. Quel piètre roi !

— Oh ! Mais alors, tu n'as pas combattu dans les rangs des Perses ?

— Que diable veux-tu dire ? Bien sûr que non ! Comment as-tu pu croire une histoire pareille ?

— Je ne savais plus que penser.

Je lui racontai les détails de l'accusation à la dernière prodikasia et conclus :

— Alors quand j'ai vu ta cicatrice, j'ai commencé à redouter...

— Quelle sottise ! Presque tout le monde est blessé au cours d'une bataille. Sosibios, dis-tu ? Je ne me souviens pas de lui, mais je n'étais pas dans les premières lignes. J'ai pourtant participé à la déroute des Perses. Après la bataille, Alexandre a renvoyé beaucoup de troupes grecques ; il y avait trop de Macédoniens. Dommage, on commençait juste à s'amuser. J'aurais aimé me joindre à une armée uniquement grecque, mais je suppose que le commandant savait ce qu'il faisait. À cause de ma blessure, je fis partie des premiers démobilisés. En revanche, je suis bien passé par Sidon, plus tard, c'est vrai.

Il avait bavardé avec beaucoup de soldats et de marins à Sidon, et ne pouvait pas se rappeler chacun de leur nom. Il me donna celui de son capitaine macédonien et je le gravai dans ma mémoire.

Maintenant que nous avions commencé à parler, je souhaitais poursuivre plus loin. Je réclamai la vérité. Quoi que je découvre, toutefois, rien ne pourrait ternir mon affection pour Philémon : fût-il sept fois meurtrier, j'aurais donné jusqu'à mon sang pour le sauver. Mais j'avais besoin de savoir.

— Philémon, savais-tu que Boutadès connaissait Mélissa ?

— Oui. À propos, comment as-tu toi-même rencontré Mélissa ?

Je lui rapportai brièvement mes entretiens avec Nousia et Mélissa.

— Cela ne m'étonne pas de cette vieille Nousia, dit-il en riant. Elle tire toujours profit de toutes les situations, et souvent cela tourne bien. Oui, je savais que Boutadès connaissait Mélissa ; il l'avait rencontrée quand elle était enfant. Figure-toi qu'il voulait adopter Lykias !

— Qu'en pensais-tu ?

— Oh ! J'en ai ri tout d'abord. Je pouvais comprendre qu'un homme perde la tête pour les beaux yeux de Mélissa, mais il semblait également fou de l'enfant, et il voulait m'adopter, moi aussi. Peux-tu m'imaginer dans de beaux atours, paradant pompeusement dans la maison de Boutadès ? Qu'est-ce que ma pauvre mère aurait pensé d'une telle bouffonnerie ? C'était certainement très généreux de sa part, mais ce vieux type ne me plaisait guère, aussi ai-je décliné son offre avec la plus grande politesse.

— Cela signifie-t-il que tu as rencontré Boutadès?

— Bien sûr. Nous nous sommes vus une fois à Égine, au début de l'été, en secret des femmes. Je craignais que ce fût un piège, aussi je ne suis pas descendu dans l'île. Je suis resté sur le bateau. Mais je me trompais. Il m'a parlé en termes flatteurs, vantant sa fortune et ses biens.

— T'a-t-il vraiment parlé de ces choses?

— Oui, en détail. Il portait même une liste sur lui. Il pouvait être fier, car j'étais moi-même stupéfait par l'étendue de sa fortune. Il m'a également parlé de dettes qu'on lui devait.

Philémon eut un rire un peu gêné.

— Il m'a raconté une histoire curieuse. Il semble qu'un de ses amis se soit trouvé dans l'embarras, il y a deux ou trois ans. Il avait violenté une malheureuse esclave sur la route de Mégare. Il l'avait battue et presque tuée de sorte qu'elle était restée infirme. Or cette fille était tenue en haute estime par la famille à laquelle elle appartenait, aussi lui a-t-on réclamé une compensation. Cet ami avait investi toute sa fortune dans des bateaux, alors Boutadès lui prêta de l'argent pour lui épargner le tribunal. Une partie de ce prêt lui restait due, Boutadès en parlait comme d'un bon investissement. Qu'en penses-tu?

— Je n'aime pas cette histoire.

— Moi non plus. Boutadès avait de drôles d'amis! Pourtant il était riche et puissant. Il m'a également proposé d'intervenir pour me faire bénéficier d'une amnistie. Je peux te l'avouer, c'était tentant.

— Pourquoi diable aurait-il fait tout cela ?

— Je n'en ai pas la moindre idée. J'ignore pourquoi il s'est toqué de moi... sauf qu'il radotait dès qu'il parlait d'un enfant. Polygnotos n'est pas encore marié, je crois ? C'est stupide de sa part. Personnellement, j'ai fait mon devoir comme tout bon citoyen. Tu devrais y penser, Stépho... D'une certaine façon, tu me dois le respect, je suis un homme marié et père de famille !

— Philémon, je vais te poser une question et tu vas y répondre, en jurant solennellement devant les dieux de dire la vérité. En retour, je te promets de dépenser mon temps et mon argent pour t'aider à laver ton nom de toute souillure, quelle que soit ta réponse.

— Te voilà bien sérieux, Stépho ! Tu deviens bon défenseur. Tu as une voix de rhétoricien, très solennelle et emphatique, et tu sais parler.

— Jure, insistai-je.

Nous prononçâmes tous les deux un serment solennel, au lever de l'aube.

— Voici ma question : Philémon, as-tu tué Boutadès ?

— *Non !* s'exclama-t-il avec force.

Sous la lueur du jour naissant, je remarquai sa pâleur et son indignation. Il bondit :

— Par Zeus, père de tous les dieux ! Ainsi mon propre cousin pense que j'ai fait la guerre avec les Mèdes, et que j'ai tué un vieil homme, à mon retour ! Parce qu'il voulait m'adopter et que je suis allergique à la fortune, je suppose ! Joli cousin que voilà, en vérité, qui nourrit de si horribles pensées à mon égard. Par Dionysos, j'aimerais te corriger pour ça !

Il se tenait au-dessus de moi, fou de colère. Je me levai à mon tour. Dès que je fus debout, il m'assena un coup de poing dans les côtes et je m'écroulai par terre.

— Lève-toi, dit-il en agitant ses poings et en dansant comme un lutteur.

Je le saisis par les genoux :

— Paix, je t'en prie, Philémon ! Maîtrise-toi ! Je suis vraiment désolé, mais je ne te serais pas d'un grand secours si tu me mets déjà hors de combat.

Il me regarda fixement pendant un moment, puis éclata de rire en m'aidant à me relever. Nous rîmes alors tous deux de bon cœur ; je n'avais pas été si joyeux depuis des mois. J'étais soulagé de ma plus grande crainte : mon cousin était innocent !

— Maintenant, entre nous et sans besoin de serment, dis-je quand nous eûmes repris notre respiration, où étais-tu la nuit du meurtre ? Étais-tu à Athènes ? Quelqu'un t'a-t-il vu ?

— Entre amis et toujours sous serment, je te dirai que l'on a pu me voir à Athènes deux jours plus tôt, lorsque je suis allé voir ma mère, ou encore au Pirée, la veille du meurtre. C'est curieux, j'avais l'intention de retourner rendre visite à ma mère, mais j'ai finalement opté pour la prudence, et dès la tombée de la nuit je partis pour Égine.

— Toi, prudent !

— Oui, c'est la rançon de la paternité. J'ai la chance d'avoir quelques amis parmi les marins. Pas exactement des amis et de drôles de marins : ce sont d'assez mauvais sujets peu soucieux des lois. Je soupçonne certains d'être spartiates, et des Spartiates hors la loi, par-dessus le marché. Si tu as besoin d'un service, il ne faut pas leur poser de questions, et ils feront de même.

— Mais ne pourraient-ils te fournir un alibi? Comment se nomment-ils?

— Ils refuseront de témoigner devant un tribunal. Deux d'entre eux sont connus sous les noms de Pheidias et de Pheidippidès, mais je ne jurerais pas que ce soit leurs véritables noms. Si tu veux prendre contact avec eux, adresse-toi à Simonidès, le potier sur la place du marché. Dis seulement : « Les pots rouges ne doivent pas être cuits au mauvais moment de la lune », et dessine l'image d'un arbre sur une brique ou une tablette. Il la prendra, comme s'il s'agissait d'une commande, et te demandera où elle doit être livrée. Quelqu'un se présentera alors, quelques jours plus tard. Du moins, je le suppose. Personnellement, je n'ai jamais fait appel à Simonidès; le marché du Pirée est trop dangereux pour moi.

J'aurais aimé poursuivre ce bavardage avec mon cousin, enfin retrouvé, mais le jour se levait et il était temps de partir. La défense de tante Eudoxia était appropriée, bien qu'elle fût loin de s'en douter! Philémon n'était pas là. Philémon n'était pas coupable. Au fond de mon cœur, j'avais conjuré pour toujours l'image d'un Philémon coupable d'un crime odieux.

Le récit de nos aventures en chemin serait bien long : ce fut un voyage pénible et inconfortable, spécialement pour Philémon. À mesure que nous nous éloignions d'Athènes, je lui permettais de se montrer plus souvent. Cependant les actes les plus innocents, comme de s'arrêter pour acheter des provisions, restaient périlleux. Nous passâmes deux nuits encore dans les mêmes conditions. Un soir, la pluie nous surprit, et je retombai malade. Ces nuits étaient prétextes à la confidence. Philémon me conta sa vie vagabonde. Je lui donnai des nouvelles d'Athènes, l'informant du soutien d'Aristote, et de ce qu'il avait fait pour Mélissa. Il ne connaissait pas Aristote, et ne fut apparemment pas impressionné de la description que je lui en fis.

— Un drôle de vieux bonhomme, dit-il, mais je le rembourserai, tu peux être tranquille. C'est un grand bavard, n'est-ce pas ? Ces philosophes sont toujours prêts à pérorer.

— Pas Aristote, c'est un péripa...

— Toujours à marcher et à pérorer, alors ! Jouant les importants avec leurs syllogismes et tous leurs grands mots. Pourquoi ne peuvent-ils appeler un miroir en bronze, un miroir en bronze ? Une crotte, une crotte, et ainsi de suite ? Il faut se méfier des philosophes, capables de te démontrer que le blanc est noir, si tu les laisses faire.

Nous traversâmes l'Attique et touchâmes aux frontières de la Béotie, près du détroit d'Épire. Philémon voyageait de façon assez peu glorieuse. Lorsque nous approchions trop près des habitations, ou si on pouvait m'entendre lui parler, je chantais à l'occasion afin de l'amuser et de l'informer :

> *Nous sommes en Béotie — hum-hum*
> *Ces Béotiens*
> *Vivent près de l'Océan*
> *Et certains dans les collines — hum-hum,*
> *ho !*

Je chantais gaiement à l'adresse des jarres d'huile.

Quand nous traversâmes Orynthe, je chantai plus bas pour le prévenir de rester caché. Il agita le pot de miel : le signal convenu ! Je continuai à fredonner de ma voix enrouée :

Je voudrais me soulager,
Mais je ne peux m'arrêter
Non... hum! hum! hum!
Il est très mal vu
De pisser dans un marché
Oui, très mal vu
Et assez dangereux.
Il ne faut offenser personne.
Moins on en dit, plus vite c'est réparé...
Mais on ne peut rester là longtemps.

Le signal de Philémon me contrariait, car j'avais prévu de m'arrêter à Orynthe pour acheter du pain et du vin. Quand j'arrêtai enfin la carriole, il riait silencieusement et m'avoua qu'il voulait mettre ma parole à l'épreuve.

Nous entrâmes ainsi à Délion et longeâmes la côte en nous approchant du détroit où l'Océan se conduit de si étrange façon, bondissant plusieurs fois par jour à des heures irrégulières. Enfin le grand pont d'Eubée se présenta devant nous. J'en avais entendu parler bien souvent, sa construction était considérée comme une performance, quelque quatre-vingts ans plus tôt. Ce pont avait donné aux Béotiens, et non aux Athéniens, la maîtrise d'Eubée. Cependant l'île demeurait un endroit dangereux pour un criminel athénien. Nous faisions commerce avec Eubée, et l'île se trouvait maintenant sous les termes d'une paix macédonienne. Si l'on apprenait qu'un Athénien accusé d'homicide avait trouvé aide et assistance à Eubée, Athènes pouvait se saisir de tous les hommes d'Eubée se trouvant dans ses murs et les menacer de punition. Une cité voisine ne devait pas permettre à un de nos criminels de conserver sa liberté. Les risques étaient cependant moindres qu'en Attique, personne ne songerait à la possible présence de Philémon ici. Nous maintenions notre prudence en alerte.

Nous franchîmes le pont, au lever du jour. J'éprouvai un sentiment bizarre en regardant les eaux de la mer de chaque côté ; je n'avais jamais rien vu de semblable.

La principale ville d'Eubée, Chalcis (où l'on travaillait les métaux), était impressionnante dans le petit matin. En face de Chalcis, sur le côté béotien du détroit, se dressait une autre cité toute blanche, à flanc de coteau. Il s'agissait sans doute de la fameuse Aulis où Iphigénie fut sacrifiée. J'imaginai le détroit envahi par les bateaux d'Agamemnon, attendant les vents pour sortir. Les vers d'Euripide me revinrent en mémoire, la réplique passionnée d'Iphigénie : « Sûrement la plus douce joie d'un homme est de retenir le soleil », et la sombre prière d'Achille : « Souviens-toi, la mort est une chose effroyable. »

Nous traversâmes Chalcis sans encombre. La ville paraissait prospère, avec ses maisons neuves en stuc. En passant devant l'étal d'un boucher, je ramassai un morceau de foie jeté sur le sol. Mon estomac se souleva. Je n'avais rien mangé ce jour-là, mais je gardai le morceau gluant dans ma main.

À une heure de marche de Chalcis, en pleine campagne, je trouvai une clairière entourée d'arbres pour m'arrêter et délivrer Philémon de sa prison de paille.

— Enfin de l'air ! s'écria-t-il. Par Dionysos, je suis tout ankylosé. Où sommes-nous ?

Je l'informai, lui épargnant les vers d'Euripide ;

mon cousin ne s'était jamais intéressé à la littérature. En revanche, le pont éveillait sa curiosité.

— J'aurais aimé le voir, ainsi que Chalcis.

— Eh bien, tu ne le peux pas. Il faut même que tu me promettes de rester caché ici, à l'ombre de ces arbres, jusqu'à mon retour.

— À l'ombre, Stépho ? Nous ne sommes pas en été, au cas où tu ne l'aurais pas remarqué. Il fait assez froid pour geler sur place. Pourquoi devrais-je rester à l'ombre ?

— Il ne faut pas que l'on te voie. Tiens, enveloppe-toi dans ce manteau, et prends cette gourde de vin. Reste seulement assis là, sans trop te montrer. Je veux que tu aies l'air d'un laboureur s'offrant une petite sieste avinée.

— Oh ! une rasade de vin ne se refuse pas.

— Quant à moi, je vais apporter quelques transformations à mon apparence.

Je dessinai un trait sur mon avant-bras, à l'aide d'un morceau de charbon, puis le recouvris avec le sang du foie, ramassé en ville plus tôt. Le sang sécha rapidement dans l'air froid, imprimant sur mon bras les stigmates d'une blessure. Je mangeai un morceau de pain et laissai le reste à Philémon. Après lui avoir recommandé de ne pas bouger, je fis faire demi-tour aux mules et je repartis pour Chalcis, avec mon chargement.

En pénétrant dans la cité, je fus tout d'abord attiré par la boutique d'un barbier. Je ne résistai pas à la tentation de me faire tailler les cheveux et la barbe, et de prendre un bain. Je me sentais sale, et les puces que le paysan m'avait laissées en prime avec son manteau me harcelaient. J'entrai dans l'échoppe, et aperçus mon image dans le miroir de bronze, un spectacle effroyable. Je me hâtai de ressortir. Si je ne me reconnaissais pas moi-même, je doutais que quiconque puisse le faire. Mes excursions au Pirée m'avaient endurci et je me souciai peu de passer pour un pauvre diable.

Mes activités à Chalcis devant avoir lieu en public, il valait mieux que l'on gardât le souvenir d'un paysan crasseux avec une blessure sur l'avant-bras. Impossible de le confondre avec le respectable Stéphanos d'Athènes, dont les bras ne portaient pas la moindre cicatrice. Je conduisis la carriole sur la place du marché et me mis en devoir de vendre ma marchandise.

— Huile ! Huile fraîche d'Attique !

Le marché était animé ; j'eus bientôt vendu mes jarres, reçu de l'argent et rendu la monnaie. La blessure éveillait sans cesse la curiosité de mes clients.

— Où t'es-tu fait cela ? interrogea l'un d'eux.

— Un de mes amis m'a blessé accidentellement avec son couteau.

— Joli ami, en vérité, et bel exemple de l'amitié attique !

Je ne perdis pas mon temps à défendre les miens. J'avais encore peu voyagé dans ma vie et j'étais troublé de me trouver ainsi dans une ville étrangère. Les monuments différaient des nôtres, je regrettais de n'avoir pas le loisir de les visiter. J'étais aussi tenté par l'achat de quelques objets en bronze, exposés sur ce marché, mais mon seul objectif restait d'acquérir des pièces de monnaie, non de les dépenser.

La qualité de l'huile d'Attique est si fameuse que je terminai la vente assez tôt. Les fromages furent plus difficiles à vendre ; certains avaient été écrasés pendant le voyage, et le tissu qui les enveloppait avait pris la poussière. Cependant, je liquidais le tout et m'en retournai. Je m'offris le luxe de prendre place dans la carriole vide et, tout en roulant, je dégustais un des fromages trop abîmé pour la vente.

Il était encore tôt quand je retrouvai Philémon, assis comme convenu, près d'une outre de vin vide.

— Tu as été bien long, dit-il.

— Moins que je ne le craignais. J'ai vendu la marchandise et obtenu l'argent. Maintenant, il nous faut acheter un cheval. Cela risque de prendre du temps et de poser quelques problèmes, Eubée n'est pas Argos.

— Peut-être pas tant que tu le penses, répondit-il. Pendant ton absence, j'ai eu le temps de contempler les alentours. Vois-tu cette ferme, là-bas ? Il y a des chevaux dans le pré, Stépho, l'un d'eux ferait un bon cheval de selle.

J'attachai les mules, et nous marchâmes jusqu'à la ferme. J'examinai les chevaux, je ne possédais pas toutefois l'expérience de Philémon en la matière.

— C'est le noir, expliqua-t-il, un hongre d'environ quatre ans. Il est puissant et devrait être rapide.

— Il a l'air assez grossier, doutai-je. Son pelage est bigarré et sa crinière emmêlée.

— Peu importe son pelage, dit Philémon. Regarde la façon dont il se déplace. Je te le dis, Stépho, j'ai vu bien des chevaux à l'armée. Fais-moi confiance, je sais de quoi je parle.

Je décidai de me ranger à son jugement. Je tenais à garder Philémon hors des négociations, mais sollicitai son avis sur le prix à offrir. Le fermier fut surpris de trouver un acheteur par ce jour d'hiver. Je lui expliquai que nous n'étions pas fortunés, et que nous avions porté notre choix sur la bête la moins chère du pré. Mon frère avait besoin d'un cheval car il devait se rendre auprès d'un oncle en Thessalie, et le nôtre était mort. Il souffrait lui-même d'une mauvaise jambe et ne pouvait marcher. Philémon se fit complice de mon mensonge, en se mettant à boiter avec exagération. Le fermier nous laissa examiner la bête. Philémon examina ses dents, et le fit courir dans le pré.

— Ça ira, dit-il enfin laconique.

— Eh bien, Pheidias, dis-je à mon prétendu frère, c'est à toi de décider. Nous pouvons voir ailleurs, si tu le désires.

Davantage intéressé, le fermier s'interposa pour nous vanter les mérites du cheval. Après une vive discussion, nous obtînmes le cheval pour trente drachmes, moins que nous ne comptions le payer. Philémon se montra enchanté et me remercia avec chaleur. Nous retournâmes à la carriole, puis j'accompagnai Philémon jusqu'à la route tandis qu'il montait son nouveau cheval.

— C'est très généreux de ta part de m'avoir fait ce cadeau, Stépho. J'essaierai un petit galop, dès que j'atteindrai les plaines. Dommage qu'il n'ait pas un peu plus d'allure ; je vais arranger cela en le bouchonnant comme il faut.

— Garde-t'en bien, recommandai-je. Nourris convenablement ton cheval et traite-le bien. Quant à son apparence, il vaut mieux ne rien changer. Continue de passer pour un paysan : ta sécurité en dépend. Tu ne dois pas laisser penser que tu as volé ton cheval à l'armée d'Alexandre, tu t'attirerais des ennuis. Prudence, tu as une longue route à parcourir.

Philémon parut déçu :

— C'est regrettable.

— Il serait encore plus regrettable de te voir jeter en prison, après quoi il ne manquerait plus que tu sois reconnu et renvoyé au joug d'Athènes. Non, tout doit bien se passer.

La route était déserte ; le moment de nous séparer était venu.

— Voici la direction que tu dois prendre, dis-je en dessinant une carte dans la poussière. Franchis le cap Artémision, pour entrer en Thessalie, et continue vers le nord, jusqu'à Larissa. Tu devras, alors, choisir le meilleur moyen pour franchir le mont Olympe. Il vaudra probablement mieux prendre la route de la côte. Plus loin, à l'embouchure du Lydias et de l'Axios, tu trouveras la ville de Pella. C'est là que tu rejoindras Mélissa, mais reste discret dans tes recherches. J'essaierai de t'envoyer de l'argent à Pella, cela ne sera sans doute pas facile. Tu n'entendras sans doute pas parler de moi avant le printemps. Et ne galope pas tout le temps. En Macédoine tu deviens Leandre, un soldat « ressuscité » à la recherche de sa femme. Voici de l'argent pour toi : tout ce dont je peux me passer.

Il répéta tout ce que je lui avais dit en consultant la carte. Je l'effaçai, puis je lui ouvris les bras pour lui dire adieu.

— Stéphanos, tu as vendu ton huile pour acheter le cheval, et tu me donnes de l'argent. Tu as risqué ta vie pour me conduire ici. Oh ! Stépho, moi, mes enfants et les enfants de mes enfants nous nous souviendrons toujours de toi ! Il est si difficile de trouver les mots...

— N'en parlons plus, dis-je. Tu es mon cousin

ou non ? Prends bien soin de toi, en guise de remer-
ciement.

Nous nous embrassâmes encore, des larmes dans
les yeux.

— Adieu, dis-je. Que Zeus, père de tous les
dieux et des hommes, te protège. Va maintenant.
J'espère que nous nous retrouverons pour parler de
ces choses.

D'un bond gracieux, il sauta sur son cheval et
s'éloigna au trot léger. Il montait bien, mon centaure de cousin ! Il se retourna pour me saluer. Je lui
répondis d'un signe de la main. Bientôt Philémon
disparut de ma vue. Seuls les dieux savaient quand
je le reverrais.

CHAPITRE SEIZE

Retour à Athènes

M'étant rendu compte que j'avançais plus vite à pied qu'avec les mules et la carriole, spécialement en hiver dans un pays vallonné, je vendis mon équipage à un marchand ambulant, sur la côte d'Épire, et je revins à pied à Athènes. Le temps était moins agréable qu'il ne l'avait été durant le voyage avec Philémon. Les nuages, le vent et la pluie étaient de la partie. Dans les collines, je fus surpris, à deux reprises, par des tempêtes de neige. Je franchis le Parnès aussi vite que possible, n'aimant guère cette région. Ce retour me sembla long et pénible, bien que je misse la moitié du temps de l'aller pour accomplir le parcours. Chez un barbier, à Dékéléia, je me fis rafraîchir la barbe et pris un bain, abandonnant à jamais le paysan de Chalcis. Ma mère n'en fut pas moins affligée de mon état et s'alarma de ma mauvaise mine. Naturellement, elle s'enquit de la vente de l'huile. J'avouai que j'avais de mauvaises nouvelles : la carriole s'était renversée, répandant l'huile et les fromages, aussi les profits espérés étaient-ils réduits à néant.

Devant ma mine déconfite, elle ne me fit aucun reproche sur ma maladresse. Je fus touché lorsqu'elle me remit une partie de ses bijoux pour les vendre.

— Il faut régler nos dettes, dit-elle, surtout envers ce méchant Eutikleidès. Il a toujours détesté ton père depuis le jour où celui-ci l'a emporté sur lui dans une course, lorsqu'ils étaient jeunes.

Ma mère débordait aussi de suggestions, certaines avisées, d'autres assez folles et inutiles. Devant la maigreur de nos économies, je craignais qu'elle et tante Eudoxia n'aient à vivre bientôt de fenouil et à se vêtir de loques. Penser qu'Eutikleidès nous réduisait à cela ! Il était urgent de régler nos dettes.

Le lendemain de mon retour, j'allai trouver notre créancier, restant debout dans sa cour, dans l'attitude d'un humble commerçant ou d'un suppliant.

— Tu es en retard d'un jour, me dit-il avec froideur.

Je lui remis ce dont je pensais pouvoir raisonnablement disposer : soixante-dix drachmes. C'était la part que j'avais gardée pour moi en quittant Philémon, augmentée du prix de vente de la carriole.

— Ce n'est guère, jugea Eutikleidès. Je m'attendais à recevoir aujourd'hui — ou plutôt, hier ! — au moins la moitié de mon dû.

— C'est tout ce que j'ai pour le moment.

— Quoi ! Après avoir vendu toute cette huile ?

— Plusieurs jarres d'huile ont été renversées sur la route de Mégare.

Il savourait ma déconfiture, d'un sourire ironique.

— C'est bien négligent de ta part, mais je n'ai pas à souffrir de ta stupidité, fils de Nikiarkhos.

— Des choses plus graves se sont passées sur la route de Mégare, dis-je avec ressentiment.

Il me lança un regard irrité.

— Inutile de faire l'insolent. Sans aucun doute des choses plus graves se sont passées, mais c'est là une affaire sérieuse... pour toi. Que tu vendes ton huile ou que tu la répandes sur la route, tu dois me payer.

J'avalai mon amertume et baissai la tête.

— J'exige que tu m'apportes au moins trente drachmes pour arriver à la moitié de ta dette, continua-t-il. Tiens, je veux bien être bon prince, je te donne jusqu'à demain soir. Tu as certainement autre chose à vendre.

Je marmonnai quelques mots de remerciements entre mes dents et le quittai, la rage au cœur. En regardant son visage odieux, je pensai que je tenais peut-être devant moi l'assassin de Boutadès. Était-il également le violeur de la route de Mégare ? Il était évident qu'il ne portait dans son cœur ni moi ni ma famille.

En dépit de mes soucis financiers et de ma haine pour Eutikleidès, j'éprouvais une douce joie au fond de mon cœur : Philémon s'était échappé, Philémon était innocent ! Je ne pus résister plus longtemps à la tentation d'aller voir Aristote.

Je prétextais à ma mère une consultation chez le médecin, elle s'inquiétait suffisamment de m'entendre tousser et n'éleva aucune objection. Aristote acceptait parfois de donner des consultations comme un médecin ordinaire, et les gens faisaient souvent appel à lui, malgré les médicaments rares et curieux qu'il avait l'habitude de conseiller.

Il insista de lui-même pour m'examiner. Il regarda ma gorge et me prescrivit une potion, puis il me jeta un regard critique :

— Tu t'es beaucoup surmené ces derniers temps,

Stéphanos. Ne crains-tu pas qu'il soit imprudent de parcourir de grandes distances à pied, en hiver, surtout en tirant un chargement ?

— Comment le sais-tu ?

— C'est fort simple. Tu as maigri. Tu es brûlé par le soleil. Tes bras sont plus musclés et ta main droite est calleuse.

— Ah ! tu as entendu dire que j'avais transporté de l'huile pour la vendre à Mégare.

— C'est possible, mais j'imagine que tu as fait un plus long voyage et que tu ne souhaitais pas être reconnu. J'espère que tes vêtements grossiers n'ont pas été trop désagréables ?

— Comment sais-tu tout cela ?

— Ton visage est bronzé, mais ta barbe est restée plusieurs jours sans être taillée. Si tu étais allé vendre ton huile sous ta véritable identité, tu aurais soigné ton apparence et les barbiers existent sur la route de Mégare... ou même ailleurs. J'en déduis donc que tu as laissé volontairement pousser ta barbe pour dissimuler ton identité. Les vêtements que tu as portés récemment ne devaient pas être propres, car je vois sur toi des piqûres de puces. Tu n'es donc pas allé à Mégare comme tu l'as prétendu, n'est-ce pas ?

— En effet, tout cela est très simple.

— Élémentaire. Ce n'est qu'observation et logique. Mais poussons ce raisonnement un peu plus loin et utilisons toujours notre logique. Pourquoi Stéphanos aurait-il entrepris un voyage aussi pénible en ce moment, dans son état de santé ? Mes déductions sont intéressantes, je t'assure.

J'hésitais à parler à Aristote de Philémon et de sa fuite. Ses paroles me décidèrent. De toute façon, sa merveilleuse logique le conduirait à la vérité.

— Aristote, je souhaite te confier des nouvelles étranges, mais heureuses. Au préalable, je dois te demander de me jurer de n'en parler à personne et même d'oublier ce que je vais te dire.

Aristote faisait les cent pas dans la pièce, toujours encombrée d'armes de guerre, soigneusement rangées maintenant. Il fronça les sourcils, toucha une pique, releva un casque et sourit.

— Très bien, je promets. Si je ne peux t'aider, je jure de ne pas entraver ta tâche. Je t'en fais le serment solennel. Es-tu satisfait ?

Après avoir juré et fait libation, il reprit :

— Je t'écoute avec la curiosité d'un petit garçon, pour une nouvelle histoire.

— J'ai vu Philémon, annonçai-je.

— Je l'avais deviné avant de jurer. Je n'achète pas toujours des pierres dans un sac ! Vraiment, Stéphanos, tu es transparent. Mais qu'as-tu fait de Philémon ?

Je racontai toute notre odyssée à Aristote, ou presque, sélectionnant soigneusement les faits que je lui relatais.

— C'est vraiment merveilleux, dit-il. Tu t'es montré persévérant et plein de ressources. Je te félicite.

Je me rengorgeai.

— Ainsi, ton cher cousin, qui, je dois le dire, me paraît inconséquent, est sain et sauf et presque en famille. Tu as pris de grands risques en aidant un criminel en fuite, et cette aventure te laisse sans le sou... Pour ta propre sécurité, j'espère que personne ne vous a vus. Fais toujours attention aux détails : ils sont d'importance. Heureusement, la plupart des gens ne savent pas observer. Tu as fait preuve d'astuce en dessinant une cicatrice à ton bras.

— Elle n'était pas mauvaise.

— Un détail m'intrigue, Stéphanos ; en dépit de ta bourse vide, des dangers que tu as courus et de ceux que tu cours encore, tu sembles heureux et presque triomphant. Alors que tu devrais t'abîmer en prières, tu donnes l'impression d'avoir gagné une confiance nouvelle.

— Oui, c'est vrai, mais vois-tu, Philémon est innocent. Je le sais maintenant. Il ne peut être coupable.

— Mon cher Stéphanos !

Pour la première fois Aristote montrait sa surprise. Il se leva pour marcher à nouveau dans la pièce.

— Je pensais que c'était là notre hypothèse fondamentale. Pourquoi cette exaltation soudaine sur un point que je considérais comme acquis ? Cela est très intéressant. Voyons, dis-moi, quand as-tu commencé à soupçonner Philémon ?

Il me pénétra de son regard et je sentis mon orgueil fondre. J'étais pris à mon propre piège. J'avais cru pouvoir lui cacher une partie de la vérité, mais il était trop fort pour moi. D'un autre côté, je souhaitais soulager ma conscience. Qu'allait-il penser de ma duplicité ?

— Oh ! Aristote, murmurai-je, je me suis mal conduit envers toi ! Cette pensée m'a torturé tout le temps, aussi je te demande de me pardonner.

Je voulus m'agenouiller.

— Cesse ces enfantillages. Dis-moi plutôt de quelle façon tu as abusé ton pauvre vieux professeur ?

— En te laissant m'aider à faire fuir la mère et l'enfant alors que je pensais Philémon coupable.

— Ah! quelle fourberie, en effet! Tu me surprends, Stéphanos. Mais comment en es-tu arrivé à cette remarquable conclusion? Depuis quand le croyais-tu coupable? Dès le début?

— Oh! non, certainement pas! J'ai récemment découvert que non seulement il se trouvait à Athènes au mois de Boédromion, mais qu'il possédait un mobile pour tuer.

— Et quel était son mobile? Il n'aurait pas tué pour le seul plaisir d'envoyer un vieil homme dans sa tombe, je suppose?

— Non. Pour une raison incroyable.

Je lui fis part de ma conversation avec Nousia, et des velléités d'adoption de Boutadès. Ces plans et ces propositions, Mélissa n'avait pu les tenir secrètes à son mari.

— Aussi, conclus-je, Philémon possédait le plus vieux des mobiles : la jalousie. Il aurait découvert — du moins, c'est ce que je crus d'abord — qu'un autre homme essayait de lui voler sa femme et son enfant, et s'était débarrassé du séducteur.

— Hum... Boutadès n'avait pas l'étoffe d'un séducteur très heureux. Nous savons qu'il avait échoué, sinon pourquoi Mélissa aurait-elle continué à vivre dans d'aussi difficiles conditions? Ces tablettes dont Nousia t'a parlé... Décidément, Stéphanos, tu es un imbécile! C'est très ennuyeux. À cause de ton manque de discernement, nous avons laissé cette femme emporter la preuve la plus tangible que nous ayons jusqu'ici. Grande Athéna, accorde donc un peu de sagesse à tes sujets! Dire que ces tablettes se sont probablement trouvées sous mon toit deux jours durant, n'y a-t-il pas là de quoi s'arracher les cheveux? Je me demande si nous ne

247

pourrions pas les retrouver... Mais il reste si peu de temps avant le procès : deux décades et deux jours. Non, je ne crois pas que nous ayons le temps de les envoyer quérir.

— Je ne voudrais présenter aucune preuve qui puisse incriminer Philémon, protestai-je, du reste, je t'en ai suffisamment offert. Ce fragment de poterie que je t'ai stupidement apporté... Il se trouvait sur les lieux du crime et avec le nom de Philémon dessus.

— Le nom de Philémon ? répéta Aristote avec perplexité.

— Eh bien... avec un Phi...

— Quoi ? Jeune fou ! Ce n'est pas un Phi ! Ton esprit est décidément trop rempli de Philémon. Ne le vois-tu pas, c'est... Oh ! Peu importe. Mais nous avons besoin de ces tablettes. Voyons, dis-moi tout. Étant bizarrement arrivé à la conclusion que Philémon était coupable, et m'ayant poussé à user de mon influence pour sauver la femme d'un criminel, qu'est-ce qui t'a fait changer d'avis ?

Je lui fis part de la réaction d'indignation que Philémon opposa à mon interrogatoire : assassin et traître, c'en était trop. Le philosophe s'amusa au récit de notre bagarre, l'idée de me voir jeté à terre semblait lui plaire. Mais il reprit avec plus de gravité :

— Ainsi, sur la parole d'un hors-la-loi et parce qu'il t'a étendu par terre d'un coup de poing, tu es prêt à croire qu'il est pur comme du cristal. Quelle logique, vraiment !

— Il n'y a pas que cela, protestai-je. Tu ne connais pas Philémon. Il a prononcé un serment solennel et il savait que je l'aiderais, même s'il était coupable. Ce n'est peut-être pas un philosophe, mais il est honnête. Je n'ai pas besoin de plus de preuves. Cependant, il y a encore autre chose.

Je lui racontai la rencontre de Philémon et de Boutadès.

— Ainsi donc, dis-je, Philémon n'avait aucun désir de vengeance. S'il avait voulu de l'argent — ce qui n'était pas le cas — il aurait pu accepter l'offre d'adoption de Boutadès, et on aurait pu alors prétendre qu'il avait tué Boutadès pour hériter de ses biens. Mais nous savons qu'il n'a pas été adopté, il n'a jamais souhaité devenir son héritier.

— Ainsi voilà ton explication. Une jolie histoire qui n'a pas de témoin.

— Eh bien, il se peut qu'il y en ait. Philémon m'a parlé d'amis marins de réputation fort peu recommandable. Il était avec eux sur un bateau, en route pour Égine, la nuit fatale. La défense de tante Eudoxia reste la meilleure, après tout : Philémon n'était pas là !

Aristote secoua la tête :

— Comment pourrais-tu présenter à la justice des pirates comme témoins ? Quel crédit attacher à leurs déclarations... si même ils existent !

— Je suis sûr qu'ils existent ! Pourquoi t'efforces-tu d'incriminer Philémon, alors que je suis certain de son innocence ? Cherches-tu à ébranler ma confiance ?

— Un bon rhétoricien cherche des objections. Allons, tu as bien défendu ton cousin ! Je ne chercherai plus à te troubler. Mais ne crois-tu pas que tu méritais une petite punition pour m'avoir trompé, sans aucune honte ? Ah ! ces maudites tablettes ! Si seulement nous pouvions mettre la main dessus !... Laisse-moi réfléchir.

Nous demeurâmes silencieux, pendant quelques minutes ; Aristote tripotait une armure décorée de la silhouette d'Achille.

— Je devine où sont cachées ces tablettes, dit-il soudain, et tu le peux toi aussi, si tu veux bien réfléchir.

— Non, je l'ignore.

— Que t'évoque ceci ? interrogea-t-il en soulevant l'armure.

— Achille. La guerre de Troie.

— Oui, mais encore ?

— Eh bien... l'*Iliade*, je suppose.

— Complète ta pensée. Quels noms te viennent à l'esprit ?

— Homère. L'*Odyssée*.

— Parfait. Exercice futile, mais bonne association d'idées. Maintenant, tu sais où les tablettes étaient probablement cachées.

— Non. Je ne vois toujours pas.

— À quoi Mélissa attachait-elle tant de prix, pour retourner le chercher dans la maison en flammes ?

— Le rideau de Pénélope !

— Voilà ! Cette tapisserie utilisée comme portière avait été lestée dans le bas pour l'empêcher de flotter au vent. Les femmes glissent souvent des morceaux de poterie ou des cailloux dans les ourlets de rideaux. Grande Athéna ! Déesse toute-puissante, pourquoi as-tu laissé cette tapisserie nous échapper ?... Attends une minute. Ma femme a reprisé cette tapisserie pendant que Mélissa dormait. Je vais lui demander si elle n'a rien remarqué.

Il sortit précipitamment. Je restai seul et songeai combien il était curieux qu'Aristote semble croire

Philémon coupable, au moment où moi-même j'étais tellement persuadé de son innocence. Quelle ironie du sort !

Soudain j'entendis des pas précipités. Étonné, je levai la tête, mais c'était mon vieux professeur lui-même qui fit irruption dans la pièce, rayonnant, les bras chargés.

— Les dieux sont avec nous ! s'exclama-t-il. Grâces soient rendues à Athéna qui a guidé ma chère épouse. Regarde !

Il me montra quatre petites tablettes en argile, recouvertes d'écritures. L'une d'elles était cassée en trois morceaux.

— Quand ma femme a raccommodé la tapisserie, elle a remarqué l'usure de l'ourlet. Alors, elle l'a défait pour le recoudre, puis elle a oublié de replacer ces tablettes. Elle ne savait pas que leur masse n'était pas leur unique qualité. Découvrant les inscriptions plus tard, elle s'est résolue à les conserver. Voyons ce qu'elles peuvent nous apprendre.

Il posa délicatement les tablettes sur une table basse, et rassembla les morceaux cassés. Nous nous penchâmes dessus pendant quelques minutes. Mon anxiété était telle que je n'arrivais pas à comprendre ce que je lisais.

— Ah ! fit Aristote, cela ressemble à un brouillon et non à un document officiel. Philémon devait savoir, lui aussi, qu'une adoption n'est pas valide sans une cérémonie et un document de consentement signé par les deux parties. Oui, c'est le projet d'une déclaration selon laquelle Boutadès avait l'intention d'adopter Philémon, fils de Lykias, pour en faire son héritier. Il reconnaissait en conséquence le fils de Philémon, Lykias, et sa femme, Mélissa.

Je ne suis pas sûr que tout y soit, mais cela semble assez complet, Boutadès l'a ratifié en tout cas. Comprends-tu ce que cela signifie ?

— Eh bien, dis-je, cela confirme les propos de Philémon.

— En effet, cette pièce peut produire son effet devant la cour. Philémon n'aurait rien eu à gagner en tuant, avant que l'affaire fût conclue, un homme généreux qui se proposait de l'adopter. Naturellement, ajouta-t-il, compte tenu de leur mauvais état, ces tablettes peuvent aussi bien être des faux... Si Mélissa avait voulu protéger Philémon, par exemple, mais pourquoi s'en soucier ? Si ces tablettes sont authentiques et que leur contenu présente un danger, elles peuvent être détruites. Que ferais-tu pour les faire disparaître ?

— Je les brûlerais... ou bien je les réduirais en poussière, ou, mieux encore, je les jetterais à la mer.

— Oui. Il n'y aurait aucune difficulté à détruire ces tablettes ou même les parchemins et les papyrus utilisés par les Égyptiens. Les seuls écrits qui demeurent sont gravés dans le marbre. Seuls Arès et Cronos ont le pouvoir de les détruire. Les mots écrits sont fragiles ; je vais les conserver, c'est plus prudent. L'état de la tenture porte à croire que ces tablettes s'y trouvaient depuis un certain temps. Ces originaux ont probablement été écrits l'été dernier. C'était une bonne cachette, pas totalement sûre toutefois : l'une des tablettes est cassée.

— Oui, garde-les. Chez moi, il n'y aura bientôt plus rien pour cacher quoi que ce soit, et nous serons aussi pauvres que Mélissa si Eutikleidès persévère dans son dessein.

Je n'avais pas eu l'intention de me plaindre de

l'état de mes affaires; seule l'excitation de la conversation m'avait délié la langue.

— Qu'est-ce qu'a fait Eutikleidès?

J'exposai la situation à Aristote : la cruauté de son attitude à la ferme et les soupçons qui avaient fait leur chemin dans mon esprit.

— Je nourrissais déjà un violent sentiment de haine envers ce personnage, quand Philémon me rapporta une sordide affaire qu'il tenait de Boutadès. Celui-ci avait soutenu financièrement un de ses amis, accusé d'avoir violé une esclave sur la route de Mégare.

— Et tu penses que cet homme pourrait être Eutikleidès?

— Il est assez cruel pour avoir abusé d'une esclave.

— Intéressant, dit Aristote. Cela nous instruit sur la personnalité de Boutadès et de son ami.

— Comment cela?

— Pourquoi Boutadès était-il si soucieux de protéger son ami? Aucune trace de cette dette ne figure dans son testament. Cette omission le rend presque complice. Son silence nous permet d'imaginer que Boutadès a assisté au crime, dans l'hypothèse évidemment que toute cette histoire soit vraie. Je ne crois pas néanmoins Boutadès capable de violence... ou bien, peut-être, sous l'empire de l'alcool, il aura pu encourager la brutalité d'un autre... prêter de l'argent au coupable lui donnait barre sur cet homme. La puissance, comme l'argent, est agréable. Nous savons que Boutadès aimait posséder, plus encore en prenant de l'âge. Supposons que Boutadès ait opéré quelque chantage sur cet homme, surévalué le prix de son silence?

253

— Dans ce cas, l'hypothèse du chantage disculpe Eutikleidès, il était trop ami avec Boutadès.

— Oh! cœur simple! se moqua Aristote. La sangsue s'accroche à sa proie. Après tout, un homme peut faire du tort à un ennemi parce que c'est agréable, et à un ami parce que c'est facile. En règle générale, il est terrible de se sentir à la merci d'un autre. Ceux qui sont dans le secret de nos fautes nous terrifient, ils deviennent à nos yeux des traîtres en puissance. Le simple fait que Boutadès ait confié cette histoire à Philémon prouve qu'il prenait plaisir à son pouvoir, et s'en vantait.

— Crois-tu Eutikleidès capable de commettre une action aussi vile? insistai-je.

— Tous les hommes sont des meurtriers potentiels, à leur manière et en certaines circonstances. Certains ont bien pensé que ton cousin Philémon était un meurtrier, avant son exil.

— Mais il s'agissait d'une rixe.

— Bien sûr. Ton cousin est un vaillant champion, toujours prêt à user de ses poings. En prenant de l'âge, il s'assagira. Le crime de Mégare semble davantage le fait d'un homme jeune.

— Tu ne penses donc pas qu'Eutikleidès...

— Je ne dis pas cela. Je ne prétends pas que le coupable était jeune, mais d'un tempérament juvénile. Les hommes nuisent aux autres, quand ils en ont la possibilité, à la mesure de leur caractère et de leur appétit. Ces traits diffèrent en chacun de nous. Boutadès n'était pas un homme violent, adepte des bagarres de taverne. Il éprouvait du plaisir à exercer sa puissance, mais en s'assurant d'abord qu'il pouvait le faire en toute impunité.

— Et Eutikleidès?

— Il aime exercer sa force. À propos, ne t'inquiète pas pour l'argent que tu lui dois. Je crois que nous trouverons un acheteur pour ta petite vigne.

Il balaya d'un geste mes remerciements et poursuivit :

— Eutikleidès est doté d'une plus grande force physique que Boutadès. Il sait se contrôler en public. Il a des passions violentes, un goût de l'autorité. Méfie-toi de lui, Stéphanos. Ne t'en fais pas un ennemi. Il se considère comme un homme heureux. Ce sentiment encourage une seule vertu : la gratitude envers les dieux. L'homme heureux — ou celui qui se croit tel — tentera le sort, bon ou mauvais, armé de la certitude de vaincre toujours. À l'inverse, l'éternel perdant misera tous ses espoirs de réussite sur un hasard heureux. Il agira avec audace, certes, mais une audace doublée de pessimisme. En général, l'homme heureux, plus rationnel, échafaude des plans pour mener à bien une entreprise délicate. Le malchanceux (j'abuse des références subjectives sur la notion de chance) sera porté à agir par impulsion. Les appétits peuvent être les mêmes (amour du pouvoir, argent, sexe, vengeance), mais la manière d'agir est différente. L'âge d'un homme, sa position, ses sentiments sur sa propre chance détermineront ses actions. Me comprends-tu, Stéphanos ? Si nous examinons un crime assez longtemps et avec assez de discernement, nous voyons se dessiner la personnalité du criminel.

— Je le suppose, dis-je poliment, sans cesser de penser que toutes ces digressions nous éloignaient de notre conclusion.

Aristote contournait à présent la possibilité qu'Eutikleidès pût être un meurtrier alors qu'il spéculait peu avant sur l'éventualité qu'il aurait pu être la victime d'un chantage. Mais je ne désirais plus entendre parler de ce maudit personnage. Je réprimai un frisson.

Aristote me considéra avec bonté.

— Retourne chez toi et bois toutes les boissons chaudes au lait caillé que les femmes de ta maison pourront te préparer. Quant à moi, devine ce que j'ai l'intention de faire, demain ? Dans l'après-midi, je donne une conférence, mais le matin, je vais rendre visite à quelqu'un pendant son absence, du moins m'assurerai-je qu'il ne se trouvera pas chez lui à l'heure de ma visite. Étrange projet, n'est-ce pas ? Qu'en déduis-tu ?

— Rien, dis-je avec sincérité, en me mettant à tousser.

— Tu t'es trop dépensé malgré ta fièvre. Nous savons, en médecine, que cela a des effets sur le cerveau. L'esprit devient lent et s'engourdit, ou bien, parfois, il est stimulé et superactif, j'ai oublié lequel de ces effets est le bon, conclut-il d'un sourire innocent.

CHAPITRE DIX-SEPT

Aristote projette un voyage

Le lendemain, tenaillé par la pensée de la dette suspendue au-dessus de ma tête, je me levai tôt, afin d'aller vendre nos biens les plus précieux. J'avais le cœur brisé de me défaire des bijoux de ma mère, de ses pots à onguent et de notre plus beau plateau peint. J'étais heureux que mon père n'ait pas eu à assister au spectacle de son fils dépouillant son épouse bien-aimée. Cette corvée sordide me permit au moins de me procurer l'argent pour Eutikleidès. Grâces en soient rendues à Hermès que j'avais prié récemment, avec la dévotion du marchand ou du voleur.

Dans l'après-midi, je me rendis à l'une des conférences publiques que donnait Aristote moyennant une légère redevance. J'y allai dans l'espoir de m'entretenir avec lui en privé ensuite, et de recueillir une explication sur les mystérieux projets qu'il avait évoqués la veille. Qui était-il allé voir ? Cette conférence, pour laquelle j'avais mes plus beaux atours, me permettrait de me réhabiliter dans ma réputation de jeune homme cultivé. Athènes ne devait pas connaître ma pauvreté et mes difficultés. Quand je me présenterais au procès devant l'Aréopage, je devais être un citoyen appelant le respect.

Je n'étais guère en état d'apprécier la conférence, en dépit de mon attitude de profonde attention. Aristote semblait très lointain : un homme public et un philosophe entièrement absorbé par son sujet. Il fit sa conférence à sa manière habituelle, s'exprimant rapidement, les yeux brillant d'intérêt, n'hésitant pas à se livrer à de brèves plaisanteries pour retenir l'attention de son auditoire. Son sujet était la Comédie. Je ne doute pas que ses remarques furent pertinentes et spirituelles, l'étendue de ses références impressionnante, mais je perdis le fil de son discours. J'avais bien essayé de prendre des notes, mais j'y renonçais bientôt (heureusement cette conférence faisait partie d'une série qui devait plus tard être reproduite par écrit et heureusement conservée pour la postérité). La comédie était un sujet trop étranger à mes préoccupations, ce jour-là.

Dès que la conférence fut terminée, je me joignis au petit groupe qui approchait le maître. Il répondit aux questions qu'on lui posait sur la comédie ancienne et moderne, et discuta des mérites respectifs d'Axionikos et d'Antiphane, les comparant à Aristophane. Quand le nombre de ses admirateurs diminua, il daigna, enfin, remarquer ma présence.

— J'aimerais te poser une question sur cette épée que tu m'as apportée, Stéphanos, fils de Nikiarkhos, et à toi aussi, Eubolos, sur l'armure de ton arrière-grand-père, utilisée durant les guerres spartiates. Cela m'aidera dans la rédaction de mon histoire.

Il nous fit entrer chez lui et engagea une longue discussion avec Eubolos. Ce ne fut qu'après le départ d'Eubolos, flatté de cet aparté, qu'il se tourna vers moi.

— Je t'ai vu dans l'auditoire. Qu'as-tu pensé de ma conférence ?

— Oh ! Elle était fort intéressante.

— Pauvre Stéphanos ! Tu n'as guère de don pour la comédie. Nul doute que tu ne sois davantage intéressé par ma visite de ce matin. J'ai quelque chose à te montrer.

— Pardon, maître, dit un esclave en se présentant à la porte, il y a là un homme qui désire te voir. Il a des armes à vendre.

— Fais-le entrer, dit Aristote, grimaçant une excuse à mon intention.

Je reconnus aussitôt l'homme qui entrait. C'était l'un des marins dont j'avais surpris la conversation, dans une taverne du Pirée, quelques mois plus tôt. Le capitaine ! Il me jeta un bref coup d'œil, sans me reconnaître, et s'adressa à Aristote.

— Pardonne-moi de t'interrompre, Seigneur, mais j'ai entendu dire que tu collectionnais des armes, pour écrire un livre et aider l'armée.

À la différence du malin forgeron, il tenait à la main l'objet qu'il voulait vendre, et non dans un sac.

— Oh ! fit Aristote, un arc ! Il est en bon état : les cordes sont toujours tendues. Comment l'as-tu en ta possession ?

— Un de mes amis, qui est marin, l'a eu d'un soldat revenant de la guerre. Il n'est pas courant, je te le cède pour seulement cinq drachmes.

— Je suppose, dit sèchement Aristote, que c'est parce que ta femme et tes enfants sont dans une situation difficile, sinon tu ne voudrais pas te séparer d'un objet aussi précieux et historique.

— Je ne dirai pas cela, seigneur. Ma femme est morte, qu'elle soit bénie, et mes enfants sont grands et se débrouillent seuls, sauf la fille. Je pensais seulement que tu recherchais des objets de ce genre. De quelle utilité est un arc pour moi ? Je ne demande que ce qu'il vaut.

— Tu as raison, mon ami, dit Aristote. Tu sembles honnête ; je regrette de t'avoir parlé sévèrement. La fréquentation des plaisantins m'a rendu querelleur. Je vais te payer ce que tu me demandes. Je suppose que tu n'as rien d'autre à me proposer ?

— Non, seigneur.

L'homme avait sa dignité, et il accepta les excuses d'Aristote avec grâce.

— Pourquoi collectionnerais-je des armes ? D'autant plus que notre flotte n'entrera pas en action avant longtemps. Si je devais m'engager, ce serait convenablement armé, comme un Athénien, avec une lance ou une épée, et je ne me battrais pas avec des armes perses.

— Tu as raison, il s'agit bien là d'un arc perse. Je n'ai pas encore beaucoup d'arcs dans ma collection. Comme ils ont été utilisés par les deux camps, j'aurais aimé en examiner davantage.

— Certains pourraient me passer par les mains, dit le marin d'un ton de doute. Certains ont été pris sur les Macédoniens, comme trophées de guerre, mais la plupart sont cassés et de peu d'utilité. Je suppose que tu ne t'intéresses pas aux arcs crétois ? Ils sont de fabrication assez rudimentaire, mais ont été utilisés dans la bataille.

— Mais si, dit Aristote. As-tu un arc crétois à me vendre ?

— Non, seigneur, mais tu as sans doute déjà examiné l'arc crétois du citoyen Arkhiménos ?

— Oh ! Arkhiménos possède un arc crétois ?

— Oui. Du moins, un marin lui en a offert un à

son retour de Crète, au printemps dernier. Arkhiménos est amateur de trophées de guerre, il les conserve dans la grande pièce où il fait ses comptes. J'ai eu l'occasion de lui rendre visite et j'ai vu cet arc.

— Bien, bien, dit Aristote, je demanderai au citoyen Arkhiménos de me le prêter. Il ne souhaite probablement pas le vendre. Merci de ton aide. Reviens me voir si tu as autre chose. Voici ton argent.

Il raccompagna le marin très cérémonieusement. Quand nous nous retrouvâmes seuls, il se tourna vers moi, les yeux brillant de sous-entendus.

— Nous devons poursuivre cette piste, Stéphanos. Et tout de suite. Je ne trouverais pas le repos, tant que je n'aurais pas jeté un coup d'œil dessus. Un arc crétois !

— Ces paroles augurent le pire pour moi, dis-je, en faisant un geste pour conjurer le sort.

— Faisons une libation, et mettons-nous en route immédiatement.

Nous parcourûmes bientôt les rues de la ville à grands pas.

— Je ne veux pas aller chez Arkhiménos. Je ne veux pas le voir, protestai-je.

— Tu as raison. Lorsque nous approcherons de chez lui, poursuis ton chemin et va te promener près des autels sur l'Acropole. J'irai te rejoindre dès que j'en aurai terminé. J'espère qu'il est chez lui.

Non loin de l'Acropole, Arkhiménos habitait une belle résidence, moins luxueuse toutefois que les demeures de Boutadès et d'Eutikleidès dans le quartier résidentiel, près de la colline des Muses. Je fus soulagé de passer mon chemin, n'ayant aucun désir de rencontrer cet homme qui m'avait insulté. Pendant que j'attendais, je fis plusieurs offrandes à différents autels.

Quand Aristote réapparut, il me dépassa en m'adressant un bref signe de tête. J'en conclus que je devais le suivre, sans lui parler, dans ce lieu public où circulait beaucoup de monde. Il marchait d'un pas rapide. Je le suivis jusqu'au temple inachevé de Zeus, souvenir du règne détestable de Pisistrate. L'herbe s'épanouissait dans les ruines du temple désaffecté, dans un fourré entourant le plus modeste des autels, où des hommes offraient des sacrifices à Zeus. Là se tenaient Deucalion et Pyrrha, derniers survivants de l'humanité, observant le flot de l'eau recéder et s'évanouir au creux des rochers. Du sommet du Parnasse, ils avaient jadis lancé les pierres par-dessus leurs épaules, pour les transformer en hommes et en femmes, afin de repeupler cette belle terre. Un calme sacré baignait la place.

Nous nous isolâmes dans cette paisible futaie.

— As-tu l'arc crétois ? demandai-je.

— Non, Stéphanos. Cet homme est vraiment bizarre. Sais-tu qu'il m'a insulté, *moi* ! Il m'a traité d'« étranger », en pleine figure !

— Est-ce là tout ? Il a d'autres mots à son vocabulaire, je peux te l'assurer.

— J'ai rarement rencontré Arkhiménos avant ce jour. Seulement en des occasions officielles, et il s'est toujours montré correct et poli. Il l'a été au début de notre entretien, mais ensuite... Je pense qu'il est dans une grande détresse.

— Que s'est-il passé ?

— Il m'a reçu dans la pièce dont le marin nous a

parlé. Je lui ai fait part de mon travail, insistant sur sa valeur patriotique. Il se montra tout sourire et courtoisie. Puis j'avançai l'idée qu'étant de noble famille, il devait posséder des armes de grand intérêt et il a alors évoqué pompeusement son grand-père. Par parenthèse, je crois savoir que sa respectable famille a commis une petite erreur politique, durant le règne des Trente, que ses descendants ont été très désireux d'effacer. Néanmoins, notre entretien conservait un tour très ordinaire. Enfin, je lui avouais avoir appris qu'il possédait une curiosité en la matière : un arc crétois. Alors, Stéphanos, l'homme a blêmi sous mes yeux.

— Et ensuite ?

— Il est resté silencieux, pendant un moment, puis a nié avoir jamais possédé une telle arme. J'insistai avec trop d'exagération peut-être, laissant entendre que plusieurs personnes m'en avaient parlé. Alors il a répondu : « Ah ! ce vieux machin. » J'ai fait remarquer que les arcs s'abîmaient s'ils n'étaient pas bien entretenus, surtout les arcs crétois équipés d'une corne. Il s'est mis à murmurer entre ses dents, pour s'écrier enfin : « Vil étranger, je ne sais qui t'a permis d'entrer ici ! Tu te mêles toujours de ce qui ne te regarde pas ! »

— Pourquoi cette colère ?

— J'ai gardé mon calme. Je lui ai rappelé ma fidélité à Alexandre et la valeur de mes services. Il s'est adouci, prétextant qu'il aurait bien voulu m'aider, mais que cet arc lui avait été volé. Je lui ai fait remarquer qu'une telle arme pouvait être dangereuse entre les mains d'un esclave, et qu'il aurait dû signaler ce vol. Il a murmuré qu'il ne s'était aperçu de sa disparition que l'été dernier et que, du reste, il s'en souciait peu, n'en ayant pas l'usage. Je reconnaissais en effet que le cours ordinaire de la vie athénienne ne réclamait pas pareil instrument. Dans un froncement de sourcils, il regretta de ne pouvoir m'aider davantage. Il m'a raccompagné et tandis que je le quittai, il continuait de se parler à lui-même, débitant d'étranges propos : « Maudit arc ! Je souhaiterais ne l'avoir jamais vu ! » Voilà, conclut Aristote, je t'ai tout raconté ; à ton tour de me livrer tes impressions.

— Cela me semble évident maintenant, dis-je, mes premiers soupçons sont justifiés. Arkhiménos pourrait être notre meurtrier. Il possédait un mobile, car Boutadès l'avait trompé au sujet du bateau. Il avait l'arme — qu'il a fait disparaître —, toutefois l'extrémité de l'arc s'est cassée et est tombée sous la fenêtre de Boutadès.

— Il a eu l'arme un moment, en effet. Mon petit stratagème a réussi, je crois. Le hasard permet parfois de gagner ; les dés ne se tournent jamais en ta faveur si tu ne tentes pas le jeu.

— Mais tu n'es pas joueur, dis-je avec surprise.

— Pas avec des dés ou pour de l'argent, mais à ce jeu de hasard, j'ai visé la cible, et mis dans le mille. Maintenant j'ai un atout dans ma manche. J'avais l'intention de t'en parler avant que ce marin providentiel nous interrompe. Regarde. Qu'en penses-tu ?

Il tendit la main et exhiba un mince éclat de poterie, à peine plus grand que l'ongle de mon petit doigt. Fort déçu, je déclarai :

— C'est un éclat provenant d'une poterie cassée ; un vase, sans doute.

— Oui. Que peux-tu en déduire d'autre ?

Je le tournai et le retournai.

— Les petits morceaux de poterie bon marché ne sont pas bavards, dis-je avec ironie. Ils ne pratiquent pas la rhétorique et restent à leur place, qui est modeste. Ce morceau n'est d'aucune utilité ; il est trop petit pour nous apprendre quoi que ce soit. C'est seulement l'éclat d'un vase, peut-être grand, peint en rouge et verni.

— Continue. Ne remarques-tu rien d'autre ? De quelle couleur est l'argile ?

— Jaune, ou plutôt jaunâtre. Mais la peinture rouge l'a imprégnée en profondeur.

— Ainsi l'argile est jaune ?

— Oui, je le suppose. Tout d'abord j'ai cru qu'elle pouvait être rouge, comme d'habitude. Aristote, pourquoi discuter de poterie maintenant, sans même posséder la pièce en entier ?

— Je n'en parlerai plus pour l'instant, soupira Aristote. Peut-être as-tu raison. Si seulement tu savais dans quelle maison je me suis introduit en secret, pendant l'absence du maître des lieux... J'y suis resté, quelques minutes, seul, pour lui laisser un message... Mais non ! mon cher garçon, tu es fatigué, et ta propre sécurité doit être ton principal souci.

— Le procès plutôt, répondis-je avec amertume. C'est là ce qui me préoccupe pour le moment.

— Bien entendu ! Mais ne laisse pas tes soupçons t'égarer. Garde-toi de toute conclusion jusqu'à mon retour.

— Ton retour ? Vas-tu partir ?

— Oui. Ne te l'ai-je pas dit ? J'ai soudain été appelé pour affaires. Je partirai demain à l'aube. Mes recherches sur les armes ne me laissent aucun repos. J'accomplirai une partie de mon voyage en bateau, en direction du sud, vers l'isthme de Corinthe, sinon plus loin. Maudit soit celui qui a inventé les voyages en hiver ! Sacrifie à Poséidon, pendant mon absence.

— Je n'y manquerai pas. J'espère que tu feras un bon voyage et que tes projets seront couronnés de succès.

Dans mon for intérieur, je lui reprochais de m'abandonner, ce qui était stupide ; il n'était pas responsable de moi. De toute façon, qu'aurait-il pu faire ?

— Je serai de retour avant le procès, naturellement, ajouta-t-il, et si cela peut t'aider, Stéphanos, nous préparerons ta plaidoirie ensemble.

— Que dois-je faire maintenant, spécialement au sujet d'Arkhiménos ?

— Rien, Stéphanos. Lâche la bride à Arkhiménos. Je te recommande la prudence : n'accepte aucun cadeau ; ne sors pas seul si tu peux l'éviter, spécialement la nuit, et évite les endroits déserts. Souviens-toi de l'affaire de l'esclave sinopéen.

— Celui dont le pied a glissé sur la falaise du Parnès ?

— Celui dont la tête s'est fracassée contre un objet dur, sur les collines du Parnès. Souviens-toi de la leçon donnée par ce marchand de pierres. La distance ne procure pas la sécurité ; en fait, tu ne seras en sécurité qu'après le procès.

— Ainsi, dis-je sombrement, je dois demeurer assis, inactif, à la maison, comme une femme ? Mon pauvre cousin !

— Eh bien, suggéra prudemment Aristote, tu pourrais suivre la piste mentionnée par ton cousin et

essayer d'entrer en contact avec ses amis pirates...
bien que je préférerais que tu abandonnes ce projet,
pour le moment. Cependant, si l'un d'eux acceptait
de jurer que Philémon était en route pour Égine, à
l'heure du meurtre, ce serait peut-être utile, si la
cause est vraiment désespérée. Mais j'espère beaucoup mieux. Vois-tu Stéphanos, je crois que nous
approchons enfin du but. Adressons nos prières à
Zeus, notre père.

Nous priâmes un moment devant l'autel, avant de
nous séparer. Les statues brutes, les piliers inachevés et le temple abandonné brillaient, blancs et
désolés, sur notre passage. L'architecte, qui avait
conçu ce bâtiment, avait péché par excès d'ambition : sa réalisation, trop coûteuse, n'avait pu être
menée à sa fin — ce monument en ruine ressemblait
beaucoup à ma propre situation, symbole de la tâche
qui me restait à accomplir.

CHAPITRE DIX-HUIT

Péril et approche de la mort

Aristote partait — devait même être parti, telle fut ma première pensée en me réveillant le lendemain matin. Je devais m'occuper moi-même des préparatifs pour le procès. Je décidai de me lancer à la recherche du mystérieux potier Simonidès, et d'adresser un message à l'un des marins. Si je parvenais à persuader un de ces hommes de témoigner au procès, je marquerai sans conteste un point.

D'après les dires de mon cousin, la boutique de Simonidès se situait près de la place du marché, sur la route qui conduit à la porte Acharnienne, un quartier florissant de petits commerçants. Je la trouvai sans trop de mal. La boutique était facilement identifiable ; sur l'éventaire en bois craquelé, une main peu habile avait dessiné, au fusain, une image anatomique d'un goût douteux, suivie de cette remarque : « Simonidès est un enfoiré. » Le maître de cette échoppe ne démentait guère cette description lapidaire. C'était un petit homme maigre, au visage chafouin, transpirant au milieu de ses poteries. Les pots exposés étaient eux-mêmes de facture assez grossière, et rien, dans cette boutique, n'inspirait confiance. À l'évidence, le patron n'encourageait pas ses deux jeunes commis au maintien de la plus élémentaire propreté ; le sol était jonché de morceaux d'argile secs. Il y avait quelques assez jolis kylix[1] noirs mais aucun vase décoré. La plupart des jarres et des pots étaient de ceux qu'utilisent les esclaves pour aller chercher de l'eau à la rivière, ou bien de grandes cuvettes, utilisées par les hommes quand ils vomissent, après une soirée trop arrosée.

— Simonidès le potier ? demandai-je.

— Oui, seigneur, répondit-il, avec un mélange de déférence et d'impatience.

J'avalai ma salive, avant de déclarer :

— Les pots rouges ne doivent pas être cuits au mauvais moment de la lune. Les derniers n'étaient pas satisfaisants.

— Oh ! je suis navré de l'apprendre ! Veux-tu passer une autre commande ?

— Oui, dis-je, fournis-moi ceci, s'il te plaît.

J'inscrivis le message sur un morceau de poterie très ordinaire, utilisée pour laisser des messages. Une liste d'achat avait été dressée, plus tôt, sur l'un des côtés, aussi dessinai-je plus loin l'arbre symbolique, suivi des noms des marins que je voulais contacter : « Pheidippidès ou Pheid. » J'avais donné la préférence à Pheidippidès, parce que ce nom suggérait la rapidité.

En revanche, Simonidès prit son temps pour examiner le message ou ne vit aucune raison de se hâter. Finalement, il déclara :

— Une commande importante est toujours difficile à fournir à cette époque de l'année. Il y aura peut-être quelque délai. Je ne peux rien promettre. Dans une semaine ou deux... et sans certitude.

---

1. *Kylix* : coupe à boire munie de deux anses.

Il semblait que Simonidès eût des doutes sur la présence des marins en question.

— Fais ce que tu pourras, dis-je d'un ton ferme. Le plus tôt sera le mieux. Si tu ne peux m'aider, je m'adresserai ailleurs.

— Je ne sais pas si une autre boutique pourrait répondre à une aussi importante commande dans un délai aussi bref, dit-il avec une certaine insolence. Ce n'est pas ma faute ; je ne suis pas un devin. Je ferai de mon mieux, seigneur, mais cela va te coûter cher.

— Prends ceci en acompte, dis-je en posant dix drachmes devant lui. Il y en aura d'autres à la livraison.

— Très bien. Quels sont tes nom et adresse ?

Je le renseignai à contrecœur, bien que ce fût indispensable.

— Entendu. Tu peux espérer recevoir des nouvelles la semaine prochaine. Je comprends que tu sois pressé, naturellement, mais ce n'est pas le bon moment, seigneur, je le répète. Enfin, si tu as réellement *besoin* de ces choses...

Il me jaugea très attentivement, ce qui me rendit anxieux. Peut-être me connaissait-il, ou connaissait-il Philémon ? Un personnage de son acabit possédait sans nul doute de bien curieuses sources d'informations ; de vilains courants souterrains devaient aboutir dans son échoppe.

Simonidès jeta mon message négligemment au milieu d'autres notes similaires : une commande pour une hydrie, deux lécythes... et peut-être d'autres messages aussi particuliers que le mien. Il me congédia avec un air souverain. Cette attitude hautaine était bizarrement en contradiction avec son geste suivant : il frotta d'un doigt son nez, tout en ajoutant d'un sourire entendu (le premier que je lui voyais) :

270

— Très bien, seigneur.

Il tapa deux ou trois fois son doigt sur son nez, comme si nous partagions une confidence.

Ma visite à Eutikleidès, dans la soirée, assombrit le reste de cette journée. Si les tracas d'argent sont pernicieux, ils ne sont toutefois pas les plus graves, j'allais avoir l'occasion de le vérifier bientôt.

Je soignai mon allure, ne souhaitant paraître ni trop riche, ni trop pauvre, puis je traversai Athènes jusqu'au quartier résidentiel de la colline des Muses. La demeure d'Eutikleidès se trouvait juste en face de la maison qui restait pour moi celle de Boutadès. Je me souvenais de ce petit matin où tous nos ennuis avaient commencé. Je ne me laissais pas impressionné par l'arrogance des demeures et l'air pur des collines.

On m'ouvrit la porte, mais le maître de maison ne semblait pas pressé de me recevoir, en dépit de ma scrupuleuse ponctualité. On me laissa seul dans une antichambre froide et humide pendant près de deux heures. Cette attente n'améliora pas mon humeur, je contrôlai néanmoins mon ressentiment. Quand Eutikleidès daigna enfin me recevoir, je sentais qu'il prenait plaisir à mon humiliation. Il ne s'excusa pas, se contentant de dire :

— Eh bien, Stéphanos, tu as enfin apporté l'argent, cette fois ?

— Oui, dis-je, le voici.

Mais je ne pus m'empêcher d'ajouter :

— Si j'avais su que tu étais si occupé, je serais venu plus tard.

— Cela t'aurait obligé à venir ici la nuit. Je suis souvent engagé dans des affaires pressantes et je suis sûr que tu le comprends. Mon temps est très précieux.

— Tout le monde semble très occupé ces temps-ci, dis-je sèchement. Je me soucie peu d'attendre, mentis-je, je peux toujours tourner mes pensées vers la philosophie où que je sois et cela m'occupe.

— Tu devrais, dans ce cas, considérer les vertus de la prudence, Stéphanos. Je les recommande à ton attention. Ce sujet relève de la philosophie, je crois. Tu me verses seulement trente drachmes ; ce qui, ajouté aux derniers soixante-dix, constitue la moitié de la dette. Je suis un homme pointilleux en affaires, et j'attends la même chose des autres. J'espère le solde pour bientôt, disons dans trois jours.

— Je ne peux te le promettre. Je dois vendre une parcelle de terre, ce qui prend du temps.

— Oh ! Nous en sommes réduits à vendre les biens de famille ! Rappelle-toi que certaines lois l'interdisent.

La colère m'envahit, je connaissais aussi les lois.

— Naturellement, il ne s'agit pas d'un bien de famille, mais d'une petite vigne acquise par mon père.

— Nikiarkhos se montrait souvent imprudent dans ses placements. Et qui t'achètera une vigne en hiver ? Bien entendu, je ne peux attendre le résultat de ta transaction imaginaire ; tu devras me payer, quoi qu'il advienne. Bien que ce soit contre mes principes, je veux bien me montrer généreux. Je t'accorde vingt jours de délai pour me régler le principal et les intérêts.

Je rougis malgré moi : le délai s'achevait la veille du procès. Je devinai ses sentiments. J'avalai ma colère et dis aussi calmement que je le pus :

— Entendu, je te paierai au jour dit. Beaucoup de choses peuvent se passer en vingt jours... ou en vingt et un.

— Certes. L'affaire est entendue, je ne te retiens pas. Je te reverrai pour le dernier versement.

Incroyablement grossier, il n'avait même pas eu la courtoisie la plus élémentaire de m'offrir une coupe de vin. Il m'avait traité à l'égal d'un esclave, quoique souvent, dans les bonnes maisons, les esclaves reçoivent meilleure hospitalité. Je partis, tremblant de rage. À la vérité, je n'étais pas certain de conclure à temps la vente de la vigne. Qu'adviendrait-il alors? Je perdrais les précieux jours qui me restaient jusqu'au procès à réunir cent drachmes. Puis, je me présenterais devant l'Aréopage, humilié et à mon désavantage. Toute la famille devrait vivre dans la plus grande rigueur, du moins jusqu'à la fin de l'hiver.

En sortant de chez Eutikleidès, j'empruntai d'instinct un chemin différent de l'aller. Je suppose qu'inconsciemment j'évitais de repasser devant la maison de Boutadès, et marchais un peu au hasard jusqu'au sentier de la colline des Muses. Malgré l'heure tardive, je ne m'inquiétai pas le moins du monde, je connaissais fort bien ce sentier et savais qu'une fois parvenu au sommet, je retrouverai de nouveau des rues et des maisons. Éclairé par ma torche, je prenais plaisir à cette promenade. J'en profitais pour murmurer en moi-même quelques malédictions, et soulager ma rage en avançant d'un pas énergique. En montant vers le sommet de la colline, je n'avais guère l'esprit à me tourner vers les muses : que pensaient la douce Thalie, la jolie Érato, la gracieuse Terpsichore de la profanation de

cette nuit ? Puis, plus péniblement, j'évoquai Mné-
mosyne pour m'aider à me souvenir.

Revigoré par la colère, je me souciai peu de ce
qui m'entourait. Pourtant, j'eus soudain l'impression d'être suivi. Je m'arrêtai donc pour m'en assurer, mais seul le murmure du vent d'hiver dans les
arbres me répondit. J'entendis de nouveau des pas
derrière moi, alors que je repartai. Je ne voyais
guère au-delà de la plage de lumière offerte par ma
torche. Soudain je pris conscience des impressions
que j'avais enregistrées sans y prendre garde, et je
compris que quelqu'un devait me suivre dans ces
rues désertes, peut-être depuis l'instant où j'avais
quitté la maison d'Eutikleidès.

Je me souvins trop tard des recommandations
d'Aristote. Pourquoi n'avais-je pas emmené un
esclave avec moi ? Par pure fierté, j'avais obéi à ma
colère et mon humiliation. Comment donc était
mort l'esclave sinopéen ? Cette question devenait
soudain importante. Je hâtai le pas, courant presque,
la peur à ma suite. Au sommet de la colline, près de
l'autel, je m'arrêtai pour regarder autour de moi. Au
bout d'un moment, je distinguai la lueur d'une autre
torche, très proche, pendant que la mienne permettait à mon ou mes poursuivants de me localiser facilement. Je n'étais que trop visible. Poussé par une
brusque impulsion, je jetai ma torche et l'éteignis.
N'y voyant plus, j'avançais au hasard, butant sur
des pierres, m'accrochant à des racines. Je pensai
avec amertume que ma meilleure défense était la
fuite, la moins héroïque aussi.

Je n'avais pas à me tracasser à ce sujet : j'allais
avoir à me battre, car le porteur de la torche gagnait
du terrain. Je me rendis bientôt compte qu'il n'était

pas seul. D'autres pas résonnaient derrière lui. En désespoir de cause, je tournai le dos à l'autel.

Au même instant, je reçus un coup violent sur l'épaule. Je distinguai le visage de l'homme qui tenait la torche : un visage laid, au nez épaté, que je voyais pour la première fois. Le fait qu'il ne me connaissait pas non plus ne diminuait pas son ardeur combative, il ne me voyait que trop bien pour ajuster ses coups. Me souvenant de ma précédente lutte, j'ignorai son dangereux coup du droit et lui arrachai sa torche. Je reçus un violent coup de pied, auquel je répondis en lui décochant un coup dans l'estomac. Nous étions maintenant dans l'obscurité la plus totale. Quelque chose siffla dans l'air : je fis un bond sur le côté et entendis un objet lourd, une massue sans doute, s'abattre sur le sol, près de moi. J'avançai dans la nuit en direction de l'attaquant, et, à ma surprise, j'agrippai un de ses bras. Je le tordis jusqu'à entendre ses cris de douleur. J'accentuai ma prise et m'emparai de l'arme qu'il tenait, mais au même moment quelqu'un m'assena un coup terrible dans les reins. Je titubai en criant à mon tour de douleur. Néanmoins, je réussis à porter un coup au ventre de mon premier adversaire, tandis que le second revenait à la charge, en me saisissant par l'épaule. Je me dégageai, en lui faisant perdre l'équilibre, puis me baissai en secouant l'épaule, l'obligeant à lâcher sa prise et, me retournant comme je le pus, j'assenai enfin un coup sur sa jambe avec la massue. Il me lâcha aussitôt, pour mieux revenir à la charge. Je bondis lestement sur le côté, tout en continuant à le frapper de mon arme. Je lui portai encore deux coups sur le cou ou la tête, qui lui arrachèrent un grognement avant de l'immobiliser tout à fait.

Tout allait très vite, mais je m'en tirais plutôt bien jusque-là. J'avais désarmé un de mes assaillants et sérieusement blessé l'autre. Un troisième homme surgit, également armé d'une massue, et me frappa violemment sur le bras droit. S'il m'avait touché au coude comme il en avait eu l'intention, je ne serais pas capable d'écrire ce récit aujourd'hui. Sur le moment, je crus que mon bras était cassé, et lâchai mon arme. Cette fois, j'étais perdu. Mes agresseurs se ruèrent sur moi et continuèrent à me frapper avec méthode. Je m'effondrais au sol sous une pluie de coups. Une petite voix en moi s'efforçait de ranimer mes dernières forces, m'enjoignant à me relever : « Pourquoi suis-je là, à les laisser me tuer ? » Enfin, dans un dernier sursaut de volonté, je me redressai brusquement pour me mettre à courir.

J'étais totalement aveuglé par le sang qui coulait de mes tempes. De violents éclairs troublaient plus encore ma vue, comme s'ils cherchaient à combattre l'obscurité éternelle. Un bruit de mer grondante envahissait mes oreilles et j'avais l'impression que des vagues gigantesques allaient me submerger d'une minute à l'autre. À peine conscient de ce que je faisais, je me jetai dans les buissons, sans même sentir les ronces qui me déchiraient les bras et les jambes. Puis je reçus un dernier coup de tête, et tombai le long d'une pente, rebondissant d'un buisson sur un rocher et d'un rocher sur des cailloux... Finalement, je ne ressentis plus rien du tout, car j'avais perdu connaissance.

CHAPITRE DIX-NEUF

La mort rôde

Le jour se levait, lorsque j'ouvris enfin les yeux, avec l'impression de flotter à la surface de l'eau. À travers une sorte de brume, les rochers me parurent de taille monstrueuse. Un grondement persistant empêchait mes oreilles d'entendre quoi que ce soit. Ma tête était si douloureuse que je crus qu'elle allait éclater, et fermai les yeux un moment. Je tentai enfin un mouvement, mais l'effort fut si douloureux que je sombrai à nouveau dans l'inconscience.

Je ne sais combien de temps cela dura, entre-coupé de brefs instants de lucidité. Ma vision s'éclaircissait un peu, chaque fois que j'ouvrais les yeux. Puis je repris mes esprits et fis un sérieux effort pour m'assurer que je n'avais rien de cassé. D'abord, je ne pus remuer ma jambe gauche et cela m'effraya, mais j'y parvins enfin dans une douleur extrême. Quand la lueur du jour s'affirma, je distinguai des taches de sang sur mes mains et mon chiton. La mémoire me revenait par bribes : je savais qui j'étais, et me rappelais certains événements de la nuit précédente. Finalement, je rassemblai assez de force pour m'asseoir et regarder autour de moi, les yeux à demi fermés, la vue encore confuse. Je me trouvais dans un fourré, sous une avancée de rochers, près du bas de la colline. Je tournais une tête nauséeuse et vis une traînée de terre et de végétations arrachées : les traces de ma chute. Il y avait d'autres traces, un peu plus loin, mais aucune près de moi. J'en conclus que mes assaillants avaient dû me frapper juste au moment où j'avais dévalé la pente abrupte et m'avaient suivi par une route plus sûre. En m'apercevant étendu sans mouvement, ils m'avaient probablement cru mort.

Une grande faiblesse s'empara alors de moi, et je reperdis conscience. Quand je repris connaissance, j'eus envie de vomir (j'avais dans la bouche un goût amer, mélange de sang séché et de bile), mais ne pus y parvenir. En regardant les longues estafilades dont j'étais couvert, je compris que la massue cloutée m'avait proprement écorché vif. Le froid de la nuit avait probablement permis à mes blessures de sécher plus vite, ce qui, dans un sens, était une bonne chose. J'aurais pu perdre beaucoup plus de sang. Mon corps n'était qu'une plaie. Avec les premières lueurs du jour, une petite pluie fine s'était mise à tomber. Je ne pouvais rester là : j'avais besoin de soins, de chaleur, de vêtements propres, de secours. Il me fallait essayer de rentrer chez moi.

C'était une décision beaucoup plus courageuse que ma détermination de conduire Philémon à Eubée, et qui demandait davantage d'efforts. Celui qui s'imagine qu'il est aisé de se traîner sur la pente d'une colline avec un corps blessé et une tête dérangée devrait en faire l'expérience. Je rampai sur le ventre, comme un serpent, mais beaucoup plus lentement. Mes yeux bouffis me rendaient presque aveugle, mes doigts engourdis ne trouvaient aucune prise. Je sentais chaque caillou du chemin ; ils me semblaient aussi gros qu'un poing.

Quand je parvins au bas de la colline, je pris appui sur mes mains et mes genoux, et me traînai à quatre pattes comme un enfant. Ma douleur était telle que je perdis encore plusieurs fois conscience, avant d'atteindre finalement la route.

Je ne savais pas où je me trouvais exactement, mais je distinguai des maisons plus loin. J'étais terrifié à l'idée que quelqu'un me surprenne dans ce triste état. Aussi répugnant qu'un crapaud, je ne manquerais pas de faire fuir les habitants de ce quartier résidentiel.

Un claquement de sabots me tira de la demi-léthargie dans laquelle j'avais sombré. Dans un dernier effort, je relevai la tête. Le bruit se rapprocha, et j'aperçus au-dessus de moi les jambes d'un homme et les pattes d'une mule. Je rassemblai mes dernières forces pour appeler au secours, mais ma voix était si faible que l'homme n'entendit pas. Je poussai un grognement, essayai de nouveau de crier. Cette fois il s'arrêta et me vit.

— Que la grande Athéna ait pitié de nous !

Il s'effraya en découvrant mon état et son premier réflexe fut de s'enfuir.

— À l'aide ! criai-je plus distinctement. Honnête citoyen d'Athènes... attaqué par des voleurs... presque tué.

Il se gratta la tête, puis demanda :

— Comment puis-je savoir que tu n'es pas un voleur de grand chemin s'attaquant aux honnêtes passants ? Je ne suis qu'un pauvre homme sans la moindre obole sur lui. Le pauvre esclave d'un homme pauvre. Qu'Athéna me protège.

— Pas un voleur, murmurai-je. Bon citoyen. Ramène-moi à la maison. Récompense. Au nom de Zeus !

Je fermai les yeux. Quand je les rouvris, il était toujours là.

— Tu m'as l'air dans un triste état, concéda-t-il. Combien offres-tu de récompense ?

— Cinq drachmes.

Devant son air hésitant, je doublai l'offre.

— Bon. Quel nom, quelle maison ?

Je le lui dis et il me tendit une main vigoureuse, sinon charitable. Sans le moindre ménagement, il me jeta sur le dos de sa mule comme si j'étais un sac d'avoine. La tête en bas, les jambes ballantes, les mouvements de la bête ajoutaient à mes tortures. Je fermai les yeux et la nature miséricordieuse m'accorda de ne plus rien voir.

Lorsque je m'éveillai, allongé sur une couche plus moelleuse que le dos de la mule, je reconnus le visage anxieux de ma mère, penché sur moi.

— Oh ! Il est vivant ! s'écria-t-elle. Parle-moi, mon fils ! Oh ! Stéphanos, l'homme qui t'a ramené nous a déclaré que tu étais mort, et j'ai cru qu'il disait la vérité, mon enfant. Grâces soient rendues à Zeus !

— Je suis en train de mourir, balbutiai-je en refermant les yeux.

Plusieurs heures — ou plusieurs jours — plus tard, mon esprit se remit à fonctionner, et derrière mes paupières closes je commençai à me dire que quelqu'un avait certainement comploté ma mort. « Comme je souhaiterais être mort ! » pensai-je avec amertume et de façon impie. Mais la raison me revenant, je pensai : « Je suis encore en vie, mais je ne suis pas pour autant sauvé. » Celui qui en voulait à ma vie serait fort déçu, lorsqu'il apprendrait que je respirais encore... et dans ce cas, mieux valait sans doute qu'il l'ignorât encore pendant quelque temps.

Après cette nuit sur une colline ouverte à tous les vents, je me croyais atteint d'un mal pulmonaire incurable. J'appris plus tard que j'avais eu beaucoup de fièvre et que j'avais même déliré. Mon repos fut troublé par un affreux cauchemar dans lequel Boutadès me poursuivait avec une massue, qui devenait une jarre d'huile dont il me versait le contenu dans la gorge jusqu'à ce que je sois à moitié noyé.

Au cours des premiers jours mon état semblait si désespéré que la rumeur de ma mort se répandit bientôt à Athènes. Mes ennemis connurent quarante-huit heures de paix, savourant avec satisfaction le récit de mes mésaventures.

Au terme de cinq ou six jours, grâce aux soins de ma mère, mes blessures commencèrent à cicatriser, ma respiration devint moins pénible, et je restais éveillé plus longtemps. Mes forces recouvrées, j'étais tiraillé par l'envie de me lever, et je dus prendre sur moi pour demeurer tranquille et ne pas éveiller les soupçons de mes ennemis. L'appétit me tenaillait et j'avais peine à refuser la nourriture qu'on me proposait.

Durant cette période cruciale, je reçus la visite d'un ami d'Aristote, venu discuter d'une affaire. Le citoyen Dioclès souhaitait m'acheter cette vigne, dont Aristote lui avait parlé. Il avait pris soin de préparer l'acte d'achat et nous conclûmes la transaction sur-le-champ. Il déposa sur mon lit un sac en cuir contenant deux cent cinquante drachmes, que je cachai jalousement, même à mère, de crainte de voir s'évanouir cette merveilleuse aubaine. J'ignorais si cette vente serait valable devant la loi, si quelqu'un avait voulu la contester, car je n'avais pas encore repris tous mes esprits, à ce moment-là. L'acheteur de la vigne figurait à son tour dans mes cauchemars et je doutais par moments de son existence. Toute l'affaire était cependant bien réelle.

Mon état s'améliorait nettement, et je dus mettre ma mère dans la confidence. À ma surprise, elle comprit parfaitement la situation quand je lui expliquai que je pensais avoir été attaqué par nos ennemis, et que je ne serais en sécurité que s'ils me croyaient sur le point de mourir.

Elle imagina même des stratagèmes pour prolonger cette illusion. L'esclave qui m'apportait la nourriture reprenait des plats intacts : ma mère me ravitaillait en cachette. Pâle et défaite, elle se répandait en lamentations sur mon état. D'autres membres de la maison et même tante Eudoxia me virent couvert de pansements, les yeux fermés, respirant mal. Cette comédie fut efficace. Les esclaves racontaient à qui voulait l'entendre que le maître respirait avec difficulté et était aussi pâle que de la neige. Ces propos se propageaient de l'agora jusque dans les meilleures maisons. Chacun s'indignait de l'audace des voleurs, mais certains méchants esprits se réjouissaient en secret de voir notre famille subir la juste punition des dieux.

Entre-temps, sur ma couche solitaire, j'avais le loisir de méditer. Je cherchai à me rappeler les détails de ma visite à Eutikleidès. S'était-il arrangé pour me faire attendre, afin de s'assurer de mon départ, la nuit venue ? Pourquoi avais-je éprouvé le besoin et l'audace de lui dire que j'étais allé vendre mon huile sur la route de Mégare ? Quelle aubaine pour mes adversaires, je m'étais étourdiment jeté dans la gueule du loup, en gravissant la colline ! Je ne pensais pas être en mesure de reconnaître aucun de mes assaillants, pas même l'homme au nez épaté, dont j'avais entrevu le visage durant un bref instant. Je me demandais si ces bandits avaient été payés ou s'ils devraient attendre mes funérailles pour toucher le prix de leur forfait.

Au cours de cette période irritante de convalescence, environ une dizaine de jours après l'attaque, je reçus un autre visiteur. Il força ma porte en dépit des protestations de la maisonnée, prétendant qu'il avait un message à me confier. Je l'examinai avec quelque surprise : c'était un homme robuste, musclé, au teint basané, aux yeux cernés, et ventru comme un homme accoutumé à boire. Il se campa devant moi, et me regarda comme s'il s'attendait à être le bienvenu.

— Eh bien ? demandai-je.

— Je viens de la part de Simonidès, dit-il, jetant un regard en direction de mon esclave.

Je fis signe à celui-ci de nous laisser seuls, et mon visiteur ferma la porte.

— Qui es-tu, murmurai-je, et que veux-tu ?

— Oh ! mon garçon, dit-il à voix basse, je pensais que tu serais heureux de me voir ! Ce n'est pas moi qui ai besoin de toi, mais plutôt le contraire. Mon nom est Pheidippidès.

Ses petits yeux porcins brillaient, tandis qu'il se grattait la poitrine d'un geste naturel.

— Oh ! Évidemment, je désirais vivement te voir ! Peux-tu...

— Du calme. Pavillon bas et larguons les amarres.

Il saisit mon poignet dans sa grosse poigne velue et l'examina, puis il me tâta le front.

— Pas trop mal, bien calfaté pour un moussaillon. Mieux que je ne le craignais.

Il s'assit familièrement au bord de mon lit et cracha par terre.

— Eh bien fiston, inutile de tourner autour du pot, raconte-moi la chose.

— Attends. Peut-être as-tu mal compris. Je ne t'ai pas demandé de venir ici pour t'occuper de ma santé.

— Ha, ha! Rien de tel que l'air de la mer pour restaurer la santé. Le vent du grand large guérit tous les maux.

— Pourquoi crois-tu que j'ai demandé à te voir?

Il plissa les yeux d'un air entendu.

— Eh bien, tu as fait appel à moi parce que tu allais avoir des ennuis. Je regrette de n'avoir pu venir plus tôt, mais tu n'as pas envie d'attendre la suite. Je peux t'arranger le coup et embarquer la marchandise vers un climat plus sain. Le plus tôt sera le mieux. Parlons du prix. Cela pourrait être fait ce soir.

— La marchandise?

— Ouais. Un sac de blé envoyé à travers la mer, un ballot de cuir planqué dans les écoutilles. Le lard retiré du saloir. Et au revoir à la vieille lune. C'est bien l'idée générale, s'pas?

— Au revoir à la vieille...

— Écoute, petit, dit-il avec impatience, c'est visible comme le nez au milieu du visage, et le tien n'a pas été arrangé par le traitement qu'il a subi. Tu as fait appel à moi quand tu as eu des ennuis. Navré de n'avoir pu venir battre le fer pendant qu'il était chaud, mais tu n'as pas envie de rencontrer à nouveau le forgeron, s'pas? Tu veux te tirer. J'peux arranger ça. Te faire filer dans un climat plus sain, comme on dit.

— Oh! dis-je enfin éclairé. Non, merci beaucoup, mais il ne s'agit pas du tout de cela. Je peux me débrouiller ici. Je désire seulement que tu acceptes de témoigner en faveur de mon cousin Philémon. Il voyageait bien avec toi vers Égine au cours d'une certaine nuit, n'est-ce pas?

Il bondit aussitôt sur ses pieds.

— C'est exact, mon garçon, mais ce ne sont pas des choses que l'on répète publiquement. Je voulais bien te rendre un petit service à titre amical, mais il n'est pas question que je dépose devant une cour de justice. Ce serait malsain pour moi.

— Je te dédommagerai largement.

— Du reste, mon témoignage n'apporterait pas grand-chose à ta défense. Même repeint, un vieux rafiot ne saurait passer pour une trirème.

— Je t'en prie, réfléchis, ne réponds pas tout de suite. Si je t'assurais l'immunité et le respect, m'autoriserais-tu à faire de nouveau appel à toi?

— Je ne peux rien te promettre. Inutile d'essayer de me faire témoigner sous la torture, je disparaîtrais sans laisser de trace.

— Je ne te veux aucun mal. Considère ma proposition. Tu ne perdras pas ton temps et tu n'obligeras pas un ingrat.

— Je vais réfléchir, mais il est douteux que je change d'avis, dit-il en se dirigeant vers la porte.

En l'ouvrant, il déclara sur un tout autre ton :

— Les pots que tu as commandés recevront toute notre attention, seigneur.

Cette visite me laissa fort insatisfait. Je ne progressais presque pas dans ma préparation de la défense, aussi les jours suivants furent-ils mélancoliques. Je m'attendrissais tellement sur moi-même que mon cousin se voyait parfois relégué au second plan de mes préoccupations.

Oui, je me sentais mieux, mais la date du procès approchait. Le dix-septième jour, je fus capable de me lever et de faire quelques pas dans ma chambre (dans la plus grande discrétion, naturellement). Ce même soir, j'étais assis dans mon fauteuil, quand j'entendis des pas se diriger vers ma chambre. Je regagnai mon lit au plus vite, peine perdue, c'était Aristote !

— Une visite de ton médecin, annonça-t-il sur un ton guilleret. J'ai recommandé que l'on ne laisse entrer personne pendant que je t'examinais.

Sa nature exubérante semblait apporter de la vie dans ma sombre prison. Il referma la porte.

— Laisse-moi te regarder. Hum ! Oui, tu es dans un triste état, moins triste toutefois que certains ne le souhaiteraient. Oh ! jeune fou de Stéphanos ! Ne t'avais-je pas mis en garde contre le danger ? Que s'est-il passé ?

Je lui racontai tout, y compris la comédie du « mourant » que j'avais jouée à mes ennemis.

— C'est ce que tu pouvais faire de mieux, étant donné les circonstances. Voyons tes blessures.

Quand il eut fini son examen, il me confirma que les plaies cicatrisaient, mais que je resterai balafré. Puis il ajouta :

— À mon retour à Athènes, j'ai été inquiet en apprenant ton agression et que tu étais sur le point de traverser le Styx. Le procès n'a pas été renvoyé, n'est-ce pas ?

— Non. Pas à ma connaissance.

— Parfait. Stéphanos, je suis sûr d'avoir trouvé un moyen de remporter un succès, à condition que tu restes en vie encore quatre jours. Remercie Athéna, tu es presque guéri ! Une partie de mon plan dépend de toi ; j'ai besoin de ton assistance. Il s'agit de quelque chose de difficile et dangereux, entièrement lié à ta cause. N'étant pas Héraclès, je ne peux agir seul.

— Je ferai tout ce que tu voudras, dis-je avec conviction.

— Te sens-tu assez fort pour sortir la nuit et m'aider à déplacer un objet assez lourd ? Cela nécessitera un effort vigoureux.

— Je me sens assez fort pour faire tout ce qui pourra aider à sauver Philémon, dis-je.

Sa simple présence avait réveillé l'espoir et la force en moi, comme si Hermès le divin messager m'avait visité en personne.

— Je suppose qu'il y a un risque, grommela-t-il en se perchant sur une chaise, mais il vaut la peine d'être couru. Avec ta permission, je vais attendre ici en prétextant que je te veille. Envoie tous les domestiques se coucher. À minuit, une litière viendra me chercher. Un ami influent me permettra de franchir les portes de la ville, sous le prétexte que je regagne ma demeure. Tu pourras prendre ma place dans la litière, tandis que je marcherai humblement derrière. Au cœur de la nuit, nous mènerons à bien notre travail secret.

— Jusqu'ici, je n'entrevois aucun problème.

— Quand nous en aurons terminé, il vaudrait mieux que tu reviennes tranquillement chez moi. Tu en informeras ta mère, mais efforce-toi de tenir l'affaire secrète à toute autre personne. Si le pot aux roses était découvert, nous pourrons toujours prétendre que je te soigne avec des médicaments orientaux préparés par Pythias. Mais il vaut mieux que l'on continue à penser que tu te bats contre la mort dans ton propre lit.

— Mais, objectai-je, quelle est l'étrange besogne que nous devons accomplir ensemble ? En quoi consiste-t-elle ? Et où irons-nous ?

— Je préfère ne pas t'en parler pour le moment. Ce n'est pas une tâche particulièrement agréable, tu l'apprendras toujours assez tôt.

Tout cela n'était pas encourageant, mais je ne pouvais que faire confiance à mon bon maître. Je mis brièvement ma mère au courant pendant qu'Aristote attendait dans l'antichambre, selon les convenances. Elle accepta à contrecœur et alla prévenir la maisonnée que les remèdes d'Aristote devaient m'être administrés par elle seule, durant les prochains jours. Je lui remis l'argent que j'avais reçu pour la vente de la vigne et lui recommandai de faire envoyer la somme due à Eutikleidès par un esclave de confiance, au jour convenu. On m'apporta des épices et un cordial, puis Aristote me fit respirer un baume et boire du vin chaud. Le temps s'écoulait lentement.

— Comment s'est passé ton voyage ? lui demandai-je, pour faire la conversation.

— Très bien. C'est même la raison qui me permet d'espérer une issue favorable à ton procès.

— Cela signifie-t-il que tu as entrepris ce voyage à cause de moi ?

— Oui, en grande partie. J'ai trouvé ce que je cherchais.

— Je ne suis pas un enfant, dis-je agacé, cesse de parler par énigmes. Dis-moi aussi ce que nous allons faire cette nuit, je ne sais encore où.

— Cela revient au même. Ce que j'attends de toi n'est pas une mince affaire, même pour un homme en parfaite santé. Ce n'est pas non plus sans danger, mais tu n'es pas très pointilleux vis-à-vis de la loi quand il s'agit de la bonne cause, n'est-ce pas, Stéphanos ? ajouta-t-il en riant. Je peux maintenant te faire payer le tour que tu m'as joué.

— Je veux savoir tout de suite où nous nous rendrons, ordonnai-je.

Lorsqu'il m'expliqua son plan, mes cheveux se dressèrent sur ma tête. J'étais sans voix. Mais je m'empressai de le suivre dans la nuit.

CHAPITRE VINGT

Le carrefour d'Hécate

Bien des jours s'étaient écoulés depuis ma dernière sortie et le grand air me saisit. Je n'eus pas le loisir de l'apprécier longtemps, Aristote me poussa dans la litière qui attendait près de là et dispensait une forte odeur de cuir humide et de paille sèche. Je ne distinguais rien, mais je sentais tous les mouvements des esclaves qui me portaient. J'aurais préféré marcher. Il semblait déshonorant de me faire transporter ainsi comme une grosse vieille femme, et je fus soulagé quand Aristote arrêta le convoi.

— Tu vas devoir marcher, à présent, dit-il. J'espère que tu en auras la force.

Toutes ces journées passées au lit m'avaient affaibli, mais Aristote parut satisfait de mon état. Il me tendit une torche, et nous partîmes d'un pas vif, du moins me sembla-t-il. Au premier tournant, nous laissâmes les esclaves et la litière derrière nous. Après un petit bosquet, nous tournâmes encore.

— Il vaut mieux que même mes propres esclaves ignorent notre destination, me confia-t-il.

Je compris bientôt où nous nous trouvions : sur la voie sacrée d'Éleusis, près de la nécropole. Aristote se retournait, de temps en temps, pour s'assurer qu'il n'y avait pas d'autres promeneurs. Mais par cette froide nuit d'hiver, il n'y avait pas l'ombre d'une âme sur cette route, habituellement très fréquentée.

Nous nous dirigions vers l'intersection des Trois Routes : le carrefour d'Hécate, sanctuaire d'Artémis, la terrible déesse de la mort et de la nuit. Au-dessus de nos têtes, Phébé, sa planète, brillait, sœur froide du soleil. Parvenu à ce terrifiant carrefour, j'adressai une prière à Artémis, pour qu'elle n'entrave pas notre expédition. Mon compagnon murmura à son tour une prière, tandis que nous longions l'un des petits sentiers entre les tombes. Les rafales de vent me faisaient frissonner, malgré mon manteau de laine. Des petits nuages passaient devant la lune, comme les bateaux devant un phare près du rivage. À leur passage, la lune teintait d'argent les bords des nuages, et de la même façon, la lueur de nos torches éclairait tout à coup les masses sombres des stèles. Un à un les monuments se détachaient de l'obscurité et les sculptures semblaient brusquement s'animer à notre intention : un visage d'homme nous regardait ici, un visage d'enfant nous souriait plus loin, embrassé par ses parents en pleurs... Ce jardin de la mort était comme habité d'une illusion de vie et j'avais soudain la sensation de nombreuses présences.

Oh ! si ce que beaucoup considèrent comme vrai l'est en vérité, et si l'esprit intellectuel se sépare pour toujours de la chair et descend vers Hadès après la mort, quelle horreur cela doit être de voir cette première vision du Styx, peuplé d'ombres ! Certainement chaque esprit, se souvenant encore de sa vie dans la chair et de ses jours joyeux, doit reculer de désespoir et de frayeur dans l'obscurité derrière toutes les autres ombres.

Tandis que mes pensées vagabondaient dans cette mélancolie, j'oubliai où nous nous trouvions. Mon bon maître semblait, quant à lui, tout aussi à l'aise que dans son salon. Il marchait toujours d'un pas vif, malgré le vent qui n'était pas pour améliorer ses rhumatismes. Il s'arrêta enfin et éclaira de sa torche un bloc de pierre : Boutadès aux côtés de son épouse me toisait avec dédain.

— C'est ici, dit doucement Aristote, en plantant sa torche dans le sol et en m'invitant à l'imiter.

Le vent attisait les flammes et la lumière vacillante jouait sur le marbre, transformant l'expression de Boutadès : il semblait successivement sourire, froncer les sourcils, faire une grimace. Je faillis éclater de rire.

— Au travail, dit Aristote en retirant son manteau.

Comme un homme porte son épée, Aristote avait attaché à sa ceinture deux longues barres de fer. Je m'étonnai avec admiration que cet équipement encombrant n'ait pas ralenti sa marche.

Il me tendit une truelle :

— Creuse, m'ordonna-t-il.

— La terre est molle, remarquai-je avec surprise.

— Donne-moi ça.

Aristote saisit la truelle et se mit à creuser, tâtant de la main, très délicatement, le bord de la pierre.

— Oui, elle est certainement plus meuble au milieu. Nous ne placerons pas les barres de fer ici, mais là et là.

Il creusa un moment en déposant la terre sur le côté en un petit monticule qui ne tarda pas à grossir.

— Nous allons faire un essai, dit-il au bout d'un moment. Engage cette barre à gauche, je vais placer l'autre à droite.

Quand les barres métalliques furent en position, il chuchota :

— Allons-y.

Malgré la parfaite concordance de nos efforts, la pierre ne bougeait pas. Nous continuâmes à dégager la terre, avant de faire un autre essai : la pierre remua un peu. Aristote balaya les alentours du regard et remarqua une petite stèle mal entretenue, dont une colonne gisait sur le côté.

— Portons-la devant la tombe, dit-il.

La colonne roula facilement sur le sol, le poids d'un garçon de quatorze ans environ.

— Assieds-toi, dit Aristote en me surveillant, et maintenant regarde.

Il glissa la barre de fer sous le monument comme précédemment, mais il fit reposer une partie de la barre sur la colonne.

— Cela va rendre la besogne beaucoup plus facile. Essayons.

Bien que j'eusse quelques doutes, l'astuce s'avéra judicieuse. La pierre céda beaucoup plus facilement. Boutadès et sa femme parurent étonnés, tandis qu'ils commençaient à se balancer en arrière. Ils disparurent de notre vue, enfin, en s'échouant avec douceur sur la terre.

Devant nous, il n'y avait plus qu'un trou noir comblé par de la terre. Aristote s'agenouilla et se mit à creuser avec ses mains.

— Là, dit-il, où la terre paraît molle d'abord, suivons cette ligne et... Ah !

Il dégagea, triomphant, un fragment de poterie.

— Viens m'aider. N'utilise pas la truelle, creuse avec tes mains.

J'obéis et découvris à mon tour un autre morceau dans cette boue gluante. Nous continuâmes à fouiller comme des enfants dans le sable.

Les morceaux se trouvaient relativement proches les uns des autres, aussi ne tardâmes-nous pas à faire une fertile récolte. Puis je cessai d'en trouver. Aristote s'était déjà mis à en nettoyer quelques-uns avec un bout de chiffon.

— Regarde, me dit-il en me tendant un morceau plus grand que les autres.

À la lueur de la torche, je vis un fragment de poterie peinte, représentant un homme vêtu d'une robe de fourrure.

— Dionysos, dit Aristote avec satisfaction.

Il rassembla les fragments, et, comme par magie, un orchestre se dessina sous ses doigts experts, composé de Dionysos, d'un joueur de flûte et d'une ronde de satyres.

— Il manque une pièce, dit Aristote.

Il retourna vers la tombe et se remit à creuser furieusement.

— La voilà! s'exclama-t-il.

À la lueur des torches, les personnages, maintenant au complet, paraissaient danser sur l'argile rouge et vernie.

— C'est merveilleux! balbutiai-je.

Aristote prit le compliment entièrement à son compte.

— Je t'avais bien dit que ce serait là! J'ai pu assembler les morceaux aussi rapidement parce que j'ai eu la chance d'étudier cette peinture. L'inscription à la base est bien celle que j'imaginais.

Je détournai les yeux du dessin pour l'examiner. Dans cette demi-obscurité, j'avais peine à lire mais je parvins à déchiffrer l'inscription dans son entier : « J'appartiens à Boutadès. » Il ne restait plus qu'à ajouter le fragment que j'avais ramassé sous la fenêtre de Boutadès pour compléter la partie basse de la lettre β : un Béta, et non un Phi.

— Oui, dit Aristote, nous pouvons reconstituer la dernière pièce. Les fragments de poterie forment un tout. J'ai redouté que cette œuvre d'art n'ait été détruite. Nous avons ce dont nous avons besoin, emportons-les.

Il les enveloppa soigneusement dans un tissu laineux, puis glissa le tout dans un sac de cuir accroché autour de son cou.

— Je vois, dis-je d'une voix morne.

Confusément, je mesurais l'ampleur de la tâche écrasante qui allait m'échoir : prouver à l'aide de cette poterie un horrible meurtre. Je n'arrivais pas encore à y croire.

— Du moins, nous pouvons maintenant rentrer à la maison, dis-je.

— Oh ! non, pas avant d'avoir tout remis en place.

Aristote se tourna vers la plaque de marbre renversée et se mit à pelleter la terre vers son lieu d'origine.

Replacer la sculpture fut aussi ardu que de la déloger, plus difficile même, car il fallut prendre soin de la remettre exactement dans sa position initiale. Après quoi, nous dûmes également rapporter la colonne sur sa tombe. (Cette fois, j'eus l'impression qu'elle pesait le poids d'un homme dans la force de l'âge.) Puis, à l'aide d'une brosse, Aristote entreprit de nettoyer la tombe de Boutadès, et balaya le sol autour.

— Je craignais que nous ne laissions des signes de notre passage, dit-il, heureusement, le sol est dur. Une légère pluie serait la bienvenue, ou mieux encore de la neige, mais c'est sans doute trop demander.

— Pourquoi n'exiges-tu pas une tempête ou un tremblement de terre, pendant que tu y es? dis-je avec une pesante ironie.

— Pauvre Stéphanos, tu ne te sens pas très bien, n'est-ce pas? Ma femme nous aura préparé une collation. Cependant, prends garde à tes paroles. Quelles que soient tes excuses, il ne faut jamais tenter les dieux.

Au retour, Aristote refusa mon offre de transporter tout ou même partie de son attirail. Nos torches étaient pratiquement consumées et s'éteignirent avant notre arrivée sur la route d'Éleusis. J'étais certain que nous n'avions pas passé plus d'une heure dans la nécropole, et cependant je me sentais plus fatigué qu'au retour de mon voyage avec Philémon. Je détestais l'obscurité, elle ne me rappelait que trop la colline des Muses.

Nous retrouvâmes enfin les esclaves. De nouveau caché à l'abri de la litière, je sombrai aussitôt dans un sommeil peuplé de cauchemars colorés de rouge, de noir et de blanc, comme la scène que nous avions déterrée près du carrefour d'Hécate.

CHAPITRE VINGT ET UN

Aristote enseigne la rhétorique

Le lendemain, je me sentis à nouveau malade, et la science d'Aristote me fut d'un précieux secours, comme il ne manqua pas de me le faire remarquer. J'aurais pu lui rétorquer qu'il était lui-même responsable de ma rechute ; on trouve meilleure cure que de pousser un invalide au cœur d'une nuit d'hiver pour déplacer des tombes et voler des cimetières. J'étais cependant trop faible intellectuellement pour ces joutes verbales ; tout me semblait trop lointain et brumeux. Aristote s'inquiétait à mon sujet, tout comme Pythias, qui me fit boire des décoctions asiatiques inconnues. Dans la soirée je me sentis la tête plus légère et même d'humeur assez facétieuse. Le lendemain matin je m'éveillai en bien meilleure forme.

Il ne restait plus que trois jours avant le procès, et Aristote me fit travailler. Assis dans la pièce, toujours encombrée par sa collection d'armes, nous révisâmes toute l'affaire. Mon admiration grandit, en prenant conscience de tout ce que je n'avais pas vu jusque-là. Mon bon maître marchait de long en large, en discourant, tandis que je l'interrompais pour discuter certaines questions. J'avais l'impression de réviser, à toute allure, mes premières leçons de géométrie : les concepts paraissaient nouveaux, la logique irrésistible. Je revenais plusieurs fois sur les mêmes problèmes, afin de les ordonner au mieux et de les compléter. Nous discutions aussi des différentes manières de présenter l'affaire, selon les arguments présumés de l'accusation. J'adressai ensuite des convocations à mes témoins potentiels — dont l'un m'était déjà acquis, grâce à Aristote —, dès que j'eus décidé quelles personnes devraient parler. Aristote lui-même envoya des messages personnels à deux autres témoins sans m'en révéler la teneur. Je ne pensais pas qu'il se rendrait coupable de subornation de témoins, ce qui serait dangereux devant l'Aréopage. J'avais pour ma part l'esprit en paix sur ce point : je ne demanderais rien d'autre aux témoins que la vérité.

Cette dure journée de travail fut salutaire pour mon état d'esprit. À force de ressasser les faits et de les considérer comme des problèmes de mathématique, j'avais l'impression de me livrer à un exercice intellectuel compréhensible et satisfaisant. Je disposais les événements dans mon esprit, comme Aristote avait rassemblé les fragments de vase brisé. Je comprenais maintenant pourquoi certains hommes prenaient plaisir à un tel travail au point d'en faire profession.

Bien entendu, ce n'était pas le cas d'Aristote. Il démontra seulement, en cette occasion, qu'il était capable de préparer la défense d'un accusé et de surpasser les rhétoriciens les plus éminents dont on cite avec admiration les discours.

Ce soir-là, nous travaillâmes sur le point essentiel. Aristote ne choisit pas la voie la plus rapide, qui aurait été d'écrire pour moi la plaidoirie. Il n'oubliait pas sa qualité de maître, et se mit en devoir de tirer de moi les mots que je devrais dire, comme il l'exigeait de ses étudiants au Lycée. C'est du grand art de pouvoir donner, pour ainsi dire, de la voix à un muet. Il prétendait que les discours écrits par un autre et soumis à la mémoire du plaideur sonnent toujours faux. Rien n'était plus discordant que d'entendre un homme fruste et grossier s'exprimer en élégantes phrases châtiées, ou un être chétif tenter d'haranguer l'assemblée, comme Agamemnon ses troupes.

Assis en face de moi, Aristote écoutait et ne m'épargnait pas ses critiques.

— Hum, faisait-il, je n'aime pas cette phrase pompeuse.

Ou bien, il riait en remarquant :

— Ce ton ampoulé est trop emphatique. Il conviendrait à un jury composé de citoyens capables de s'émouvoir. Souviens-toi que l'Aréopage est constitué par d'anciens archontes, les hommes les plus dignes de remplir de hautes fonctions à Athènes. N'oublie jamais ton auditoire ; c'est la première règle en rhétorique.

Il commenta aussi :

— Ce tour de phrase est trop ingénieux et suffisant. Les jurés ont tous siégé dans d'autres cours, ils sont familiers de ce genre d'argument. Cette affaire est trop sérieuse pour faire sourire, et ils pourraient penser que tu cherches à cacher tes points faibles. Fais de l'esprit, soit, mais avec parcimonie. Tiens-t'en à la franchise et aux effets d'une passion authentique, et évite tout ce qui ne sert pas ton dessein.

Il ne manquait pas d'applaudir en retour une bonne formule, une remarque avisée, une intonation juste. Il me montra comment tenir mes mains d'une manière naturelle, sans faire des gestes excessifs. On ne sait jamais, avant d'avoir parlé en public, combien les mains peuvent être maladroites. Une fois, il m'interrompit en ricanant :

— Tu ressembles à un homme coupant de jeunes pousses avec une hachette.

— Eh bien, lui dis-je en m'asseyant, montre-moi toi-même, je suis fatigué.

Alors, Aristote se leva, et, pour mieux illustrer sa pensée, il improvisa un discours devant une cour imaginaire : le plaidoyer d'un paysan, pour la restitution d'un vase en bronze. Il y mit une telle fougue, gesticulant de façon désordonnée, que je fus secoué de rire. Puis il adopta une tout autre attitude pour imiter un citoyen au ton dédaigneux et méprisant. Il paradait et postillonnait en parlant, adoptant une attitude hautaine, variant les poses, tout en jetant des phrases sévères à la suite. Quant il eut terminé ses mimiques, nous éclatâmes tous deux de rire, au point que j'en toussais.

— Il faudra que je prenne garde, dis-je, autrement je vais me mettre à bégayer comme Démosthène dans sa jeunesse.

— Je vais imiter Démosthène, dit aussitôt Aristote.

Il parodia un discours du grand philosophe (un discours sur la préservation des anciennes coutumes athéniennes du lavage du linge). Je m'en souviens, comment pourrais-je l'oublier? Je ne rapporterai pas son imitation, par égard à la mémoire des deux hommes. Je pense qu'Aristote reprochait surtout à ce philosophe fameux, mais dénué d'humour, de croire que lui seul et ceux favorables à son jugement étaient patriotes, tandis qu'il présumait que ses contradicteurs n'étaient que des scélérats au fond de leurs cœurs. Oui, je préfère omettre cette parodie d'Aristote. Durant la scène, rendu à la futilité d'un écolier, je m'amusais non pas de l'esprit pénétrant de mon maître, mais de son humour tout à coup débridé, s'interrompant de temps en temps pour dire :

— Excusez-moi, il faut que je prenne encore un caillou.

Au terme de cette comédie, je pouvais entendre rouler toute une plage sous sa langue.

Cette performance m'avait éclairé. En vérité, Aristote m'avait ainsi enseigné, de la façon la moins pénible, comment éviter trois de mes principaux défauts.

Le lendemain, veille du procès, je m'accordai un peu de repos afin de ménager ma voix. Ce jour-là, Aristote interpréta les plaidoiries de l'accusation, en jouant le rôle de Polygnotos. Il m'invita à considérer ce que je devais dire, à revoir éventuellement ma propre plaidoirie de façon à parer à toute attaque.

Nous redoutions tous deux la possibilité que ma défense soit jugée irrecevable, au milieu de ma première plaidoirie, ou au début de la seconde. La loi veut que accusé et accusateur s'en tiennent aux faits, au cours des quatre interventions. Cette loi pèse davantage sur l'accusateur dans un procès pour homicide, pour empêcher tout abus. Si juste fût-elle, dans mon cas particulier, elle pouvait offrir quelques inconvénients sinon m'être fatale. Naturellement, mon système de défense était tout à fait pertinent, mais devait suivre une démarche inhabituelle, et ce que j'avais à dire n'avait été avancé dans aucune des prodikasia. Si le héraut soufflait dans sa corne et coupait mon élan, c'en était fini de ma défense, qui consistait à prouver l'identité du véritable meurtrier. Si on ne me permettait pas d'aller jusqu'au bout de ma démonstration, l'accusation prendrait alors l'avantage et Philémon pourrait être reconnu coupable. Dans ce cas, justice ne serait jamais faite. Les parents de Boutadès se garderaient de chercher plus avant ses meurtriers, et n'étant pas moi-même un parent de la victime, je n'aurais plus recours d'exposer ce que je savais.

Nous discutâmes de cette déplaisante éventualité. Je devrais évoquer avec prudence ma preuve (apparemment étrangère à l'affaire) qui innocentait Philémon.

— Je ne vois qu'une façon d'éviter toute interruption, dit Aristote, ou plutôt de la prévenir. L'Aréopage est composé d'hommes justes (dans l'ensemble) : le jury se montrera plus naturellement bien disposé à l'égard de Boutadès, et par conséquent de Polygnotos, mais il ne permettra pas d'irrégularité en ce qui concerne la défense. Si Polygnotos fait appel au soldat comme témoin, ainsi que tu as toute raison de le croire, ses déclarations pourront être perçues comme diffamatoires. Le sens de la justice pourrait ainsi amener le jury à supprimer ce témoignage. Si tel était le cas, tu devras demander à la cour de permettre au témoin de poursuivre.

— Pourquoi cela? dis-je avec surprise. Je ne serai que trop heureux de me débarrasser de lui.

— Oui, mais après avoir avalé le vinaigre, tu boiras le bon vin. Le témoignage de ce soldat n'est pas une preuve. C'est le point faible de l'accusation. En le secouant, tu parviendras à rendre l'accusation elle-même douteuse, et tous les autres témoignages en seront affectés. Si tu demandes à la cour de recevoir le témoignage du soldat, sans te montrer trop agressif, en étant déférent au contraire, tu produiras bonne impression, celle d'un homme en quête de la vérité. Alors, tu pourras légitimement balayer ce mauvais témoignage et t'en servir pour introduire ton propre point de vue. Nous devons seulement espérer que Polygnotos fera appel à ce témoin, au cours de sa première intervention. Ayant, par ton libéralisme, gagné la faveur du jury, la cour sera moins encline à te couper la parole quand tu développeras tes arguments. Si possible, ne leur laisse pas entrevoir l'issue de ton raisonnement avant la fin de la plaidoirie. Secoue la corde, mais ne tente pas de la nouer.

Ma tâche s'avérait délicate. Je devrais garder toutes ces choses à l'esprit pendant mon exposé. Pauvre de moi ! Il y a peu encore, une banale affaire de vol de pain aurait effrayé mon inexpérience d'orateur.

— Le jury ne sera certainement pas disposé à accorder grand crédit à mon argument principal. Moi-même, je n'arrivais pas à y croire avant que tu ne me le prouves sans l'ombre d'un doute. Après tout, le jury sera plutôt porté à condamner Philémon. Il est composé d'hommes de l'âge et de la condition de Boutadès.

— Oui, Stéphanos, mais n'oublie pas qu'ils souhaitent aussi que justice soit rendue. Jette un doute dans leur esprit sur la culpabilité de Philémon, et ils se montreront attentifs. N'oublie pas que ces vieil-

lards à barbes grises sont curieux et inquisiteurs —
tout autant que des jeunes hommes —, bien qu'ils
réclament au moins quelques raisonnements sensés.
Tu peux les intéresser si tu restes digne, rationnel et
naturel. Tu possèdes maintenant la manière à la per-
fection : pas de maladresse, pas de faux-fuyants ni
de visage fermé.

— Comment pourrais-je être naturel après tant
de répétitions ?

— Ah ! c'est là un des grands points de la rhétorique : l'art ne doit pas se sentir. Rien ne paraît
moins naturel au public que de grands efforts pour
l'impressionner. Il faut quelque intelligence pour se
montrer naturel. Toi-même, au début, tu te serais
montré impulsif, enclin aux extrêmes, avec des
phrases pompeuses et des mouvements agités. Mais
ce n'est plus le cas aujourd'hui. Crois-moi, le naturel le plus convaincant est du grand art et cela
s'apprend.

Le matin du procès, je regagnai très tôt et en
secret ma propre maison. Ma mère m'apprit qu'elle
avait joué son rôle avec succès et que personne ne
s'était douté de mon absence. Elle avait aussi
adressé l'argent à Eutikleidès, comme convenu. Je
revêtis mes meilleurs vêtements qu'elle m'avait préparés, non sans avoir insisté pour me masser le dos
et le thorax avec de la graisse pour me préserver du
froid. Elle me donna aussi quelques plaques de miel
bouilli et durci « pour ta pauvre gorge ». Pâle et
tremblante, tante Eudoxia posa la main sur mon
bras.

— Tu feras l'impossible pour mon pauvre
enfant, dit-elle. Oh ! Stéphanos, sauve-le, je t'en
prie !

304

Elle plaidait auprès de moi comme si j'étais étranger à sa cause, ce qui me peina. Les dieux m'étaient témoins que j'aurais donné mon sang, mes biens et mon âme pour sauver Philémon.

Je partis, suivi par le murmure de leurs prières. Je marchai avec autant d'entrain que je le pus, rencontrant mes témoins chemin faisant. Ils formaient un groupe mal assorti. L'un d'eux nous devançait dans une litière ; les autres trottaient derrière moi, vêtus de simples robes de laine brune. Nous étions maintenant au mois de Gamélion, le plus froid de l'année. Le soleil essayait de percer sans enthousiasme les nuages noirs.

Nous arrivâmes à l'Aréopage. Le public avait déjà investi l'espace aménagé à l'ouest de la colline. Polygnotos était là, lui aussi, avec sa suite de témoins et parmi eux Eutikleidès : il ne figurerait donc pas dans le jury, et je fus heureux de pouvoir rencontrer ce témoin de l'accusation sans être son débiteur. Il me lança un coup d'œil dédaigneux, animé d'une sorte de joie aussi, comme un homme regarde un insecte nuisible qui l'indispose, mais qu'il est heureux d'écraser. Polygnotos ne m'adressa pas même un regard.

Rien de tout cela ne paraissait réel, j'avais l'impression d'assister à un spectacle. Un long moment s'écoula durant lequel il ne se passa rien. La foule grandissait ; les jurés attendaient. Le sacrifice rituel commença. Bientôt nous fûmes appelés à prêter serment.

CHAPITRE VINGT-DEUX

Le procès commence

Polygnotos se présenta le premier. Il tendit la main au-dessus des offrandes — des morceaux de sanglier, de bélier et de bœuf mis à mort et découpés, selon le rituel propre à une affaire d'homicide. Polygnotos, grave et digne, prononça le serment d'une voix dure.

— Moi, Polygnotos, fils d'Eusébios, viens ici, devant cette cour et sous le regard des dieux, accuser Philémon, fils de Lykias d'Athènes, du meurtre de Boutadès d'Athènes. J'affirme être le neveu de l'homme assassiné et son plus proche parent.

« Je jure par les dieux du ciel et de sous la terre, par Athéna, gardienne de cette cité, par le feu, par les eaux du Styx, et par les présents sacrés sur l'autel, que mon accusation est fondée, et que Philémon a délibérément assassiné Boutadès. Je viens pour démontrer à tous les hommes présents, et à ce jury, qu'il en est bien ainsi, et que tout ce que je vais dire concernera cette affaire, sans rien ajouter qui n'ait trait à cette cause.

« Si cette accusation n'est pas véridique, avec tous les faits s'y rapportant, qu'une malédiction frappe ma maison et qu'une flamme destructrice s'abatte sur ma famille ainsi que sur moi-même.

C'était un serment terrible, en vérité. Puis l'archonte s'avança, et ce fut mon tour de prêter serment. Je commençai :

— Moi, Stéphanos...

J'eus l'impression que ma voix était trop aiguë. Mon serment prenait le contrepoint de celui de Polygnotos. Je jurai être le plus proche parent de Philémon, désigné pour le défendre. J'affirmai qu'il était innocent de l'accusation portée contre lui, ce que je m'emploierai à prouver, appelant la destruction sur moi-même et ceux qui m'étaient chers, ainsi que sur Philémon et sa maison, si mes déclarations se révélaient fausses.

Pendant un moment, je ne distinguai que la chair rouge sur l'autel, marques ostentatoires d'un crime de sang, puis je vis la multitude silencieuse. Je recouvrai mon calme, car je savais que ma cause était juste, et que je pouvais jurer, en toute sérénité, de l'innocence de Philémon. Je retournai m'asseoir pour écouter le premier réquisitoire de Polygnotos.

Un procès pour meurtre se déroule en quatre temps. La première allocution, prononcée par l'accusation, est suivie de la réponse de la défense. Ensuite, l'accusation reprend la parole, puis la défense. Cette méthode avantage assez justement l'accusé : si ce dernier est coupable, ou s'il a le sentiment que les charges pesant sur lui sont trop lourdes, il peut alors renoncer à sa seconde plaidoirie et saisir sa dernière chance en prenant la fuite, avant que la sentence soit prononcée. Dans le cas présent, je n'avais aucun intérêt à me retirer, car quand bien même le verdict serait prononcé en faveur de l'accusation, seul Philémon encourrait les pénalités. Si je me défendais mal, si tout se présentait mal, devrais-je me retirer de l'affaire avant ma dernière plaidoirie ? Une fois que j'aurai pris la parole, même pour ne prononcer qu'une seule phrase, cela compterait et je ne pourrais plus retarder le processus du tribunal jusqu'à son verdict. La responsabilité qui pesait sur moi me semblait écrasante.

Bien que j'eusse examiné tous les détails de l'affaire avec Aristote, je m'interrogeais encore sur ce qu'il convenait de dire ou de taire. Aussi je m'efforçai de vider mon esprit de toute préoccupation et d'écouter Polygnotos.

Debout, avec l'aisance d'un homme de bonne famille, Polygnotos regardait l'auditoire, avec un chagrin digne. Il paraissait fort, tel un homme coulé dans le bronze ; sa voix était claire et assurée. Presque tous les visages tournés vers lui exprimaient l'admiration et la sympathie, attentifs au premier acte d'accusation dans ce fameux procès pour homicide.

— Nobles citoyens d'Athènes, moi, Polygnotos, je viens devant vous, dans ma détresse, pour vous exposer l'horrible forfait perpétré par Philémon, dans la traîtrise de son cœur. Philémon a pris la vie de mon oncle délibérément et de la manière la plus vile. La façon dont ce crime a été commis en aggrave encore l'horreur. Ce crime, aussi sanglant que par le sabre ou le poignard, est beaucoup plus sournois. J'aurais souhaité ne pas avoir à vous rapporter comment Philémon s'est introduit dans la propriété la nuit pour tuer Boutadès d'une flèche, tirée de la fenêtre, alors que mon malheureux oncle était paisiblement assis à sa table. C'est moi qui l'ai trouvé, gisant sur le sol, avec une flèche dans la gorge, mort ou venant de mourir.

Suivit alors le récit selon lequel Polygnotos avait été réveillé par un bruit, aux aurores ; comment il avait trouvé le corps, et aperçu quelqu'un par la fenêtre ; comment il lui avait donné la chasse dans le jardin, et avait vu le fugitif sauter par-dessus le mur.

— Je fais ici appel à l'honorable Télémon, citoyen d'Athènes, comme témoin.

Télémon s'avança. Le vieux boiteux était visiblement ravi de se trouver là et paraissait aussi onctueux qu'un bol de crème. Il prêta serment, jura qu'il accusait Philémon du crime et répéta ce qu'il avait déjà dit lors des prodikasia, certifiant qu'il avait vu et identifié le scélérat.

— Ainsi donc, reprit Polygnotos, je suis retourné à la maison, où Eutikleidès arrivait en compagnie de quelques autres. Je fais appel au témoignage de l'honorable Eutikleidès.

Eutikleidès jura également que cette accusation était justifiée. Il donna un témoignage très complet et émouvant de ses premières constatations, à la vue du corps de Boutadès.

— Il était là, seigneurs, un spectacle pitoyable, son pauvre corps venant juste d'être abattu. Vous pouviez tracer une ligne droite, depuis la fenêtre jusqu'à l'endroit où il se tenait avant de tomber. Une scène hideuse et effrayante, seigneurs : le sang souillait ses vêtements et ses cheveux.

Puis il se tourna vers moi sans aménité, comme s'il m'accusait personnellement d'avoir tiré cette flèche.

— À ce moment-là, personne n'a parlé du meurtrier, parce que l'un de ses parents se trouvait dans la pièce, mais dès que nous fûmes seuls, Polygnotos me dit que c'était Philémon.

Eutikleidès était très impressionnant. « Il est des nôtres, nous pouvons lui faire confiance », semblaient penser les membres du jury.

— Jusqu'ici, seigneurs, reprit Polygnotos, nous avons livré le récit de ce que j'ai vu et entendu et de ce que d'autres ont pu constater. Nul ne peut nier que Boutadès a été tué d'une flèche tirée à l'aide d'un arc. Voici quelque chose qui illustrera plus précisément cette déclaration.

Il présenta l'extrémité de l'arc en corne que j'avais ramassée devant la fenêtre.

— Vous pouvez le voir, il s'agit d'un arc crétois. Il a été trouvé devant la fenêtre. On pourra m'objecter, avec juste raison, que la lumière n'était pas bonne et que je n'ai vu l'assassin qu'un court instant, et Télémon comme moi. On peut en effet douter de ce que nous avons vu, mais je vais apporter maintenant la preuve que Philémon est bien le coupable de cet horrible crime de sang.

Polygnotos s'interrompit pour porter la main à ses yeux.

— Seigneurs, pardonnez mon émotion. Le meurtre dont nous nous occupons n'est pas commun et souvenez-vous que Boutadès était presque un père pour moi. Ô Boutadès, que ton ombre repose en paix, nous te vengerons !

Il étendit la main dans un geste emphatique qui impressionna l'auditoire.

— Nous vous apporterons d'autres preuves qu'il s'agissait bien de Philémon, un homme déjà condamné à l'exil pour meurtre, plein de rancune et de colère. La défense prétendra qu'il n'était pas là, puisqu'il était exilé. Folle objection! Nous vous démontrerons que Philémon est revenu à Athènes. Bien plus, nous prouverons de quelle manière il vivait, quel homme il était, de sorte qu'il était inévitable qu'à son retour il agisse comme il l'a fait. Je fais appel à Sosibios d'Athènes, comme témoin.

Arborant une fière assurance, le soldat me regarda néanmoins avec nervosité, et fit une déposition très semblable à celle de la prodikasia. Quand il évoqua la bataille sur les rives du fleuve, je notai que les jurés se consultaient d'un air de doute, et certains regardèrent en direction du héraut.

Je m'adressai alors, à voix basse, à l'archonte :

— S'il te plaît, ne l'interromps pas. C'est peut-être important; permets-lui de continuer.

Le message fut transmis au Basileus, les jurés approuvèrent. Assis en silence, ils voulaient entendre le récit de cette bataille, tandis que seuls les plus pointilleux d'entre eux continuaient à penser qu'il aurait mieux valu interrompre ce témoignage, proche de la diffamation.

— Nous voyons donc, reprit Polygnotos quand le témoin se fut retiré, que l'accusé était bien revenu. Il avait été obligé de fuir la bataille, redoutant la colère d'Alexandre. Il a préféré se réfugier à Athènes. Je vais maintenant vous présenter un témoin qui vous dira que Philémon était bien là le jour fatal.

Ce fait nouveau provoqua un remous dans l'auditoire. Je regardai avec attention le témoin qui n'avait encore déposé dans aucune des prodikasia. Ce témoin était un certain Kléophon du Pirée.

Après le serment, il déclara qu'il avait surpris Philémon dans une des rues du Pirée, puis sur la place du marché, au cours de l'après-midi précédant le jour du meurtre. Ce Kléophon était marchand de poissons. Petit homme sec, portant des vêtements simples mais décents, il avait probablement été bien payé pour sa peine. De toute évidence, il avait très peur de la cour, mais je n'avais aucune raison de penser que ses déclarations étaient fausses. C'était sans doute le témoin le plus honnête que nous ayons entendu jusqu'ici. Il témoignait au risque de s'attirer des ennuis, car, naturellement, s'il avait vu l'exilé, il aurait dû le déclarer aux autorités.

Il y eut une grande effervescence dans la cour : aux yeux du jury, Polygnotos était en train de gagner sa cause. Si Philémon était à Athènes à l'époque du meurtre, tout ne devenait-il pas clair ?

— Ainsi, nobles seigneurs, continua Polygnotos, nous voyons que cet homme violent, ce Philémon exilé, se trouvait à Athènes au moment du meurtre. N'oublions pas qu'il avait séjourné en Crète et, sans nul doute, savait se servir d'un arc crétois. Mais pourquoi aurait-il tué mon pauvre oncle ? Eh bien, je vais vous le dire, bien que cette explication soit assez étrange pour faire douter de la raison de cet homme. Je dois vous expliquer, seigneurs, que Philémon avait dix-neuf ans lorsqu'il a été condamné à l'exil, et n'avait plus de père.

Il y eut quelques rires. Polygnotos se permit lui aussi un sourire, avant de reprendre :

— Je ne me livre à aucun sous-entendu malveillant ; le sujet est trop grave. Non. Philémon était bien le fils légitime de Lykias, mais son père mort, ce jeune écervelé se raccrochait à l'idée qu'il devait recevoir les attentions d'un homme riche, aussi mon pauvre oncle devint-il l'objet de ses soins. Parce que Boutadès lui avait parlé, un jour, avec bonté, il s'était persuadé de l'idée présomptueuse qu'il allait l'adopter ! Mon oncle mentionna ces extravagances à sa femme et à moi-même, comme un sujet de dérision, mais il n'en parla à personne en dehors de la maison, par respect pour la mémoire du pauvre Lykias.

« Nous avons donc un jeune homme plein de rancœur, dont la vie a été une série d'échecs. D'abord la mort d'un homme au cours d'une rixe et l'exil qui en fut la conséquence. Pendant cet exil, Philémon vagabonda sur les mers, et, dans la malignité de son cœur, s'engagea dans les forces perses. Blessé au cours d'une grande bataille, il se trouvait du mauvais côté et craignait la colère d'Alexandre. Il s'enfuit et retourna à Athènes, bien que le séjour dans la ville lui fût interdit. Je ne pense pas qu'il ait prémédité son meurtre avant d'atteindre la côte, mais qui peut le dire ? Une fois à Athènes, seul et dépossédé de ses biens, il décida dans son désespoir de se venger de son infortune, bien méritée, et de s'en prendre à mon malheureux oncle. Philémon décida de tuer Boutadès, pour s'emparer des biens dont il aurait hérité en cas d'adoption. C'est dans un état d'esprit aussi tourmenté, n'en doutons pas, qu'il se glissa, dans la nuit, pour tuer mon oncle, de la manière la plus vile... et cependant avec le minimum de risques pour lui-même. Peut-être s'estimat-il satisfait de voir l'homme qu'il haïssait, baignant dans son sang, ou bien mon arrivée empêcha-t-elle Philémon de commettre le vol qu'il avait prémédité.

« Malheureusement pour lui, je suis arrivé très

vite sur les lieux, pour le surprendre dans sa fuite. En vérité, ce fut là le geste d'un fou, que la folie ne peut toutefois pas excuser : le meurtrier a agi en pleine conscience. La folie de Philémon prouve seulement que les dieux eux-mêmes l'ont maudit.

« Et je maudis et exècre, à mon tour, Philémon, assassin de mon oncle Boutadès. Que je sois maudit, si tout ce que j'ai déclaré n'était pas vérité, dans cette accusation portée devant les dieux et les hommes.

CHAPITRE VINGT-TROIS

L'Aréopage en effervescence

J'eus l'impression de sentir le sol trembler sous mes pieds. Polygnotos n'avait mentionné de mobile dans aucune des prodikasia. Le jury semblait convaincu, et l'un des points majeurs de ma défense allait être sensiblement ébranlé. J'espérais provoquer la surprise en révélant les projets d'adoption de Boutadès. Il serait plus facile, maintenant, à l'accusation de réfuter cet argument en prétendant que Philémon l'avait seulement imaginé, et de déclarer faux les documents présentés.

La seule lueur d'espoir était que j'avais, en revanche, une raison suffisante pour développer mon argumentation et soulever des questions qui n'avaient pas été abordées jusqu'ici.

Je me levai pour prendre la parole. L'auditoire m'apparut dans une sorte de brouillard. Au-dessus de nous, le ciel se faisait gris et menaçant, et j'eus l'impression de me trouver tout à coup dans un monde forgé dans le fer.

— Honorés jurés d'Athènes. Moi, Stéphanos, viens vous parler de mon infortuné cousin Philémon et vous affirmer qu'il est innocent du crime affreux dont on l'accuse. Je vais m'efforcer de répondre point par point à l'accusation.

« Nul ne nie que Boutadès ait été tué d'une flèche, ni que son corps ait été vu par de nombreux témoins, dans les circonstances décrites par les deux témoins. Toutefois, l'accusation peut s'être trompée sur l'identité du coupable, considérant que personne n'a prétendu être arrivé sur les lieux au moment où le crime a été commis. Quant à savoir si le meurtrier a été vu, je tiens à remarquer qu'il était bien difficile de distinguer quoi que ce fût, aux premières lueurs du jour, où un fil noir paraît blanc.

Je revins sur tous les points soulevés précédemment, soulignant plus spécialement la mauvaise vue de Télémon. Le jury m'écouta, en silence, sans manifester grand intérêt.

J'en vins alors au témoignage du soldat sur lequel j'avais plus de prise. Comme la première fois, je procédai à un contre-interrogatoire et confondis le témoin sur des détails techniques, telles les armes et les armures portées par les Perses. Troublé, il lança des regards affolés autour de lui. Cette attitude lui fit perdre quelque crédit auprès du jury et je parvins à jeter le doute sur la présence de Philémon dans cette bataille.

— En fait, déclarai-je, ce témoin n'a pas entièrement tort. Philémon a bien participé à cette bataille, mais c'est aux côtés des Grecs et des Macédoniens qu'il a pris part à la victoire d'Issos. Il fut même glorieusement blessé sur le champ de bataille. Je détiens le nom de son capitaine, un Macédonien qui appartient toujours à l'armée d'Alexandre, et pourra vous parler de la conduite de Philémon dans la bataille.

Je fis circuler le nom du capitaine parmi le jury, afin que tout le monde pût en prendre connaissance, et ajoutai :

— Ce capitaine se trouve au loin, et je n'ai découvert ces faits que récemment, mais je vous demande de m'aider à trouver confirmation de cet élément, avant de condamner Philémon pour traîtrise.

« Vous devez vous demander comment j'ai eu connaissance de ces faits, et pourquoi, dans ce cas, je n'ai pas agi plus tôt. Je dois vous avouer que j'ai pu être en contact avec Philémon, depuis le début de l'instruction. Si c'est un crime, je vous en demande pardon, mais ce ne doit pas en être un pour un citoyen d'écrire une lettre à son plus proche parent et de lui demander une réponse.

J'avançais là sur un terrain dangereux et ne me sentais pas très à l'aise sur ce serment, bien que j'eusse pris soin de ne pas me rendre coupable de mensonge direct.

— Non, la loi d'Athènes est juste, et reconnaît les liens de sang. Bien qu'en exil, mon cousin reste un patriote. Il s'est battu dans les rangs grecs et n'avait en conséquence aucune raison de fuir l'Asie, dans l'état d'esprit suggéré par l'accusation.

Visiblement, mes arguments avaient porté, et faisaient impression sur le jury. Philémon n'était plus un traître félon et, par conséquent, non plus un homme fou de colère poussé par un esprit de vengeance.

En outre, le fait que j'aie demandé de laisser parler le soldat plaidait en ma faveur. Je profitai de cet avantage pour engager la seconde partie de ma défense qui n'allait pas être facile.

317

— Maintenant, seigneurs, j'ai un aveu à vous faire, mais pourquoi feindre ? On ne doit pas redouter la vérité devant une cour de justice athénienne. Je ne demande pas pitié, je réclame justice et équité. J'ai connaissance d'un fait que j'ignorais, au début, quand j'ai juré devant le Basileus que l'accusé n'était pas là. Je plaide coupable, en son nom, pour avoir transgressé les lois, concernant sa condamnation à l'exil. Ô seigneurs, je vous supplie de distinguer ces deux affaires : coupable dans l'une, Philémon peut cependant être innocent dans l'autre. Cherchez dans vos propres cœurs ce que cet homme pouvait ressentir. Après avoir combattu pour son pays, il est retourné chez lui, comme un intrus dans sa propre ville !

« Pourquoi Philémon a-t-il commis cet acte délictueux ? Ah ! seigneurs, il voulait seulement revoir sa vieille mère qui se mourait. Elle seule connaissait le secret de cette visite, qu'elle me confessa récemment. Punissez-moi, si vous le devez, pour l'acte de piété filiale de Philémon, mais attendez d'abord que ce procès soit terminé. Qui, parmi nous, n'a jamais commis une erreur et serait pourtant horrifié à l'idée de perpétrer un meurtre ? Nous nous occupons ici du meurtre de Boutadès et de cela Philémon est innocent !

J'essuyai mon front en sueur. Le jury avait l'air solennel. Polygnotos me toisait avec hauteur. Eutikleidès grimaçait de satisfaction hostile. Je repris :

— Considérez, seigneurs, que si Philémon peut mériter la mort selon votre loi — bien que cette loi ne soit pas toujours appliquée dans toute sa rigueur —, il ne mérite pas que l'horrible calomnie du plus terrible crime pèse, à jamais, sur son nom.

Un gouffre sépare le fait de bafouer une sentence d'exil de celui de commettre un meurtre odieux. Certains d'entre nous peuvent s'imaginer capables du premier crime; aucun homme, doté du moindre sens de l'honneur et de l'humanité, ne peut même concevoir le second.

Je vis que la plus grande partie des jurés s'accordait sur la différence entre ces deux crimes. La plupart d'entre eux toutefois pensaient qu'en admettant la présence de Philémon à Athènes j'avais concédé un point capital en faveur de l'accusation. Ils montraient une certaine sympathie en ma faveur (même réticente), mais aucune pour Philémon. Je devais plonger plus profond.

— Je n'en ai pas fini. Philémon est venu pour revoir sa vieille mère, mais également pour voir sa femme, son épouse Mélissa. Avant son exil, Philémon avait épousé, en secret, cette jeune femme, issue d'une famille athénienne, qui vivait à Thèbes. Au moment de la mise à sac de cette ville, alors qu'elle était encore tout enfant, Mélissa dut fuir en compagnie de son père et des servantes. Elle rencontra, alors, Boutadès qui lui porta une grande admiration. Plus tard, Boutadès la retrouva, apprit son mariage et la naissance d'un enfant. Il voulut adopter l'enfant de Philémon.

Il y eut des exclamations dans l'auditoire.

— Cette femme et cet enfant, où sont-ils?

— En Macédoine. Si vous faites appel aux envoyés d'Antipater, vous les trouverez dans la capitale. Mais revenons à Mélissa. Quand elle expliqua qu'elle était mariée, Boutadès proposa d'adopter Philémon comme le fils que sa femme n'avait pu lui donner. Observez que cette question a été soulevée par l'accusation, en termes différents, certes. N'apparaît-il pas étrange toutefois que l'accusation n'ait jamais évoqué cette affaire, au cours des différentes prodikasia ?

La colère gagnait Polygnotos, tandis qu'Eutikleidès, lèvres pincées, jouait maintenant avec les franges de sa robe. Je sortis alors les tablettes qu'Aristote et moi avions tirées de leur cachette.

— Voici le projet d'adoption, écrit de la main du défunt citoyen Boutadès. C'est la copie détenue par la femme de Philémon qui se trouve actuellement en Macédoine. Ce document, qui n'est pas signé par des témoins, ne constitue pas une revendication sur l'héritage. De toute évidence, ce n'est qu'un projet, mais il porte la signature et le sceau de Boutadès. Vous remarquerez que ces tablettes ne sont pas récentes ; elles n'ont pas été fabriquées au cours des dernières semaines. Ceux qui connaissent l'écriture de Boutadès pourront les examiner à loisir.

Je les remis à l'archonte qui les passa d'abord au Basileus, puis aux jurés. L'intérêt se fit plus vif.

— Je sais que l'accusation prétendra qu'il s'agit là d'un faux. Pourtant, qui d'autre pourrait en être l'auteur ? Une femme serait-elle capable d'écrire ainsi ? Aurait-elle trouvé les termes convenables pour rédiger ce document ? Mon cousin n'est pas un intellectuel ; il ne saurait s'exprimer à l'égal d'un homme rompu à l'étude des lois. Comment le sceau de Boutadès aurait-il pu être imité ? Et son écriture ? Enfin, pourquoi quelqu'un d'assez habile pour établir un faux se serait-il contenté de produire un projet, et non un document authentique qui lui permettait de revendiquer avantageusement son héritage devant la cour ? Ces tablettes ne peuvent suffire à

320

établir une adoption légale ou un droit à l'héritage. À cet égard, elles sont sans valeur. Elles prouvent seulement que Boutadès avait l'intention d'adopter Philémon.

« Vous vous demandez, alors, pourquoi aucune copie de ce document n'a été retrouvée dans les effets de Boutadès. Je me suis également posé cette question.

« Pour trouver une réponse, nous devons approfondir l'affaire. Je suppose que pour ceux d'entre vous qui ne connaissent pas Philémon, le portrait que vous a tracé de lui l'accusation semble plausible. En réalité, mon cousin est un homme gai et bon, bien différent de l'individu mélancolique et plein de rancœur dont on vous a parlé. Il a une jolie femme et un bel enfant. Il pensait, non sans raison, que sa conduite à la guerre lui vaudrait une amnistie. L'héritage de sa femme lui donnait des espoirs de prospérité. Il est exact que Philémon s'est rendu en Crète. Cela implique-t-il pour autant qu'il se soit procuré l'arc crétois qui a tué Boutadès ? D'autres ont pu en posséder. J'appelle le citoyen Arkhiménos comme témoin.

Le citoyen Arkhiménos n'était pas un témoin facile. Il avait exigé d'être conduit en litière, sous le prétexte qu'il ne se sentait pas bien. Cependant il s'exprima avec clarté, fronçant constamment les sourcils, et accentuant ainsi les deux rides sur son front.

Arkhiménos jura qu'à sa connaissance Philémon était innocent. Puis il déclara que lui-même possédait un arc crétois, qui avait disparu de chez lui au cours de l'été. Il désigna l'endroit où il le rangeait dans sa maison, précisant que tous ceux qui avaient pénétré dans cette pièce avaient pu le voir. J'intervins :

— Rappelez-vous ce point, il est important : parmi ceux qui ont vu cette arme chez Arkhiménos, certains ne pouvaient pas deviner son origine crétoise. D'autres, par contre, en étaient capables comme Boutadès, Polygnotos et quelques hommes cultivés, des esclaves et des marins aussi.

Je me tournai vers le témoin.

— Pourquoi n'as-tu pas rapporté la disparition de cet arc ?

— J'ignorais qui l'avait pris.

— Pourquoi n'as-tu pas néanmoins signalé qu'il avait disparu ? Avais-tu des soupçons ?

— Oui. En fait, je pensais que c'était Boutadès.

— Parle un peu plus fort, s'il te plaît. Tu pensais donc que Boutadès te l'avait dérobé. Pour quelle raison ?

— Par une sorte de... de défi.

— Une plaisanterie entre amis, peut-être ? Étiez-vous amis ?

Arkhiménos bondit, en criant :

— Je *haïssais* Boutadès ! Il m'avait odieusement trompé et rendu ma vie insupportable. Pour régler une dette, il avait échangé un bateau avec moi, un bateau si mal construit qu'il était ruineux de le remettre en état. Boutadès était malhonnête en son cœur, rien ne comptait en dehors de lui. Rien ! Il se moquait bien d'Athènes et de sa charge de triérarque. Il ne s'intéressait qu'à sa réputation et à son argent.

Il se tourna, alors, vers le jury :

— Seigneurs, penchez-vous sur vos bateaux et examinez les comptes de Boutadès. Je suis sûr de ne pas être le seul à avoir été lésé. Parmi vous, certains ont dû être ses victimes; mais aucun n'aura été aussi abusé que moi. Par sa faute, j'ai songé à mettre fin à mes jours. Je ne suis pas un assassin, mais j'ai béni sa mort. Si j'avais prié cent ans, je n'aurais pu rêver punition plus appropriée. Que les dieux le maudissent aux Enfers, et que Rhadamante le condamne !

À la fin de cette extraordinaire diatribe, Arkhiménos pleurait. Il paraissait soudain très vieux, très pitoyable et très étrange.

La note de folie, qui avait animé sa déclaration passionnée, avait jeté le malaise dans l'assemblée. Je suis certain que personne ne douta de la véracité de ce témoignage et l'avertissement d'Arkhiménos sur la malhonnêteté de Boutadès avait frappé l'auditoire. La réputation des triérarques en général est sensible à de telles accusations, et la pitié que la mort violente de Boutadès avait suscitée jusque-là se trouvait soudain fort diminuée. Il n'était plus désormais le « bon triérarque » de la ballade. Son meurtre restait tout aussi grave, mais il régnait maintenant une atmosphère différente. Moins implacables, les jurés semblaient même disposés à m'entendre.

— Ce qu'Arkhiménos a déclaré est vrai : Boutadès aimait l'argent. Son avarice s'est accentuée avec l'âge. Il devint obsédé par l'idée d'adopter un enfant, d'avoir un fils et un petit-fils à qui laisser sa fortune. Posséder devint le seul but de sa vie.

« Mais revenons à l'arc crétois dont le meurtrier s'est servi. Je vous demande une nouvelle fois d'imaginer l'horrible spectacle et j'appelle le citoyen Eutikleidès, témoin de l'accusation, afin qu'il nous décrive très précisément la position du corps.

Eutikleidès se prêta à mes questions avec une patience affectée. Quand je lui demandai des détails sur l'état de la pièce et des diverses tables, il hésita et ne put donner une description complète.

— Et le corps, insistai-je, l'as-tu vu distinctement ?

— Oui, naturellement, étendu comme je l'ai dit.

— Y avait-il beaucoup de sang ?

— Oui. Sur tout le corps.

— Et aussi sur ses cheveux ?

— Oui, quand on l'a soulevé, ses cheveux étaient remplis de sang.

— Et ses pieds, étaient-ils tachés de sang ?

— En effet. Il y avait du sang jusqu'aux semelles de ses sandales. Mais je ne vois pas l'intérêt de ces questions. Boutadès était mort. Je proteste contre cet interrogatoire. La défense cherche à gagner du temps.

Je le laissai se retirer. Personne n'éleva d'objections. Je repris :

— Essayez de vous représenter la scène, seigneurs. L'accusation prétend que Boutadès travaillait assis à sa table, près de la fenêtre, face à l'ouest. Dans ce cas, le meurtrier n'était pas posté très près de la fenêtre, car une flèche doit être tirée d'assez loin pour gagner assez de force. Considérons la position du cadavre. Le corps était étendu au milieu de la pièce, et orienté face à la fenêtre. Or si Boutadès avait été tué pendant qu'il travaillait à sa table — où le meurtrier pouvait l'avoir vu clairement de l'extérieur parce que la victime avait une petite lumière sur sa table —, son corps aurait dû tomber à côté ou sur la table, laquelle aurait été éclaboussée de sang. Peut-être, allez-vous dire, s'était-il levé et a-t-il reçu le coup alors qu'il était debout et il sera donc tombé sur le dos. Dans ce cas, il aurait dû s'écrouler sur sa chaise. Rien n'explique que le corps fut trouvé au milieu de la pièce. Dans l'hypothèse où, ayant découvert son meurtrier par la fenêtre, il se serait levé vivement pour s'enfuir vers le milieu de la pièce, il aurait été frappé dans la nuque et non dans la gorge.

« Pourquoi était-il au centre de la pièce quand la flèche l'a frappé ? D'autres détails éveillent la curiosité. Tous témoignent qu'il y avait beaucoup de sang sur le sol, sur le chiton de la victime, sur ses cheveux et sur ses sandales. La grande veine du cou est une artère vitale où transite beaucoup de sang. Pourtant tout soldat pourrait vous expliquer qu'un homme, blessé par une flèche, ne saigne généralement pas beaucoup, précisément parce que la flèche elle-même bouche la plaie. Dans ce cas pourtant, le sang aurait dû jaillir de sa bouche, car le corps est tombé en arrière, sous l'impact du coup. Un homme robuste aurait pu faire un ou deux pas avant de s'écrouler, en particulier si le coup fatal n'avait pas été tiré d'une grande distance.

« Pourquoi les sandales étaient-elles couvertes de sang ? Je suggère que Boutadès marchait vers l'est, en direction de la porte, quand il a été tué. Et il a fait un pas ou deux dans son propre sang avant de tomber sur le sol. Or il n'y avait pas de sang sur la table. N'est-ce pas étrange ? Ou bien Boutadès travaillait à sa table, auquel cas la table aurait dû être couverte de sang, ou il s'en écartait, auquel cas il aurait tourné le dos à la flèche si le meurtrier se trouvait bien sûr dehors. C'est toute la question. Nous avons là un petit problème de géométrie.

Je fis une pause pour laisser l'idée faire son chemin. J'avais réussi à capter l'attention du jury.

— Imaginons que le meurtrier se soit trouvé à l'intérieur de la maison, et qu'il ait tiré de l'extrémité de la pièce, près de la porte. Aurait-il trouvé le temps de s'échapper, entre le moment du meurtre et l'arrivée de Polygnotos sur les lieux ? S'il avait fui par l'antichambre, il aurait immanquablement rencontré Polygnotos. Il ne pouvait pas non plus s'échapper par la fenêtre sans manquer de laisser des traces de pas dans le sang de sa victime.

« J'ai avec moi un élément supplémentaire prouvant la présence du meurtrier à l'intérieur de la maison. Comme vous le savez, Boutadès conservait dans cette pièce un célèbre vase commémoratif, richement décoré. Certains d'entre vous l'ont découvert récemment, d'autres naguère. Il était posé sur une table contre le mur, à l'extrémité gauche de la fenêtre, d'où il était impossible de l'apercevoir. Si le meurtrier avait tiré de l'extérieur, il n'aurait pas atteint ce vase, car il ne se trouvait pas sur la trajectoire. Cependant, il est arrivé quelque chose à ce vase au moment du meurtre. Je demande que le célèbre vase de Dionysos soit apporté ici pour examen.

Je craignis un refus de la cour, toutefois, après un bref conciliabule entre le Basileus et les membres de l'Aréopage, un messager fut dépêché pour aller quérir le vase. Polygnotos protesta contre ce procédé, mais on l'assura que le vase serait seulement examiné et lui serait immédiatement restitué. Télémon s'efforçait de calmer Polygnotos, Eutikleidès continua à élever des objections jusqu'à ce que le Basileus lui imposât silence. Les autres témoins paraissaient perplexes. J'entendis ricaner l'homme du Pirée :

— Peuh ! Qu'est-ce qu'un vieux pot, après tout ? Personne ne l'approuva. Je repris la parole.

— Seigneurs, soyez patients. Je vous assure que tout ceci concerne bien l'affaire de Philémon. Je sais que vous vous dites : « Que le meurtrier ait tiré de l'intérieur ou de l'extérieur, qu'importe, si Philémon est le meurtrier. » Mais justement, ce n'est pas lui. J'ai reconnu qu'il se trouvait à Athènes, à cette époque, et le marchand de poisson a raison quand il prétend l'avoir reconnu, la veille du meurtre. En revanche, Philémon n'était plus à Athènes quand le crime a eu lieu. J'appelle Philandre d'Athènes comme témoin.

Philandre d'Athènes était ma vieille connaissance Pheidippidès, la sympathique canaille qui m'avait offert un voyage de santé. Grâce à l'intervention d'un barbier et à un chiton neuf, il était présentable. Manifestement, il n'était pas à son aise devant la cour, et je ne pus m'empêcher de craindre qu'il ne produisît une mauvaise impression sur le jury.

Il prêta serment d'une voix claire, mais ne répondit pas avec empressement sur la nature de ses occupations.

— Je suis un honnête homme. Aide-potier de mon état.

— N'as-tu pas aussi une certaine expérience de la mer ? Ton père n'était-il pas pêcheur ?

— Oui. Un honnête pêcheur, bien qu'il n'ait pas toujours été très chanceux dans sa pêche.

— Mais tu sais toi-même conduire un bateau, je crois ?

— Oui. Lorsqu'il n'y a pas beaucoup de travail, je gagne quelques oboles en ramant ou bien en naviguant à la voile. Si une vieille femme veut se rendre à Hydra, je l'y conduis. Toujours poli, Philandre prend un prix raisonnable.

— Il est bien connu que tu loues tes services et ton bateau à quiconque peut payer. Tout le monde au Pirée le sait.

— Oh! oui, je ne suis qu'un pauvre aide-potier, mais on me connaît aussi comme marin. Je ne demande que quelques oboles pour un honnête service.

L'interrogatoire d'un témoin si nerveux n'était pas aisé. Il déclara enfin, à ma demande, avoir embarqué Philémon sur son bateau pour le conduire vers les îles, durant la nuit qui précéda le meurtre.

— J'ignorais qu'il était proscrit. Je n'ai appris son nom que lorsque nous nous sommes trouvés au large. C'était un grand gars vigoureux et je ne suis qu'un pauvre homme. J'ai eu peur d'aller raconter cette histoire à la police, à mon retour, et de me voir reprocher sa fuite. Je peux jurer à vos seigneuries que je ne l'ai pas fait dans une mauvaise intention. De plus, il ne sert à rien de pleurer sur un œuf depuis longtemps pourri. Et ce n'est pas aussi important que ce vilain meurtre ici. « Inutile de me faire du souci pour ma dent cariée », comme dit l'homme avant son exécution, et j'espère que tout se terminera bien.

Je me débarrassai de ce témoin gênant et bavard dès qu'il eut fermement établi que Philémon avait quitté Athènes, le jour du meurtre. Malgré mes craintes, son témoignage avait apparemment sonné juste, et le jury était à la fois amusé et intrigué.

— Ainsi donc, seigneurs, dis-je, Philémon ne peut être le meurtrier. Pourtant un assassin se trouvait bien sur les lieux cette nuit-là, comme je vais vous le prouver grâce à ce vase. Dans un instant tout sera clair. J'affirme que ce vase a été cassé accidentellement au moment du meurtre. Il ne s'est pas brisé en tombant, quand la foule s'est pressée autour du corps de Boutadès. Il n'était déjà plus à sa place à ce moment-là. Je fais appel au souvenir de tous ceux qui étaient présents. Quelqu'un se rappelle-t-il avoir vu ce vase ? Non, j'en suis certain, les morceaux du vase brisé avaient été dissimulés.

Des voix s'élevèrent de la foule et du jury.

— Mais ce vase existe toujours ! Il n'a jamais été cassé !

— Mais si, seigneurs, c'est ce que je vais vous démontrer. Deux flèches ont été tirées, ce matin-là. La première percuta le vase, la seconde frappa Boutadès qui s'était levé, qui s'était retourné et qui s'avançait quand il a été touché. Le meurtrier avait probablement espéré le frapper à sa table, mais le premier tir, en brisant le vase, attira l'attention de la victime et lui laissa le temps de se lever. Le meurtrier dut transporter alors le corps pour le placer face à la fenêtre, et, ce faisant, il délogea, sans doute, la flèche, ce qui explique la quantité de sang répandu. L'assassin ne put ramener le corps trop près de la table en raison de la flaque de sang qui s'était étendue au centre de la pièce. En remuant le corps, les cheveux et les pantoufles de la victime en furent souillés.

« Le meurtrier s'avisa alors de l'importance du vase brisé. Il rassembla en hâte les morceaux et les dissimula dans une haute et large amphore contenant du vin, qui se trouvait là.

« Le vase de Dionysos qui orne aujourd'hui la maison de Boutadès n'est, je le proclame, qu'une habile copie. Le vase original était en fine argile d'Athènes, et comme ceux qui connaissent l'art de la poterie le savent déjà, l'argile d'Athènes est rouge. Le prétendu vase que l'on nous rapportera de chez Boutadès est fabriqué en argile jaune. Ah, le voici !

L'esclave posa le vase devant l'archonte et le Basileus. Il y eut un murmure d'admiration. Un plaisantin s'écria :

— Portez-le au Prytanée, si vous voulez accuser le pot !

Il y eut quelques rires.

— Non, dis-je, nous n'allons pas mettre le pot en accusation, il n'est en aucune façon responsable de la mort d'un homme. Nous allons cependant l'interroger à titre de témoin. Je demande qu'un petit morceau soit gratté à sa base, pour examiner la couleur de l'argile. Je demande à l'archonte de le constater lui-même.

Il y eut des protestations, et non des moindres, de la part de Polygnotos. L'archonte hésita :

— Ce vase a une grande valeur.

— C'est possible, mais la vie d'un homme et sa réputation n'ont-elles pas plus de valeur encore ? Je ne te demande pas de le détruire ou de l'endommager. Seulement de gratter sa base.

À contrecœur, l'archonte donna le vase au Basileus, qui, avec une visible répugnance, gratta soigneusement la base du vase avec un couteau.

— Regardez tous ! m'écriai-je. Que voyez-vous ? De l'argile rouge d'Athènes ou de l'argile jaune corinthienne ?

330

— C'est jaune ! s'exclama le Basileus en se redressant pour exposer le vase au jury et à la foule.

Tous ne pouvaient voir assez clairement, et le Basileus fit passer le vase dans les premiers rangs du jury :

— De l'argile jaune ! C'est une copie !

Les mots volaient de bouche en bouche. J'en profitai pour déclarer :

— J'appelle Onésimos de Corinthe comme témoin.

Onésimos de Corinthe était un petit homme, potier de son état. Je ne l'avais rencontré pour la première fois que le matin même.

— Vois-tu ce vase ? lui demandai-je en faisant signe qu'on le lui apporte. Dis-moi si tu l'as déjà vu.

— Certes, oui, c'est moi qui l'ai fabriqué d'après les morceaux d'un vase ancien. C'est une copie. Une très bonne copie.

— Quand et où l'as-tu exécutée ?

— Dans ma boutique, au cours de l'automne dernier.

— Qui te l'a commandée ?

— Un certain Périandre de Mégare. Il paraissait être un homme riche, bien qu'il voyageât simplement en compagnie d'un esclave roux.

— L'as-tu revu ?

— Oui. Aujourd'hui, ici même.

— Peux-tu le désigner ?

Onésimos le désigna, provoquant des exclamations et des cris. J'ouvris alors en tremblant le sac de cuir que je portais à la taille.

— Oui ! criai-je pour dominer le tumulte. Et voici le vase original. Ces morceaux ont été retrouvés par moi à l'endroit où le meurtrier les avait cachés.

Je soulevai dans ma main les fragments peints sur de l'argile rouge.

— Ils étaient cachés dans l'endroit le plus inattendu : sous la tombe même de la victime !

« Voici le meurtrier ! m'écriai-je d'une voix tonitruante. Son nom vous est bien connu. Qui est l'homme qui a de pressants besoins d'argent pour produire un spectacle somptueux ? Qui avait le plus à perdre si Boutadès décidait d'adopter un fils ? Qui avait le plus de raison de souhaiter que Philémon et tous ceux qui lui sont chers soient abattus ? Qui pouvait tirer, de l'intérieur de la maison, en choisissant son moment ? Qui pouvait accomplir son forfait nu, afin de ne pas être éclaboussé de sang, avec un esclave pour tenir ses vêtements et une torche ? Qui est assez fort pour bander un arc crétois ? Qui avait le temps de rassembler les fragments brisés et de remplacer le vase ? Je déclare Philémon innocent, devant tous les dieux, car le véritable meurtrier, ici présent, est Polygnotos !

Emporté par la passion, je m'étais surpassé et j'avais lancé toutes les preuves en bloc dans mon premier discours. C'est habituellement une erreur de tactique, et je ne recommande à aucun plaideur de m'imiter. J'avais perdu la tête et m'étais laissé emporter par l'apparente adhésion du jury. Personne ne m'avait interrompu. Suite à la déposition du potier, pas même le Basileus n'aurait songé à discuter la pertinence de mes propos. Le jury était trop curieux et trop surpris.

Pâle et défait, Polygnotos avait commencé à perdre contenance, à l'instant où l'on avait envoyé l'esclave chercher le vase. Polygnotos n'avait pas pour habitude de porter attention aux personnes de basse condition, aussi n'avait-il sans doute pas reconnu le potier avant qu'il témoigne. À ce moment encore, il aurait pu espérer l'emporter en objectant quelque explication fallacieuse. Mais la présentation des fragments du vase authentique, véritable pièce à conviction, finit de l'ébranler totalement.

L'excitation avait gagné la foule. Les propres témoins de Polygnotos s'éloignaient de lui, comme s'ils craignaient la contagion. Pour la première fois de sa vie, Polygnotos goûtait l'impopularité, et il perdit complètement la tête. Durant quelques secondes, il parut chanceler, puis il poussa un cri sauvage et bondit hors de la cour, pour dévaler la colline de l'Aréopage.

— Rattrapez-le ! cria quelqu'un.

L'injonction venait de la foule et non d'une autorité, et le public commença à s'agiter en tous sens. Le Basileus, les archontes et le jury s'entretenaient de la décision à prendre. Je me laissai tomber sur un siège. Quelqu'un me porta une coupe de vin.

Je n'étais pas en état de courir après Polygnotos et n'avais nulle envie de me livrer à une chasse à l'homme. La foule s'éparpilla en grand désordre. Je n'appris que par ouï-dire ce qui suivit. Polygnotos n'avait que quelques minutes d'avance sur ses poursuivants ; c'était un magnifique coureur et il était en excellente condition physique. Quelque part, en sortant de la ville, sur la route du Pirée, il trouva un cheval. Il galopa sur cette route que j'avais tant de raisons de connaître, avec une foule qui le suivait plus lentement, à environ trois stades de lui. Beaucoup de ses poursuivants abandonnèrent.

Il semble qu'il arriva près du rivage, où il trouva deux esclaves travaillant sur une embarcation. Il leur ordonna de le conduire en mer. Effrayés, ils obéirent, tout en protestant que la barque n'était pas en état de naviguer et qu'un orage se préparait. Il ne voulut rien entendre de ces objections et se comportait, selon l'un d'eux, « comme un dieu sortant de la mer... comme si rien ne pouvait le frapper ».

Malgré leurs supplications, ils partirent tous les trois. Les poursuivants arrivèrent sur la grève pour voir Polygnotos s'éloigner sur les eaux grises, à bord de son fragile esquif. Puis un vent violent se leva, et Polygnotos fut très vite enveloppé d'un rideau de nuages et de pluie, comme si les dieux l'avaient emporté. Les badauds furent bientôt complètement trempés et se dispersèrent pour aller chercher un abri.

L'incertitude dura toute la nuit, une nuit où je m'endormis, épuisé de fatigue, sous les bénédictions de tante Eudoxia, après que Philémon eut été officiellement déclaré innocent par le Basileus.

Le jour suivant, les deux esclaves réapparurent, poussés par les flots sur une plage de Salamine. Selon leurs déclarations, le bateau avait chaviré quelque temps après avoir pris la mer. Les esclaves s'étaient accrochés à des planches, qui leur avaient permis de regagner la terre, à bout de forces, mais vivants. Quant à Polygnotos, il avait délibérément tourné le dos à la côte athénienne, et s'était mis à nager dans une autre direction. Il était inutile de lui crier qu'il allait se noyer; il restait sourd à toute adjuration.

— Il avait l'air taillé dans du marbre, précisa l'un des esclaves, sauf qu'il nageait bien. Il se déplaçait comme un dauphin.

Ainsi le visage dur mais serein — comme je pouvais bien l'imaginer ! —, il s'était élancé vers d'autres rivages au milieu de l'orage. Un Ulysse, mais qui ne se dirigeait pas vers sa patrie et qui ne rencontrerait pas une terre accueillante ni une princesse, bien qu'en écoutant les premiers récits des esclaves, nous ayons tous pensé, et moi le premier, qu'il finirait par réussir, qu'il pourrait gagner une terre et s'installer quelque part dans le vaste monde.

Il dut nager longtemps avec vigueur, puisqu'il parvint à contourner les courants qui l'auraient porté vers Salamine ou au Pirée. Une semaine après sa disparition, son corps fut retrouvé sur les rochers d'Égine. Il était bleu, gonflé et horriblement mutilé. Ce qui restait de ses vêtements et une bague qu'il portait à son doigt permirent de l'identifier. De sa personne, seuls ses cheveux frisés étaient reconnaissables.

Son corps ne fut pas réclamé. Nul ne voulait polluer le sol de la cité en enterrant un presque parricide. Les dieux avaient manifesté leur colère en lui infligeant eux-mêmes ce châtiment. Tout le monde tomba d'accord sur le fait qu'en épargnant les deux esclaves les dieux avaient clairement montré que leur vengeance devait frapper le seul Polygnotos. Il y eut quelques difficultés avec les citoyens d'Égine qui refusaient, avec indignation, de souiller leur propre terre avec les restes d'un assassin. Des sacrifices furent offerts. On fit remarquer que si les dieux avaient envoyé Polygnotos jusque-là, c'était sans doute parce qu'ils souhaitaient qu'il y demeurât, mais qu'ils ne pouvaient avoir de ressentiment contre les gens d'Égine, car Polygnotos n'était pas l'un d'eux. Finalement son corps fut enfoui sous une pile de galets sur une plage peu fréquentée.

Ainsi cet homme, qui de son vivant avait été tellement courtisé et reçu dans les meilleures familles, n'eut-il pas de funérailles ni même de tombe décentes.

Ce n'aurait pas été plus affreux s'il avait été exécuté au son du tympanon. Il m'arrive parfois d'éprouver une sorte de pitié pour Polygnotos, conduit aux pires extrémités par la démesure de son ambition.

CHAPITRE VINGT-QUATRE

Après le procès

Le procès de Philémon s'était terminé dans le tumulte. Le Basileus avait déclaré l'accusé innocent devant une cour à moitié vide. Plus tard, une accusation pour meurtre fut annoncée publiquement. Aucun défenseur ne se présenta. La cité entreprit les purifications rituelles ; des sacrifices furent offerts, et de nombreux effets de Polygnotos furent jetés hors des murs de la ville.

Quelque temps après, un cousin éloigné de Polygnotos prit possession de ses biens. Il se montra prudent, offrit de nombreux sacrifices à tous les autels, et fit de riches donations à la ville et aux pauvres.

Ceux qui avaient servi de témoins à Polygnotos, au procès, furent traités avec clémence. Télémon raconta, à qui voulait l'entendre, que Polygnotos l'avait convaincu avoir vu Philémon cette nuit-là, et que lui-même le croyait en toute bonne foi. Il avait simplement été abusé. Eutikleidès se déclara horrifié d'apprendre quel serpent il avait réchauffé dans son sein. Il se livra à des purifications rituelles, pour avoir juré la culpabilité de Philémon, mais se défendait d'avoir proféré aucun mensonge. Il insista sur le fait que certaines de ses déclarations avaient aidé à établir la vérité. Il fit également de généreuses donations au trésor public.

Aucune question ne fut posée sur Pheidippidès et sa complicité pour avoir couvert la fuite d'un exilé. Lui-même fut très satisfait d'avoir témoigné devant la cour. Pheidippidès avait finalement tenu lieu de messager. Je l'avais largement dédommagé pour sa comparution au procès. J'espère seulement qu'il s'est expliqué auprès des dieux sur ses écarts de conduite.

On ne me demanda pas non plus comment j'avais pu aider le proscrit. Par bonheur, la sentence frappant Philémon ne fut pas aggravée parce qu'il avait osé revenir. L'opinion générale s'accordait à penser qu'il était sous la protection des dieux. Aussi, avant la fin de l'été, la sentence d'exil fut commuée, et il fut autorisé à rentrer à Athènes avec sa femme et ses enfants. À cette heure, en effet, le jeune Lykias avait un petit frère. Tante Eudoxia eut le plaisir de connaître ses petits-enfants avant de mourir, un an après l'accusation formulée contre Philémon.

Le procès me valut une grande faveur dans l'opinion publique. Eutikleidès insista pour me restituer les intérêts de l'emprunt de mon père que j'avais remboursés avec tant de difficulté. Mes responsabilités à l'égard de ma famille ne me permirent pas de refuser. L'idée d'être redevable à Eutikleidès m'est encore aujourd'hui insupportable, bien que je reste persuadé que le taux d'intérêt était exagéré.

Le lendemain du procès j'étais aphone, ce qui n'était pas étonnant. Quand je fus guéri, je reçus les félicitations de tous ceux qui se pressaient à ma porte, et qui m'avaient évité avec tant de soin au temps de l'accusation.

Une semaine se passa ainsi, avant que j'eusse l'occasion d'avoir une véritable conversation avec Aristote. Je lui apportai un petit présent, humble témoignage de ma gratitude, et nous nous engageâmes dans une nouvelle discussion sur l'affaire. Certains détails m'intriguaient encore.

— La nuit où nous sommes allés au Céramique, tu m'as déclaré que Polygnotos était le meurtrier, lui rappelai-je. Quand nous avons préparé les plaidoiries, tu m'as révélé les preuves qui démontraient sa culpabilité. J'aimerais maintenant savoir à quel moment tu as commencé à le croire coupable, et, surtout, pourquoi tu ne m'en as rien dit.

— Oh! je l'ai su dès le début! Ou plutôt, rectifia-t-il en souriant, je l'ai pensé. J'ai également pensé que Philémon pouvait être coupable, mais ce que tu m'as raconté de la position du corps m'a donné à réfléchir. Et puis, quel mobile aurait eu Philémon? Avait-il une raison de se trouver dans la maison? Polygnotos l'avait-il persuadé de perpétrer ce meurtre? Toutes sortes d'idées de ce genre m'ont traversé l'esprit. Aucune n'offrait d'explication satisfaisante. J'ai pensé que le coupable ne pouvait être que Polygnotos ou Philémon. Toutefois, quand la femme de Boutadès mourut, cette mort m'a paru trop providentielle. Ce que tu m'as répété des bavardages des esclaves me persuada que Polygnotos avait un mobile puissant pour se débarrasser de son oncle.

— Mais pourquoi ne m'en as-tu rien dit? Pourquoi m'as-tu expédié dans ces folles excursions au Pirée, alors que tu savais déjà la vérité?

— Savoir et prouver sont deux choses bien différentes. Je ne voyais aucun moyen d'obtenir des preuves. J'espérais que tu pourrais apprendre certains faits, que je mettrais à profit. En vérité, Stéphanos, j'ai craint que tu n'aies soupçonné la vérité, et je bénis les dieux qu'il n'en ait rien été. Tu te serais dévoilé aussitôt, avant même de posséder des preuves, et tu aurais été toi-même en grand danger. Tant que tu essayais, innocemment, de prouver que Philémon n'était pas à Athènes à l'époque du meurtre, tu étais à l'abri. En un certain sens, tu étais même utile à l'accusation. Polygnotos savait qu'il pourrait prouver la présence de Philémon à Athènes, il pouvait donc se permettre de te laisser la bride sur le cou.

— Et tu ne m'as rien dit ! Tu m'as laissé tout ce temps avec ce souci, alors qu'il s'agissait de mon propre cousin !

— Je préférais te garder en vie. Si le meurtrier avait assassiné la femme de Boutadès avec si peu de scrupules, il n'aurait pas plus hésité à te faire disparaître, si tu devenais dangereux. Je pensais aussi que la défense devait reposer sur l'argument de tante Eudoxia.

— Ce fut le cas, dans une large mesure, mais certains détails m'échappent encore. Quand nous avons préparé les plaidoiries, je t'ai demandé si Polygnotos était l'incendiaire de la maison de Mélissa. Tu m'as alors répondu : « Oublie tout cela. » Maintenant, je veux savoir. Était-ce Polygnotos ?

— C'était quelqu'un qui te détestait, Stéphanos. Quelqu'un qui te haïssait de façon très particulière, parce qu'il avait l'esprit dérangé. Arkhiménos a été frappé d'horreur, quand il a appris que le meurtre avait été commis au moyen d'un arc crétois. Il a sauté sur la conclusion qu'il s'agissait de celui qu'on lui avait volé. Ce qui était exact. Il était terrifié à l'idée que ce crime puisse lui être imputé, car il avait de très bonnes raisons de tuer Boutadès. Il avait souhaité sa mort si souvent qu'il se sentait presque coupable. En conséquence, il fut enchanté quand Philémon fut mis en cause, et il souhaita voir son nom et celui de sa famille noircis.

— Oh! le crois-tu vraiment?

— Oui, Stéphanos, tu devins l'objet de sa haine. Il t'a suivi, et a découvert ce qu'il a pris pour un rendez-vous galant. Il a mis le feu à la maison, et t'a pourchassé avec ses esclaves.

— Il est malade maintenant et n'a jamais plus été le même depuis sa déposition au procès. Je dois reconnaître que j'ai été très étonné quand tu m'as demandé de le faire citer comme témoin.

— Sa haine envers Boutadès était encore plus forte que celle que tu lui inspirais.

— Crois-tu toujours que c'est Polygnotos qui a commandité mon agression sur la colline des Muses?

— J'en suis convaincu, bien que ce soit difficile à prouver. Le meurtrier devenait inquiet, à mesure que la date du procès approchait. Tu parles de tes propres craintes, mais as-tu jamais considéré ce que Polygnotos a pu endurer? Il devait toujours se montrer souriant et serein, alors qu'il mentait et complotait. Un criminel doit pouvoir soulager sa conscience. Oui, il a dû être malheureux. Il avait peur que ses esclaves parlent. Nous avons discuté de la façon dont le meurtre a été probablement perpétré. Le meurtrier était nu, pour ne pas être éclaboussé de sang. Il a donc dû recourir à l'aide d'un esclave pour tenir ses vêtements et la torche.

— Le Sinopéen si pâle et défait, le matin du meurtre ; si gai et si bien traité ensuite par son maître.

— Je suppose que Polygnotos a toujours eu l'intention d'éliminer ce témoin gênant, dès que les fragments de vase brisé ont été enfouis sous le tombeau. Oui, Polygnotos doit avoir hésité à tuer la seule créature humaine à qui il pouvait se confier ; un être qui lui était dévoué corps et âme. Je me demande si tu n'as pas prononcé, par inadvertance, une parole qui a fait craindre à Polygnotos que tu soupçonnais quelque chose.

Réfléchissant un instant, je me souvins d'une remarque malencontreuse de ma part qui avait pu être mal interprétée par le meurtrier.

— Ainsi, reprit Aristote, Polygnotos tua son esclave. Cela ne contribua pas à lui apporter la paix de l'âme. Qui peut savoir ce qu'il ressentait ? Peut-être t'a-t-il détesté à ce moment-là, parce que tu l'as obligé à tuer son favori. Sans doute, parmi tous ceux qu'il a tués, cet esclave était-il le seul auquel il était attaché.

— Il n'aurait sûrement pas été fâché de m'éliminer. Il détestait Philémon qu'il considérait comme un usurpateur, et il a fait l'impossible pour l'écraser, lui et toute sa famille. Il est surprenant que j'en aie réchappé...

— Oui, mais dans ton cas, cela aurait pu être un meurtre de trop. Il a préféré avoir recours à des hommes de main. Nous savons que Polygnotos a dû pourchasser son esclave, sur le mont Parnès, et l'a tué d'une pierre lancée au moyen d'une fronde. On ne peut s'empêcher d'admirer son intelligence et sa souplesse d'esprit. Il a compris le danger de se répéter. Les trois meurtres ont été commis par des moyens différents ; il a toujours su s'adapter aux circonstances. Il savait aussi choisir ses armes. Il y avait en lui une sorte d'ironie macabre.

— Tu veux dire, murmurai-je avec hésitation, qu'il a tué Boutadès à l'endroit même où il gardait son argent et avait élaboré son projet d'adoption ?

— Oui, et, en prétendant qu'un étranger, Philémon, avait tiré de l'extérieur, il a créé une légende autour de son oncle. Pour sa tante, il a utilisé une arme féminine par excellence : le poison. Il voulait peut-être sous-entendre par là qu'elle était elle-même un poison.

— Et pour l'esclave ?

— Il s'est servi d'une simple pierre. Il était capable de diversion. Il a pensé à utiliser des tueurs professionnels pour se débarrasser de toi, car il te considérait avec mépris, et ne voulait pas se salir les mains.

— Bien sûr, je ne faisais pas partie de sa famille, ni même de son milieu !

— J'aimerais savoir ce que sont devenus l'arc crétois et la première flèche, continua Aristote. Je me suis demandé si Polygnotos portait cet arc sur lui, dissimulé sous son chiton, par exemple, au moment où tu l'as vu. As-tu remarqué s'il marchait avec raideur ? S'il n'avait pas ces armes sur lui, il devait les avoir cachées dans la pièce, sans doute dans la grande amphore. Il n'y a certainement aucune chance de les retrouver à présent. Arc et flèches peuvent aisément être brûlés.

— L'extrémité de la crosse s'est brisée, avant d'être cachée. Il voulait que l'on retrouvât ce morceau près de la fenêtre. Cela permettrait d'accréditer l'idée que le meurtrier avait tiré de l'extérieur.

— C'est vrai. En revanche, le morceau de vase brisé est tombé par accident, probablement au même moment. Il a dû s'accrocher aux vêtements ou aux sandales de Polygnotos, d'autant plus facilement qu'il devait agir dans la précipitation. Comme il ignorait qu'il l'avait égaré et que tu le possédais, il ne songea pas à préparer une parade. Ce vase brisé a été l'élément décisif; la seule faille dans un plan aussi ingénieusement imaginé.

« Dès que j'ai appris l'existence de ce fragment et que je l'ai vu, j'ai compris qu'un vase athénien de grande valeur avait été brisé chez Boutadès, au moment de sa mort. Lorsque je me suis rendu compte que le vase en l'honneur de Dionysos n'était pas dans la pièce, juste après le meurtre, j'ai commencé à entrevoir la vérité. Cependant, quand j'ai été invité à souper avec d'autres notables, ce vase se trouvait de nouveau là. Que s'était-il passé entre-temps? Rien de bien spécial, sauf que Polygnotos s'était rendu à Corinthe. Je t'ai dit, un jour, que je comptais faire une visite impromptue, t'en souviens-tu?

— Oui. Tu es allé chez Polygnotos pendant son absence, et tu as demandé la permission de lui laisser un message, ce qui t'a permis d'examiner le vase et de gratter le bord. Je te suis très reconnaissant d'avoir fait le voyage à Corinthe pour retrouver le potier qui avait exécuté la copie. J'aurais souhaité que tu m'en informes, j'aurais ainsi pu te dédommager... et je vais le faire.

— Ne parlons pas de gratitude. J'étais fasciné par cette énigme, et rien n'aurait pu m'empêcher de faire ce voyage. Il est bon d'aller à la source, d'examiner les faits. Mais je ne voulais pas éveiller en toi des espoirs encore trop incertains.

— Je ne comprends toujours pas comment tu as deviné que les fragments du vase brisé se trouvaient dans le tombeau de Boutadès. Le jour où tu es venu me voir, tu m'as dit que ce vase était une copie et que les morceaux du vase original se trouvaient dans la nécropole, là où nous les avons déterrés. Comment le savais-tu?

Aristote parut un peu gêné.

— J'étais convaincu, au fond de moi-même, que c'était l'endroit logique où les cacher, mais je n'avais aucune preuve formelle.

— Ce n'est pourtant pas toi qui les as placés là!

— Certes, non! Stéphanos, quelle idée extravagante te fais-tu de ma probité! Non, j'ai procédé par déduction. À ce moment-là, je commençais à cerner la manière de penser du meurtrier. Je m'étais rendu compte qu'il faisait preuve d'un sens de l'opportunité. Il était plein de ressources et savait s'adapter aux circonstances. J'avais aussi remarqué que Polygnotos accordait toujours ses actes selon les occasions, particulièrement au cours des prodikasia. D'autre part, je savais que le meurtrier aurait besoin des morceaux du vase, pour le faire recopier, ainsi que de l'aide de son esclave pour disposer des morceaux compromettants.

« Naturellement, Polygnotos aurait pu jeter ces fragments dans le golfe de Corinthe ou s'en débarrasser à l'étranger, mais s'il était prudent, il était également très attaché aux traditions. J'en conclus que les fragments devaient avoir disparu entre son retour de Corinthe et la mort de l'esclave. Que s'est-il passé entre ces deux événements? Un seul fait notable : l'érection du tombeau de Boutadès.

— Oui, je me rappelle, dis-je, me souvenant de la procession du marbre blanc dans la ville.

— Comme je viens de te le dire, le meurtrier avait le sens de l'opportunité. Il avait aussi un sens profond de la famille. À certains points de vue, il ressemblait beaucoup à son oncle. Les gens avaient moins d'importance à ses yeux que les choses. Je crois que Boutadès changea à cet égard, peu avant sa mort, quand il se prit d'affection pour le jeune Lykias. Polygnotos n'a pas eu le temps d'apprendre la valeur des êtres, mais l'exemple de son oncle lui avait enseigné qu'il était payant, parfois, de dépenser de l'argent. Il avait du respect pour les biens de famille.

— Un jour, je l'ai entendu dire qu'il aimait voir les choses à leur place.

— Je crois qu'il le pensait vraiment. Au cours d'un souper, il cita également ces vers d'Achille, prononcés, tu t'en souviens, aux funérailles de Patrocle, quand le héros regarde le bûcher sur lequel est sacrifié tout ce qui appartient à son ami. Les paroles du poète sont associées aux rites funèbres et aux offrandes. Je pense que, dans ce cas, Polygnotos y mit quelque ironie. Il avait déjà décidé de l'endroit où le vase original disparaîtrait : l'héritage ne devait pas sortir de la famille. Quand un homme riche meurt, des objets de valeur sont souvent enterrés avec lui. En revenant de Corinthe, je me souvins de cette allusion, et en compris la signification. L'endroit le plus approprié pour déposer les morceaux de ce magnifique cratère était la tombe de Boutadès, sous ce lourd et imposant monument. Ils seraient en sécurité, cachés pour toujours, et assez ironiquement restitués à leur légitime propriétaire.

— Penses-tu qu'il ait enterré les morceaux avant la pose du marbre ?

— Cela aurait représenté un risque inutile. Les ouvriers auraient pu déplacer la terre. Tu l'as vu, les morceaux étaient enterrés superficiellement. Je pense plutôt que Polygnotos et son esclave fidèle sont retournés à la nécropole et ont déplacé la pierre, comme nous l'avons fait nous-mêmes. Deux hommes peuvent soulever cette pierre, tu le sais. Leur expédition n'était pas aussi hasardeuse que la nôtre. Polygnotos aurait pu offrir une explication satisfaisante à sa présence sur les lieux.

— Ainsi Polygnotos prit beaucoup de peine et dépensa beaucoup d'argent. Oui, tu as raison, il ne lésinait pas quand les circonstances l'exigeaient. Vois, les funérailles, le tombeau de Boutadès, la copie du vase, et il briguait la charge de chorège pour les fêtes en l'honneur de Dionysos.

— Nous n'aurons pas notre pièce de théâtre, après tout. Je suis sûr que l'histoire de Chiron a offert à notre meurtrier matière à facétie. Peut-être est-ce après avoir choisi ce sujet dramatique que Polygnotos a décidé de la manière d'assassiner Boutadès : la flèche tirée par Héraclès, le héros puissant qui a tué son éducateur. Les acteurs sont bien tristes. Ils ne toucheront pas d'argent.

— L'argent, répétai-je, Polygnotos en avait et en voulait davantage. Colère, crainte et cupidité, comme tu l'as dit un jour. La cupidité semble être un mobile plus puissant que je ne le croyais.

— Plus que toute autre chose, Polygnotos aimait le pouvoir ; l'argent n'était qu'un moyen d'arriver à ses fins. Il faisait des investissements coûteux. Seuls les riches peuvent se permettre de briguer la charge de chorège ; payer des hommes de main coûte cher aussi. Arkhiménos n'aurait pas eu les moyens financiers de le faire.

— Sais-tu qui est le violeur de la route de Mégare ?

— Oh ! Stéphanos, ne l'as-tu pas deviné ? C'est Arkhiménos, bien sûr ! C'est pourquoi Boutadès avait tant de prise sur lui. Colère et crainte, culpabilité aussi. Ces sentiments ont pris naissance dans le cœur d'Arkhiménos, et l'ont conduit à haïr Boutadès. Oui, si Arkhiménos avait été plus courageux, il aurait pu tuer son vieil ennemi, mais il ne s'attaquait qu'aux faibles et était cruel avec les femmes.

— Je suppose que tu n'as pas acheté son témoignage, mais tu l'as menacé. C'est à Arkhiménos que tu as adressé un message la veille du procès.

— Je ne l'ai pas menacé, Stéphanos. Je lui ai seulement rappelé qu'il avait l'occasion de se venger de la façon dont Boutadès avait utilisé un certain... accident. Je ne suis pas convaincu qu'Arkhiménos ne mérite pas une punition pour son crime passé, les dieux l'ont fait payer.

— Ainsi Eutikleidès n'est coupable de rien, dis-je, vaguement désappointé.

— Eutikleidès a peut-être deviné que Polygnotos était l'assassin, ou peut-être pas. C'est une des choses que nous ne saurons jamais. À mon avis, Eutikleidès a deviné la vérité presque tout de suite, mais il a vu, dans les promesses d'avenir de Polygnotos, une occasion pour lui de se réhabiliter. Ce n'est pas un vieil homme, et il est encore ambitieux. Sa famille a commis des erreurs politiques et il devait se rendre indispensable auprès de Polygnotos. Eutikleidès souhaitait certainement t'accabler, toi et les tiens, pour plaire à Polygnotos. Après tout, tu étais trop pauvre pour t'offrir les talents d'un orateur pour écrire tes plaidoiries.

Aristote eut un petit rire satisfait, avant de reprendre avec plus de gravité :

— C'est l'ennui avec les oligarques, ils ont de mauvaises habitudes. Polygnotos avait un esprit oligarchique, Eutikleidès également. Mais Polygnotos était jeune, brillant, téméraire, confiant en sa chance. Il croyait, comme à une sorte de superstition, que tant qu'il s'en tiendrait aux conventions et satisferait à un certain conservatisme, tout irait bien pour lui. Oui, Polygnotos pensait être un de ces hommes fortunés auxquels les événements obéissent.

— Il avait l'air si parfait... Sais-tu que, d'une certaine façon, je l'admirais et le considérais avec respect ?

— Oui, soupira Aristote, Polygnotos pratiquait la meilleure rhétorique.

Impression réalisée sur Presse Offset par

BRODARD & TAUPIN

GROUPE CPI

La Flèche (Sarthe), 27062
N° d'édition : 2612
Dépôt légal : janvier 1996
Nouveau tirage : décembre 2004

Imprimé en France